Selena Millares

El faro y la noche

colección **Bárbaros**

Diseño de cubierta e interior: Carola Moreno y Joan Edo
Maquetación: Joan Edo
Imagen de cubierta: *Amanecer tras el naufragio* (1841), de J.M.William Turner

ISBN: 978-84-92979-73-8
Depósito legal: M-5870-2015

Impreso por:
Graphy Cems
Villatuerta, Navarra

No hay lugar, no hay momento ni ser diverso; nada valen tiempos ni distancias, ni la muerte; sólo el espíritu vive siempre y resplandece, y todo lo demás es sombra.

JOAN MARAGALL

La sociedad no se beneficia tanto con el progreso material como con la transformación moral del hombre. Los propósitos generosos de aquellos a quienes sus contemporáneos toman por dementes, traducidos al lenguaje ordinario y puestos en acción, pueden ser, a la larga, los que hagan marchar el mundo.

LUIS CERNUDA

Animal humano, reloj de sangre.

PAUL KLEE

1

La chamarilera

Al calor de la sobremesa se puede derivar hacia los temas más delirantes, y ese día, ya vacías las botellas y las copas, hablábamos con humor de un tema un tanto macabro: de huesos ilustres, nada menos. Eran las fechas en que se removía la fosa de Lorca –o al menos lo que algunos conjeturaron baldíamente como tal–, rodeada de tanta expectación como polémica y preguntas sin respuesta. Corría el mes de noviembre, y la prensa atizaba la hoguera, ávida siempre de carnaza, o carroña, no importaba, mientras sirviera para alimentar el gran circo mediático. Muchos no entendían por qué razón una familia podía no desear que se localizaran los restos de un ser querido, y más cuando las nuevas leyes amparaban la actuación de búsqueda. Mientras, se incendiaba el fervor popular hacia ese fetiche que son los huesos en nuestra tradición cristiana, poblada de reliquias. ¿Por qué nos importan nuestros muertos de esa manera física, somática, visceral?

En la conversación, Javier pedía paz para el difunto, Lluís reclamaba el derecho a recuperar esos huesos, y Menchu se aferraba a la hipótesis, o leyenda ya, sobre la posible apertura de la fosa en aquellos días terribles del 36 por la familia, desesperada, rota ante la tragedia. Una familia que supuestamente habría entregado una suma exorbitante para recuperar al poeta recién detenido, y que cuando llegó la noticia de la muerte, inesperada y brutal, exigió el cuerpo, ya sin vida, y a continuación corrió una cortina de humo para vivir privadamente su tragedia.

Yo, que andaba atareada en un nuevo proyecto sobre arte y violencia, escoraba la tertulia hacia mi terreno, sacando a colación los rumores y leyendas de la España negra y su atracción ancestral por el mundo de ultratumba. Y Javier, nuestro sabio, iba enhebrando la sobremesa con historias más dignas de una noche de difuntos que de un gozoso viernes como aquél.

—Son tantas las historias, que valdrían para todo un tratado sobre esa patología de nuestra tradición. ¿O acaso no es enfermiza esa manía? Pensad en el dedo robado al cadáver de Calderón. Y en los huesos perdidos y encontrados de Quevedo. Y en los de san Juan, diseminados por ahí. Y más macabro: en el brazo incorrupto de santa Teresa, que nuestro tiranuelo custodiaba en su alcoba, y que se llevaba consigo, supersticioso, en todos sus viajes. Rapiña de cementerios…

—Espera, espera —terciaba Menchu—. ¿Qué es eso de los huesos perdidos y encontrados de los poetas? ¿Qué son todas esas historias de ultratumba? Me están dando escalofríos.

—Verás, una falange de la mano derecha de Calderón está en un museo de Barcelona. ¿Que cómo llegó allí? Pues su cuerpo vagó de iglesia en iglesia hasta desaparecer completamente, en torno al principio de la guerra civil. Paradójicamente ese dedo, apartado por fetichismo de su cuerpo en algún momento, es lo único que queda de él. El caso de Teresa de Jesús es mucho más inquietante. Franco requisó a las carmelitas su mano derecha tras arrebatarle Málaga a los republicanos. Pero además la mano izquierda de la santa está en Lisboa, y el pie derecho en Roma.

—Es repugnante —insistía Menchu.

—Bueno, es sólo la realidad. Y en el caso de Quevedo, la historia es mucho más rocambolesca. El poeta muere en Villanueva de los Infantes y sus huesos, según parece, hace mucho que son polvo, o al menos así se afirma en la vieja edición de *Bibliófilos Andaluces*, de hace más de un siglo.

—Eso sí, polvo muy enamorado, como en sus versos —replicó jocoso Lluís. Javier sonrió divertido y continuó:

—Bien, lo cierto es que conviene mucho, en su caso, que haya restos mortales, lo que supondría para ese pueblo publicidad y réditos. Hace un tiempo, la prensa proclamó a los cuatro vientos el hallazgo de sus huesos, y con detalle. Resulta que el ayuntamiento de Villanueva encargó a la Escuela de Medicina de la Complutense esa investigación. Un puñado de científicos se pusieron manos a la obra para analizar los innumerables restos contenidos en una cripta... ¡donde había hasta animales enterrados! Y sólo porque se creía que se habían trasladado allí sus restos desde el convento de Santo Domingo, aunque no hubiera pruebas de ello. Y casi cuatro siglos después de su muerte, ahí está armado todo ese tinglado con una conclusión desconcertante: se identificaron nada menos que diez huesos, ¡diez!, incluyendo los dos fémures. Pero faltaba el cráneo.

–Entonces valió la pena la iniciativa, no sé a qué viene el alboroto –repuso Menchu.

–¡Pero qué dices…! La premisa es disparatada: identifican a un hombre que murió en el siglo XVII sin tener ninguna muestra de ADN. La única pista utilizada es que el poeta era rengo, y como encontraron un fémur que acusaba signos de cierta cojera, buscaron el resto del cuerpo, y ya está armada la farsa. Ahora toca esperar la oleada de turistas y mitómanos. Toda la historia parece una broma del poeta, que tanto escribió sobre calaveras y esqueletos en danza.

–Bueno, hay gente que vive de eso –objetaba Lluís–, ciudades enteras que rentabilizan a sus finados. Mira lo que pasó en París con la Sainte-Chapelle: el rey Luis no-sé-cuántos la hizo construir para conservar las reliquias de la pasión de Cristo, en especial la corona de espinas. Dicen que la compró al emperador de Constantinopla por un precio mayor que el de la propia Iglesia. Quería convertir la ciudad en una segunda Jerusalén, en un lugar de peregrinaje. No me creo que fuera por razones estrictamente espirituales. No olvidemos las rutas turísticas de los cementerios de Montparnasse o Père-Lachaise en París. ¡Hay hasta visitas guiadas! Te ofrecen una tarde inolvidable, acompañado de personajes ilustres que hacen las delicias de nostálgicos y fetichistas: tienes ahí a Visconti, a Chopin, a Molière… Hasta los célebres amantes Abelardo y Eloísa, perseguidos en vida, duermen ahí juntos para la eternidad. En todo caso, tampoco me parece mal que se reclame atención para su memoria. El tema es vidrioso, porque hay muchos casos en que la desaparición de los restos es el resultado de una operación perversa que sólo busca borrar las huellas del pasado...

–¿Sabéis que durante mucho tiempo pensé que Abelardo y Eloísa eran personajes ficticios? –Menchu hacía el comentario reconcentrada, como hablando para sí misma–. Quiero decir, como Romeo y Julieta. La verdad es que su historia es tan dramática que no parece real.

–Lo curioso en el caso de Quevedo –añadí yo, de nuevo interesada en encarrilar la tertulia hacia ciertos terrenos– es que no encontraran la cabeza, el cráneo.

–Está empezando a oscurecer –repuso Menchu–. ¿Por qué no cambiamos de tema? Esta noche voy a tener pesadillas, seguro.

–Me interesa mucho –insistí–. Porque entramos en otro terreno también muy curioso. Hasta ahora hemos visto cómo la religión se mezcla con la superstición, pero hablamos siempre de grandes talentos, de inteligencias creadoras. Aquí la fascinación va más lejos, y me refiero a cierta moda entre los médicos y científicos del siglo XIX. Hubo verdadera pasión por estudiar los cráneos y cerebros de los genios, que llevó a episodios espantosos. Como el del poeta Rubén Darío, que fue objeto de una autopsia grotesca. El cerebro acabó sufriendo las consecuencias al caer al suelo, os ahorro más detalles. Hay un poema sobre esto. Se titula «Responso por un poeta descuartizado». Es muy bueno, de Efraín Huerta. ¡Y qué me decís de los cráneos robados de Beethoven y Mozart! La gente es capaz de coleccionar cualquier cosa.

–Oye, Julia –apostilló Javier–, ¿y a qué viene ese interés por los cráneos? ¿En qué andas? A ver, cuéntanos, que ya me tienes intrigado.

–Bueno, estoy trabajando sobre biografías de artistas, y ahora mismo estoy atascada con el misterio de Goya. Quiero decir, con la desaparición de su cabeza. Su cuerpo, sin cabeza, y mezclado con otro, está enterrado en la ermita de San Antonio, en el paseo de la Florida. Bajo esos frescos espléndidos donde sus personajes populares y sus ángeles parecen velar el cuerpo de su pintor decapitado…

–¡Sí! –espetó Lluís, de pronto–. Y yo sé quién tiene la cabeza.

Todos lo miramos atónitos, mientras él sonreía imperturbable.

–La tiene mi amigo Dionisio, que la heredó de su abuelo. La historia está publicada en un viejo periódico, además. Pero mejor, cuéntanos primero qué andas haciendo exactamente.

–De acuerdo, pero a condición de que me pases ese artículo cuanto antes –repuse incrédula–. En fin, la verdad es que hace tiempo que me ronda y me obsesiona este tema, el de la relación tan íntima que hay entre el arte y la violencia, en tantos sentidos. Así que lo propuse como tema de un libro y me lo han aceptado: serán relatos de base histórica. ¿A vosotros no os parece un tema inquietante? Tanta violencia sobre el cuerpo de los soñadores, los custodios de la memoria de todos nosotros.

–Idealizas demasiado –repuso Menchu.

–De acuerdo, lo admito. Pero no voy a hacer épica, ni tampoco vidas de santos. Sólo me dedicaré a pequeños detalles reveladores, que inviten a reflexionar sobre esa realidad. Es una manera de sacarme de la cabeza esas preguntas. De momento sólo son fantasmas, sombras. No se trata sólo de la violencia en el desenlace vital de estos grandes hombres, sino también en general, de esa violencia ingrávida que flota alrededor de esas presencias tremendas, de esas inteligencias creadoras.

· –¿Y cómo llegaste a semejante proyecto? –continuaba Menchu, que no lo veía nada claro.

–Pues de la manera más trivial. Todo empezó por un artículo que leí hace como un año en el periódico, una noticia mínima, apenas perceptible, escondida en un rincón de la página. Era la historia de Cioran y una anticuaria. La leí como todo lo demás, pero luego me volvió a la cabeza. Me hizo pensar, mucho. Tanto, que al cabo de unos días intenté recuperarla. Pero no encontré ya en casa el periódico, y tampoco logré recuperarla en internet, ya sabéis que soy bastante patosa en ese terreno. Así que la escribí con mis propias palabras para no olvidarla. A ver si la encuentro, aún la tengo por aquí –comenté, abriendo mi carpeta de papeles.

–¿La escribiste en un papel? Eres más anacrónica que un dinosaurio. ¿Cómo no lo tienes todo en el portátil? Mis alumnos del instituto alucinarían contigo, ellos ni saben ya lo que es el papel –bromeó Menchu al descubrir mi desbarajuste de notas.

–Vale, lo admito. Tengo ya muchos años y muchas canas, y me da pereza cambiar de método. Además los papeles son más dóciles y cariñosos que las máquinas, que al menos a mí, se me rebelan con frecuencia –protesté.

—Pero no puedes vivir de espaldas a la realidad, ¡vives en el pasado! De tanto mirar atrás, a lo mejor te acabas convirtiendo en estatua de sal... –insistió tercamente.

–¿Quieres o no quieres que lo lea? –respondí con sequedad.

–Que sí, venga, no te enfades.

–Bueno. Aquí va:

CIORAN Y LA CHAMARILERA

El insigne filósofo rumano había pasado sus últimos años, viejo y enfermo, en una buhardilla húmeda y fría de la Rue de L'Odéon de París, inmerso en el olvido, en el abandono de su espíritu escéptico. Tras su muerte, en 1995, sus restos fueron conducidos al cementerio de Montparnasse en medio del aguacero y del silencio, de espaldas al glamouroso centelleo que otros asuntos tienen para el común de los mortales. Dos años después, al morir también su compañera, sus herederos se personaron presurosos en aquellas estancias desaliñadas, donde una claraboya aseguraba la conversación con las palomas y la lluvia. Revolvieron entre los objetos humildes, y su cama y su mesa, siempre bajo la mirada atenta de una única bujía, compañera de tantas meditaciones, y de tantas vigilias. Allí nada había ya, sólo quedaban cosas inservibles, y polvo, y paredes vacías. Los visitantes, decepcionados y molestos por el tiempo perdido en esa visita estéril, se ausentaron a toda velocidad, escalera abajo, y decidieron que lo más práctico sería contratar a alguien que se ocupara del trabajo sucio y limpiara todo para que la vivienda pudiera ser ocupada por los siguientes inquilinos.

Así llegó la chamarilera a los aposentos abandonados, y allí se detuvo, en su acostumbrado ritual, extasiada ante la voz antigua que se escondía en los rincones, husmeando entre cajas, trastos y gavetas. Durante la visita, le había llamado la atención una jarra que había en la alacena, con la inscripción «Simone y Cioran». Simone era precisamente su nombre, y el otro le sonaba de algo, pero no sabía de qué. Después siguió su labor en el trastero que halló en el sótano, sin interesarse por el rumor que su llegada propició entre las ratas, entregadas a una precipitada huida.

Al día siguiente, en su almacén, examinaba satisfecha los fardos con su cosecha variopinta. Puso sobre la mesa los legajos atados con cordeles corroídos por la humedad, que cedieron de inmediato a sus tirones. La tinta temblorosa de todos aquellos cuadernos revelaba algo que ella intuía importante, y los guardó con celo, mientras intentaba memorizar los nombres escritos en la cerámica repitiéndolos mentalmente: «Simone y Cioran». Sólo se decidió a vender la vieja máquina de escribir, en el Mercado de las Pulgas de Montreuil.

Después, pasaron años. Para ella, el tiempo era una vaga nebulosa que la unía con hilos invisibles a aquellos objetos que siempre la rodeaban. Supo que se iban a subastar unos manuscritos, y decidió llevar su tesoro de papeles para que lo valoraran. Entonces llegó la revelación. Se trataba, sí, sin duda, de un diario inédito y diversos borradores de las obras del filósofo, rescatados milagrosamente del olvido por la vieja Simone. Su venta podría premiar a la chamarilera con un estipendio que aliviara su miseria, aunque la reacción airada de los herederos, que la acusan de robo ante los tribunales, sume el caso en la incertidumbre.

–¿Eso decía el periódico? Menuda historia –Menchu había seguido la lectura con actitud burlona–. Al menos convendrás en que escribir en cuadernos, aunque sea anticuado, tiene sus ventajas a veces –bromeó Lluís.

–Es una versión. Era algo así –protesté–. En este caso, no son huesos, sino papeles escritos, el pulso del escritor, lo que provoca una conmoción. Es otro modo de fetichismo: imaginaos, se pedía medio millón de euros por esos cuadernos. ¡Medio millón de euros! Y aunque aquí tal vez tenga sentido, porque pudiera haber ahí una obra de interés, en otros casos es algo inexplicable, esa pasión por los restos, por los recuerdos.

–Oye, no es tan inexplicable... No me digáis que no os gustaría tener un manuscrito... por ejemplo de Dante –Javier emergía del sopor de la sobremesa después de tomarse su segundo café.

–Bueno, es cierto que los escritores y los artistas despiertan un fervor que roza lo religioso. Tienen algo de figuras tutelares. Son al fin y al cabo creadores, es decir dioses, por supuesto –defendía Lluís.

–Yo no estoy de acuerdo, vivís en el pasado –respondía Menchu–. La única diosa que conozco es la santa televisión, todos se arremolinan a su alrededor para escuchar y venerar sus historias, sus personajes. Esa es la danza de la tribu alrededor de su tótem, hoy por hoy.

–Un momento, un momento –atajó Javier–. No confundamos las cosas. Esa necesidad colectiva de identificarse con historias y personajes existió siempre, con distintas formas: los relatos junto al fuego, las canciones, los cuentos, los novelones para la tarde en el sillón, no son muy distintos en su función de todo eso que tú criticas. Pero por alguna razón, los grandes creadores calan en lo hondo, se convierten en iconos, aunque sean difíciles de entender a veces. Eso no importa. Simplemente se convierten en símbolos, en fetiches fundamentales. Es algo que va más allá de lo mercantil.

–¿Y por qué no cuentas historias de personas corrientes, Julia? –Menchu no se había rendido, no solía hacerlo–. Además, ¿cuál sería el género? ¿Necrografías?

–Vaya, no pensé que os fuera a preocupar tanto mi proyecto. ¡Y no son historias de difuntos! Son personajes que están tan vivos como nosotros, ¿quién lo duda? ¿No está vivísimo Cervantes? ¿Quién no lo recuerda? Además, ¿qué es la muerte? Apenas una frontera delgadísima que se cruza en una fracción de segundo, y sin regreso. No voy a hablar de eso, no hay tema ahí. En fin, ya dije que lo que quiero es explorar esa extraña alianza entre arte y violencia, y quiero hacerlo a través de fragmentos de historias reales: de pasión, de locura y de muerte. De eso va mi libro. Mejor lo leéis cuando termine.

–No creo que me interese todo ese tráfico de huesos –insistió Menchu.

–¡A mí sí! –repuso Lluís–. Mándame algo por correo electrónico.

–No me apetece, hasta que acabe.

–¡Algo solamente! Y te mando lo de Goya –hizo un guiño.

–Ah, así sí. Acepto el soborno –sonreí.

–Y ánimo con tus huesos ilustres –concluyó él, con una sonrisa cómplice.

Me quedé pensando en sus últimas palabras. Sí, un buen título para mi libro. *Huesos ilustres*.

Aún no hacía mucho frío a pesar de ser noviembre, y el cielo tenía ese resplandor de oro viejo que precede a la noche madrileña. Salimos a la calle y nos echamos a andar rumbo al café del Príncipe. Era el viejo ritual de cada viernes de fin de mes, desde hacía una enormidad de años. Habíamos compartido los tiempos de universidad, ya tan lejanos, en la Facultad de Filosofía y Letras. Y cada uno había seguido después su camino. En aquella época estudiantil habíamos pasado muchas temporadas de trabajo común en el viejo local del CSIC, en la calle Duque de Medinaceli. Desde entonces, adquirimos ese hábito casi sagrado de vernos el último viernes de cada mes, en la taberna Toscana, para comer juntos y compartir la sobremesa, que siempre era más sabrosa que la propia comida: conversábamos de lo divino y lo humano, y reíamos mucho. La verdad es que lo pasábamos bien. Los llamábamos en broma *aquelarres*. Después de la comida dábamos algunos rodeos por los callejones de los alrededores –siempre bulliciosos y atestados de gente– para poder fumar un cigarrillo, y acabábamos en la planta alta del café del Príncipe, donde ya éramos como viejos inquilinos. Elegíamos una mesa junto a los ventanales, y desde allí, mientras tomábamos más vinos y cafés, y algún coñac, veíamos languidecer la tarde sobre el asfalto, que se iba incendiando de rojos, azules y blancos, como si se hubiera tragado toda la luz del día y la fuera revelando al paso de las horas, era un espectáculo hipnótico. Yo aún trabajaba en el CSIC, en la sección de Historia, pero hacía tiempo que nos habían trasladado a la calle Albasanz, a un edificio moderno de una zona bastante inhóspita, así que disfrutaba especialmente con ese regreso periódico al Madrid viejo. Javier trabajaba hacía muchos años como profesor en la universidad, y Menchu en el instituto Cardenal Cisneros. Lluís, nuestro poeta, para subsistir trabajaba como corrector de pruebas –y como *negro*– en una editorial bastante conocida. Al final de la velada, nos despedíamos hasta el mes siguiente, en que regresábamos al ritual, puntuales siempre.

Esa noche, en lugar de tomar el metro con ellos, preferí seguir caminando hasta casa, un paseo de veinte minutos que me permitía volver a encender otro cigarrillo y disfrutarlo tranquilamente. El metro, además, resulta incómodo en los días fríos: cuando entras se te cubren de vaho las gafas por el calor repentino y quedas a ciegas por unos momentos, es algo que detesto. En todo caso, ese día duró poco la calma que yo buscaba en el zumbido extraño de la noche. Sonó el móvil, insistente, y decidí no contestar, pero al segundo intento respondí, porque ya se me habían dispersado todos los pensamientos. Malditas máquinas. No obstante, al escuchar la voz de mi primo Miguel, me llevé una alegría. Me anunciaba novedades que iban a afectarme mucho más de lo que imaginé en ese momento.

–Van a publicarse las poesías completas de nuestro abuelo –me dijo–. ¿Quieres colaborar? Necesitan a alguien que prepare su biografía. Hay poco tiempo.

En una fracción de segundo se precipitó en mi mente un huracán de imágenes y recuerdos. No de él, de mi abuelo Juan, que murió cuando yo apenas tenía un año. Pero sí de todo lo que convocaba su nombre a través de mi vida, a través de las historias de mi padre, de sus evocaciones, de su devoción fervorosa hacia ese hombre que yo también aprendí a amar, sin conocerlo, encriptado en fotografías antiguas donde figuraba habitualmente entre libros. Con aquella mirada serena en sus ojos clarísimos, detrás de unas gruesas gafas de concha, y su rostro afable, a pesar de la malandanza, del maleficio que se posó sobre su vida en aquel lejano 1938, y que la dejó a la deriva hasta su muerte. ¿O no fue así? En realidad, poco sabía de él, más allá de un breve libro de poemas que mi padre me regaló cuando acabé mis estudios, y que guardo como un tesoro desde entonces. Me sorprendió su lectura, porque eran versos filosóficos, intimistas, a veces incluso religiosos, muy lejos de lo que podía haber imaginado como escritura de un perseguido político. Y no dejaba de ser irónico todo. Justo después de la conversación de esa tarde, precisamente en ese momento... Le respondí que lo llamaría al llegar a casa y colgué.

Seguí paseando, ahora con el pulso acelerado. Una extraña inquietud me embargaba, los recuerdos se alborotaban en torno a esa ausencia que fue mi abuelo Juan, siempre tan presente en nuestras vidas a pesar de su muerte temprana, y de sus silencios. Esa presencia tutelar que todos nombraban en casa era mucho más que un recuerdo, latía en nuestras vidas, se ramificaba en nuestra sangre, y desde allí parecía hablarnos todavía. Era un derrotado, sí, sabíamos de su melancolía y de sus fracasos, pero también de sus sueños, de su corazón enorme, de sus versos. Al llegar a casa, me dirigí a la biblioteca y detuve la mirada en esa vieja fotografía suya que ocupaba el estante junto a mi escritorio, sobre la chimenea. La mirada intensa y triste, de una transparencia que ahonda el blanco y negro de la imagen, con el rostro prematuramente envejecido, surcado por arrugas que más hablaban del dolor que del tiempo que allí las había ido dibujando. Sus dedos angulosos dejaban adivinar unos huesos largos y finos; sujetaban un cigarro, y un vaso que parecía aminorarse entre esas manos grandes que parecían querer volar. Un vaso de whisky, tal vez, o así lo imaginé siempre.

Esa imagen era índice de su anclaje real, cotidiano, con el alcohol que lo calmaba, y sin embargo no impedía que todo él, su corpulenta estatura, su sonrisa triste, respirara esa templanza que imantaba. Siempre me había acompañado a pesar de que no lo conocí, o al menos no lograba recordarlo. Mi padre me había contado que Juan solía sentarme en sus rodillas y que yo me quedaba ahí, absorta, detenida, escudriñando el pañuelo que ocultaba la herida de su garganta desde hacía muchos años. Él no me hablaba –no podía– y sin embargo yo permanecía ahí, sosegada, embargada por esa extraña calma que él irradiaba. Como ahora, que miraba su retrato junto a mi escritorio, cuando alzaba los ojos cansados del trabajo, y me gustaba encontrarme con esos ojos, me confortaba esa dulzura, tal vez por la costumbre, por la memoria de aquellas historias que en mi infancia lo nombraban una y otra vez, hasta hacerlo parte de mí misma. Y ahora debía escribir la historia de ese hombre sin historia, olvidado, condenado al presidio del silencio, de las paredes del hogar, de la miseria cotidiana, por las trampas del infortunio. La historia de una figura casi fantasmática, casi irreal, de la que me habían llegado apenas dos objetos materiales, tangibles, como dos pruebas de su existencia. ¿Reliquias? Tal vez. La primera, ya pulverizada por el paso de los años, está sin embargo intacta en el recuerdo: fue mi primer juguete, y en algún lugar de mi cuarto y luego de mi memoria estaba siempre ella, la primera muñeca, que tenía una rara singularidad, en especial en esos años lejanos. Y es que era negra, una preciosa muñeca negra, a la que aprendí a llamar desde mis primeros balbuceos, Negrita, y aún me parece verla con su vestido rojo de lunares blancos y el pañuelo anudado en la cabeza, allí sobre mi cama. Tanto la debí de vapulear en mis juegos que acabó rota y sin ojos, y mi madre se ocupó de llevarla a restaurar. Volvió con ella nueva y resplandeciente, pero yo la recibí desdeñosa, porque sus ojos, antes de miel, ahora eran azules −como los tuyos, Juan− y me resultaba incómoda como una desconocida, hasta que poco a poco volvió a su lugar de noche sobre mi almohada, para ahuyentar brujas y pesadillas. Ahí seguía cuando abandoné la isla para ir a estudiar a Madrid, y entonces comenzó a desaparecer, a borrarse, comida de humedad y de olvido, para quedar sólo en mi memoria −como tú, Juan.

Con el tiempo llegaría a mis manos el otro fetiche. Mi padre me entregó, con el fervor con que se hace entrega de un talismán sagrado, esa antología de tus versos, publicados póstumamente. Su título, tan decidor −*En el silencio grave*− me sobrecogió. De nuevo ese silencio clamoroso que todo lo llenaba, en esas páginas que bebí al instante, con esa escritura que me hablaba otra vez de ti, y que de pronto me traía tu voz, al fin te escuchaba, y tus palabras no tenían sonido pero sí tenían música, ese ritmo palpitante alentado por un corazón encendido, como una brasa en el centro del hogar. Y yo me estremecía ante el milagro de tu voz sorda, al fin tu voz, ronca y a la vez suave, con esa noble entereza, dialogando con el tiempo, y también con la muerte, abriéndole la puerta para que tomara asiento en casa como un miembro más de la familia. Ella, la enemiga, la ladrona, la intrusa a la que hacía tiempo esperabas, mientras sembrabas tanto amor, y yo no entendía cómo podías, raro Midas, convertir el dolor en belleza, el fracaso en belleza, la desolación de la despedida definitiva en belleza. Pero allí estaba ese manantial que cantaba y rodaba, domeñado por la forma estricta, ritmos y rimas y acentos que templaban su ímpetu y lo contenían con esa secreta grandeza que vibraba en su cauce y en la que siempre me gustó detenerme. Y ya sé, ya sé que algunos dicen tantas cosas de ti, que la desidia, que el alcohol, pero qué saben ellos, corazones grises y ciegos.

Aceptaría el encargo, estaba decidido.

A la mañana siguiente, después del café, fui directamente al ordenador a buscar el mensaje de Lluís sobre las peripecias goyescas: allí estaba, puntual –lo sabía–, enviado la madrugada anterior. Mientras lo imprimía, volvió a sonar el teléfono, de nuevo desde la isla: esta vez era el coordinador de la Dirección General del Libro. Me puso al tanto de todo, mientras yo lo escuchaba inquieta por la magnitud del encargo, por mi propia impaciencia, y sobre todo, por la creciente curiosidad que me embargaba, y que galopaba ya en mis sienes, donde sentía que latía mi pulso desbocado. Supe entonces que Miguel había heredado de nuestro abuelo varias piezas de teatro en verso que permanecían inéditas desde hacía medio siglo, y que había estado tocando distintas puertas en busca de editor, sin éxito, hasta que lo encontró a él. Yo, por supuesto, ignoraba la existencia de esos manuscritos, y de otras sorpresas que iría descubriendo. Bueno, algo tal vez intuí en algún momento. Recordé de pronto aquel día de la infancia, en que jugábamos y reíamos, y en un momento dado mi primo soltó, alzando el dedo índice: «¡Pollo! Si fuera gallo… – Lo que haría me lo callo». Tendríamos catorce años o así. Yo me quedé perpleja y le pregunté de dónde venían los versitos, y él no le dio importancia, dijo que de nuestro abuelo, de una obra que había en su casa, y siguió dando saltos por allí. Me hizo tanta gracia que se me quedó grabado en la memoria, y ahora me encajaba con todo. El coordinador resultó ser nieto de un amigo de Juan, también poeta: ambos eran integrantes de una generación que se tragó la guerra, pero siguió latiendo, como Jonás en el vientre de la ballena, en aquellos escritos diseminados por archivos dispersos.

–Ya sé que podrías preferir que se ocupara algún otro historiador, sin vínculos con el personaje y con más distancia. Pero hay poco tiempo y tú, por tu parentesco precisamente, tienes mucho terreno allanado. Tienes sólo un año para preparar el libro, luego llegan las elecciones y no se sabe qué pasará con el nuevo equipo –concluyó, casi como una amenaza.

–De acuerdo –dije con un hilo de voz. Colgué, abrumada por esos hallazgos que tocaban directamente a mi sangre. Tal vez había llegado el momento de abrir también esa fosa imaginaria, y escuchar los secretos que guardaba. Muy bien: un año. Intenté serenarme, pensar en esto como un proyecto más, y mantener la distancia necesaria para preparar con el debido rigor ese encargo, pero las preguntas se agolpaban, se me clavaban como mínimas agujas por doquier, me dolían casi físicamente, y el fulgor de cada pinchazo convocaba nuevas preguntas. Llamé rápidamente a Miguel buscando un asidero, no sabía cómo empezar. Él, siempre risueño, me confirmó que tenía una maleta donde había, además de piezas teatrales, dibujos, apuntes y notas. Bien, ya sabía cuál era el punto de partida, tenía que tomar un avión y plantarme en la isla, para ver todo aquello y sobre todo entrevistar a los testigos que quedaban. Era la única manera de comenzar a abordar una biografía que de momento era sólo una página en blanco, y cuyo protagonista estaba privado de voz, no sólo a causa de su muerte, sino también de otras circunstancias que después referiré.

Ya tenía todo decidido y podía concentrarme en el trabajo. Debía volver a mis tareas, distraerme de esa nueva obsesión. Volví al envío electrónico de Lluís: un prolijo artículo publicado en 1943, que prometía «dar fe de la postvida de Goya, de la prestidigitación de sus huesos, de las andanzas de su calavera». Caramba, qué buena pinta. Lo empecé a leer con atención, era realmente interesante. Antes de que la lectura me atrapara, decidí enviarle, a mi vez, ese algo prometido. Elegí la semblanza del poeta Villamediana, que titulé «El caballero y la muerte»: de poeta a poeta…

Madrid, domingo, 21 de agosto de 1622. Son las 11 en punto de la noche y todas las campanas se precipitan para cantar la hora del Ángelus. Su repiqueteo se alza sobre la voz de la multitud, que hormiguea bulliciosa, tras el letargo de otra tarde plomiza bajo el sol inclemente del verano. La sombra ha vestido al cielo de ese color de cobre que sucede al crepúsculo, y es entonces cuando tu carroza avanza por la calle Mayor con el paso rítmico y sordo de los cascos de los caballos. La gente se aparta respetuosa y se detiene a mirarte quedamente. Y murmura: «mira, es don Juan de Tarsis, el conde de Villamediana, el correo mayor del rey». Eres el hombre más amado y envidiado de la villa, y el poeta más osado de la corte. Todos recuerdan cómo escarneciste con tus versos iracundos la corruptela del último gobierno, y eso te corona como un hombre íntegro, más allá de tus andanzas y locuras, y tus exhibiciones más o menos teatrales. A tus cuarenta años cumplidos, tu galanura y tu ingenio son casi una leyenda, y también esa magnanimidad tan tuya, que cantó incluso Miguel de Cervantes, nuestro manco insigne: «Este, que sus haberes nunca esconde – pues siempre los reparte o los derrama». Eres el galán más apuesto, el gran seductor de la corte, y tus gestos son siempre extremados. Te gusta vestir tu corcel blanco con oro y plata, comprar los mejores caballos y las mejores piezas de arte, y también mofarte de los ritos de los beatos. Amas la belleza, y más aún, el riesgo y la aventura. Sabes descuartizar un toro a cuchilladas, y también sabes aguijonear a los poderosos con tus versos de imperiosa insolencia. Truhán y caballero, mujeriego y galán, mordaz e irreverente, eres tan conocido en las tabernas y burdeles madrileños como en el mismo

Palacio, de donde ahora vienes, sosegadamente, adormecido por ese resonar hipnótico de los cascos contra el empedrado de la calle. A tu lado está sentado don Luis de Haro, hijo del marqués de Carpio, y sobrino del conde duque de Olivares. Está inquieto y como absorto. Él no quería ir contigo, se excusó repetidamente, pero tú insististe gentil. No sospechabas sus secretas razones. Al pasar por la Puerta de Guadalajara, don Luis, nervioso, se quiso apear, pero tú no le dejaste. Tu sentido de la cortesía no te permitía dejarlo ir solo, querías acompañarlo. No podías imaginar siquiera lo que él ya sabía: que la muerte te estaba rondando, que te acechaba desde muy cerca, que te esperaba como una amante, la más fiel y enamorada.

Tampoco quisiste escuchar los avisos de los que querían salvarte. Tal vez te imantaba ese abismo de la otra orilla. O quizá creías que nada podía vencerte. Y cuando el confesor de don Baltasar de Zúñiga te advirtió que corrías peligro, tú reíste burlón y altanero. Ni siquiera prestaste atención a los versos escritos en ese billete anónimo que llegó en los últimos días a tus manos, y que te advertía: «Mas si a Dios no respetáis – no sé qué fin pretendéis – porque en la vida que hacéis – en peligro cierto andáis…». Nada te importa, eres aún joven y también sabio y fuerte, y cuentas con la amistad del rey, ese rey casi adolescente que precisa de tus consejos, de tu experiencia, más aún que de los de tu rival, el conde duque de Olivares. Ese rey que necesita de tu complicidad en sus correrías amorosas, y de los versos cautivadores que le escribes, para que se los ofrende a su amante, doña Francisca de Távora. El mismo rey que te acogió a tu regreso del destierro, decretado por el duque de Uceda para castigar tus versos satíricos. El mismo que te había devuelto el cargo de correo mayor de España y de Nápoles, y que incluso te había nombrado gentilhombre de la reina. Pero tú cometiste el desliz más grave: te prendaste de ella. Sí, estás enamorado hasta el tuétano de esa hermosa francesa llamada Isabel. La amas con un fervor casi doloroso –tú, que siempre habías hecho gala de tu cinismo– y ella te tolera como hombre de talento, y se deja querer en la distancia, mientras tú le escribes tus versos estremecidos: «No he menester ventura para amaros – ... de vos no quiero más que lo que os quiero». Y eran muchas las mujeres que compartían tu lecho, porque te amaban o porque las pagabas, pero todas eran ella: siempre Isabel, solamente Isabel en todos los ojos, en todos los susurros de amor, en todos los cuerpos que guarecían tus noches y que poblaban tus sueños.

Tú sabías que habías llegado al límite pero no te podías rendir ni resignar, no podías someterte a ese silencio que te ahogaba, necesitabas proclamar a todos tu verdad, y temerario, apareciste en aquella fiesta de la Plaza Mayor con tu traje cubierto de monedas, de reales de a ocho, y el lema escrito de tu perdición: «Mis amores son reales». El revuelo fue enorme frente a tu fingida avaricia, frente a tu fingida inocencia, y los ojos y oídos del conde duque acechaban desde todas partes. Pero tú no te podías detener ahí, pobre poeta enamorado, necesitabas ir más lejos, una fuerza ciega y desmedida te impulsaba.

La oportunidad llegó pronto: el 15 de mayo último, en las fiestas de Aranjuez, se celebraba también el cumpleaños del rey, y tú ofreciste tu casa, tu hacienda y tu pluma para la ocasión. Escribiste una comedia para rendirle homenaje, y en ella participaba su amante portuguesa, Francelisa, a la que hacías recitar versos de amor al Sol de España. Agasajaste así a Felipe IV, tu rey adolescente, y a la reina le otorgaste un papel mudo pero muy elocuente: Isabel era Venus, la diosa de la belleza y del amor. Invertiste más de treinta mil escudos en la tramoya y todo el vestuario, y no te importó arriesgar tu casa cuando hiciste prender fuego a un rincón del escenario –un siervo fiel se ocupó de cumplir la orden– para poder tomar en brazos a tu diosa y salvarla del incendio, huyendo por una escalerilla. Eso fue todo, esos minutos colmaron tu dicha temeraria y firmaron tu sentencia...

Ahora, mientras avanza tu carroza, en tus ensoñaciones aún puedes sentir el perfume y el calor de Isabel, su abrazo de aquella noche como el de un niño asustado, su pecho agitado por la angustia en aquellos breves minutos inolvidables. No hubo más, pero Olivares está en todos los ojos y en todos los oídos, y al fin ha conseguido el arma letal para la venganza. Porque son muchas las sátiras que le has dedicado, y él jamás perdona a un enemigo. Y es también mucha la envidia de tu poder y tu carisma, y tú ya tienes sin saberlo los días contados. Todos te quieren, los reyes y el pueblo, y eso tiene un precio muy alto, sin duda. Otros antes ya probaron el filo de ese odio del favorito: lo conocieron el duque de Osuna y el de Uceda, ambos muertos en la cárcel. También Rodrigo Calderón, degollado en la plaza pública unos meses atrás, ante el espanto de todos. Nada cede ante su ambición demoledora. Pero tú eres tan arrogante como ingenuo, y no te das cuenta de nada, estás ciego de amor y sólo piensas en Isabel, en ese olor intenso de su piel sedosa y en sus ojos azorados, mientras avanza tu carroza hacia tu desgracia. Todo está ya escrito: son las once en punto y el carruaje llega a la encrucijada entre la calle de San Ginés y la de los Boteros. Tú no has querido escuchar las voces amigas que querían alertarte, llegas descuidado y a pecho descubierto a tu última estación, y de pronto un desconocido que sale del portal de los Pellejeros manda parar el coche, y se abalanza sobre ti, y con una estocada brutal de ballesta te atraviesa el costado izquierdo hasta el nacimiento del brazo derecho, y te rompe de lleno el corazón. Toda tu sangre se precipita al arroyo desbocada, la herida es tan ancha que cabría un brazo en ella. La gente se aproxima espantada a ayudarte pero tú apenas tienes ya un hilo de vida, quieres echarte sobre el asesino con la mano sobre la espada, pero te desplomas, porque tu cuerpo se ha vaciado de un golpe en ese instante atroz. «Esto es hecho, confesión...», musitas, y te llevan en volandas a tu casa, y allí expiras ante el dolor consternado de todos los que se aproximan. El matador ha huido, ayudado por un puñado de hombres más. Nadie sabe quiénes son, nadie les detiene ni les persigue, nadie osa quebrar el silencio, y tú, pobre amante vencido, eres enterrado esa misma noche en un ataúd de ahorcados traído con prisas desde San Ginés. Y es que no hay tiempo para construir una caja a la altura de tu rango, hay mucha prisa para cubrirte con el polvo del olvido, y para eso está ahí el duque del infantado, que es hombre de Olivares: para vigilar que todo se cumpla según las órdenes que vienen de lo más alto, de ese rey débil, manejado como un títere por sus perros guardianes. Tu cuerpo estragado es trasladado al panteón de tu familia, en el convento de San Agustín de Valladolid, y sólo queda el silencio, y tu sangre que acusa a tu asesino sin palabras, y todos los ojos que todo lo vieron en medio del silencio. Sólo los poetas se atreven a alzar la voz, y don Luis de Góngora, tu amigo, escribe tu epitafio: «Mentidero de Madrid, – decidnos ¿quién mató al Conde?; – ni se sabe, ni se esconde... – la verdad del caso ha sido – que el matador fue Bellido – y el impulso soberano». Sí, el impulso fue soberano, y el silencio un decreto.

Nadie sabrá nunca quiénes fueron los brazos ejecutores. Se rumorea que el matador ha sido Ignacio Méndez, convertido después por Olivares en guarda mayor de los Reales Bosques. Según otros, el matador fue Alonso Mateo, ballestero del rey. Pero nunca se sabrá nada más sobre ellos, un velo de silencio los protegerá para siempre: por orden de Su Majestad, las diligencias para hallar a los culpables son canceladas, el culpable último no puede ser descubierto. De ninguna manera. Como si se pudiera silenciar al viento, o al mar, en su clamor sordo.

Pero tú, pobre poeta burlón y enamorado, pobre amante del corazón roto, no moriste ese día. Ese 21 de agosto de 1622, a la hora del Ángelus, simplemente naciste, ahora en la leyenda, para cantar una y mil veces tu historia de amor amargo. Muchos años después, los que abrieron tu sepulcro descubrieron que tu cuerpo estaba incorrupto. Se había vaciado en un instante, aquella noche, y había quedado así, inmarcesible, como detenido en el tiempo. Salve, caballero, amante vencido y sin embargo victorioso. Salve, caballero del amor eterno.

2

Una vida en una maleta

Las ideas bullían en mi interior y sólo había una manera de conjurarlas: tomar un avión cuanto antes. Hice un rápido recuento mental. Juan tuvo nueve hijos, de los cuales vivían cuatro: Carmen, Lola, José María y Luis, mi padre. Tenía que ir a verlos para recabar testimonios, documentos, algo, lo que fuera, materiales para poder empezar esa biografía que de momento era sólo una página en blanco. Y también tendría que visitar otros archivos: los de los herederos de los que ya no vivían. Pero lo primero era ver a Miguel, el hijo de Carmen, y su misteriosa maleta. Pronto descubriría que no sólo existía esa maleta llena de historias para mí, sino que todos los hijos de Juan guardaban con celo una parte de esa memoria dispersa que ahora tenía que reconstruir. Hice algunas llamadas más, y luego saqué el primer billete diurno disponible para mi isla: siempre prefiero ir de día, es casi una navegación marina a través de ese azul que te inunda por todas partes, con esa luz única del océano que se proyecta en lo alto. Poco menos de tres horas, y estaría allí, aunque la duración de ese viaje iba a ser realmente de cuatro décadas. A mi llegada me esperaba en el aeropuerto mi hermano Luis con su *jeep*, un destartalado Land Rover rojo, con el que comenzamos de inmediato una frenética búsqueda que iba a ser más fructífera de lo que imaginé.

La primera estación fue, naturalmente, la casa de tía Carmen, que nos estaba esperando, con su gigantesco gato color azafrán y con Miguel, en esa amplia sala donde yo había pasado tantos días de la infancia. Seguía como siempre, como si no hubiera transcurrido todo ese tiempo, con sus estantes de mampostería blanca repletos de libros, y las paredes invadidas de cuadros que llegaban hasta la línea donde comienza el techo, un mosaico multicolor que no dejaba un solo espacio libre. Y al lado el patio, que era su taller, con todo patas arriba –latas de disolvente, tubos de pintura, papeles, ceras y tableros amontonados–, porque se había inundado en aquellos días, y ella andaba intentando restaurar las piezas estragadas. Presidía la sala el busto en barro de Juan, que Carmen había realizado, de memoria, al poco de morir él en la primera planta de aquella misma casa. Había sido un gesto compulsivo, obsesivo, como si al acariciar y moldear aquella arcilla dócil pudiera retenerlo, apartarlo de la tierra que se lo llevaba, de esa tierra que ya empezaba a ser él mismo.

Sobre la mesa baja del centro de la sala había una vieja maleta de cuero color tabaco, muy curtida, con cantoneras también de cuero, más oscuro, en las esquinas. Los herrajes metálicos del cierre estaban muy oxidados, y sobre ellos se extendían dos correas finas que terminaban en hebillas, también ennegrecidas por el tiempo. El asa y la estructura de madera claveteada se conservaban bien, toda ella estaba en un relativo buen estado, aunque acusaba las hendiduras y arañazos que le había ido sembrando el paso de los años. Era una pequeña maleta de viaje, y no un maletín de profesor como yo había imaginado, pero no parecía de la época de Juan, sino mucho más antigua. Carmen y Miguel me miraron con una sonrisa cómplice, y yo también sonreí: era como un regalo listo para su descubrimiento. La moví con cuidado, pesaba poco, no estaba muy llena. Al fin la abrí: dentro había cuadernos y papeles amarillentos, y también algunos bocetos, y unas revistas de factura artesanal, cosidas a mano, pobladas de dibujos y grafismos, a veces infantiles, que acusaban su origen de muy distintas manos.

–Un tesoro en una maleta –musité–, pero también la maleta es en sí una joya de anticuario.

–Llévate todo, todo el tiempo que necesites –respondió Carmen.

Salimos muy ufanos; yo llevaba la maleta abrazada, como si fuera un talismán portador de buenos augurios. La siguiente estación era la casa de José María, que no vivía muy lejos de allí. Cuando llegamos nos abrió la puerta y nos abrazó. De pronto se detuvo más serio y dijo: «Vaya, he venido a la puerta sin bastón, no sé cómo he llegado hasta aquí», y volvió sobre sus pasos con semblante preocupado. Me hizo gracia, era como si no tuviera asumido que estaba enfermo desde hacía tiempo. Sonreía como un niño y no parecía percatarse de la gravedad de su estado. Volvió al sillón junto a la mesa donde tenía el ordenador, y a su alrededor había una vorágine de papeles y libros por todas partes. Observé de pronto el teclado del ordenador: no se veían las letras, apenas alguna mancha podía recordar que las hubo alguna vez sobre las teclas.

–¿Y las letras? ¿Cómo puedes escribir así, a ciegas? –le pregunté extrañada.

–Oh, se han borrado con el uso, pero no necesito verlas –repuso tranquilamente–. Son muchos años de trabajar en oficinas, puedo escribir con los ojos cerrados. Es verdad que a veces me equivoco y se me funde todo el trabajo, entonces culpo a Krak, un diablillo que me acompaña con sus travesuras. Seguramente fue él quien se llevó las letras…

Después extendió el brazo hacia la estantería que había detrás de él y escogió dos volúmenes, que me entregó suavemente. Uno era de gran formato, con tapas de piel marrón. Era la colección completa, y encuadernada, de la revista *Fray Lazo*, del año 1931, toda ilustrada con simpáticas viñetas, protagonizadas casi siempre por curas ensotanados y gordinflones. El otro era un dietario grueso, con tapas rojas.

–¿Qué es? –le pregunté a José María.

–Ábrelo –contestó.

Lo abrí con cuidado y leí en la primera página unas palabras escritas con una elegante caligrafía azul: «Recuerdos de mi vida».

El corazón me dio un vuelco. No tenía ni idea de que existieran unas memorias, y levanté los ojos interrogantes, sin poder articular palabra.

–Me lo dio mi madre en su lecho de muerte. Quiso que lo guardara yo, no sé por qué. Léelo, te va a ayudar. Llévate también las revistas.

Recogí todo nerviosamente, sobrecogida, silenciosa, y nos despedimos para seguir la ruta, que de ahí nos llevó a la Fundación Negrín, en la calle Espíritu Santo, adonde había ido a parar otra parte del archivo, al cuidado de Sergio, hijo de Agus. Allí había varias carpetas, de nuevo más papeles, incontables documentos, desde poemas hasta billetes de avión o telegramas… Qué sangre de archiveros la de esta familia que todo lo guardaba, con manías que ahora mismo me beneficiaban tanto. Es increíble cuánta información puede haber en papeles aparentemente intrascendentes: una factura de restaurante, una receta médica… Prometí volver, y luego seguimos ese extraño viaje a través del tiempo, ahora ya fuera de la ciudad, hacia el centro de la isla, a casa de tía Lola. Cuando llegamos, descendimos las escaleritas de piedra del antejardín oscuro donde se encontraba la puerta de entrada, cruzamos la casa y, como nos había indicado por el móvil, atravesamos el jardín hasta el diminuto cobertizo donde se encontraba. La hallamos allí dentro, sentada junto a un mínimo escritorio, rodeada de papeles por todas partes.

–¿Qué haces ahora aquí dentro? –le pregunté curiosa.

–Ya estoy jubilada, he dejado la orquesta, y he vendido el violín.

–¿Que has vendido el violín? Pero ¿no te da pena?

–En absoluto. Así nadie intenta convencerme de que vuelva a tocarlo; estaba cansada ya, no tenía tiempo de nada. Ahora en cambio tengo tiempo para mis papeles, me paso las mañanas en el Archivo Diocesano y por las tardes trabajo aquí, aunque la humedad amenaza con comérselo todo –me respondió, dirigiéndose a un pequeño mueble lleno de cajoncitos que había a la izquierda.

Sacó de allí un cuaderno amarillento y arrugado con los bordes sellados por esa misma humedad, que no se había tocado en décadas, y me lo entregó. También sacó un fajo de papeles con dibujos coloreados a lápiz, que me entregó igualmente, junto con un puñado de cuartillas con poemas en los que reconocí de nuevo la letra inconfundible de Juan. Esos papeles, como todos los demás, tenían siempre la fecha y la firma al final: eso también me iba a ayudar mucho. Puse cuidadosamente los manuscritos en la maleta, que se iba llenando poco a poco.

Lola me miró enigmática.

–Hay algo más que no conoces –dijo.

Esperé paciente para descubrir de qué se trataba.

Abrió otro cajoncito de aquel mueble y extrajo un pequeño envoltorio de papel de seda. Lo abrió, y yo a mi vez abrí mucho los ojos con estupor. Eran huesos.

–Son de la mano de mi hermano Sixto, tu tío. En una ocasión en que abrieron su nicho para otro enterramiento, alguien guardó estos dedos y me los dio para que los custodiara. Ya sé que en realidad eso no debería haber ocurrido, pero aquí están los huesos, y me gusta que me acompañen, así que los guardaré hasta que se vuelva a abrir la tumba.

Luis y yo nos miramos en silencio, furtivamente. Es curioso: no sentí especial inquietud, tampoco repugnancia, como si esos restos mortales que estaban ante mí formaran parte de ese jardín, de esos papeles, de ese mundo que se estaba abriendo ante mis ojos. Lola volvió a guardar el envoltorio en su lugar, con absoluta familiaridad, como si fuera lo más natural del mundo que aquellos restos estuvieran allí. Nos despedimos de ella y seguimos la ruta, ahora a casa de nuestro padre, que vivía también en las afueras. Él nos esperaba sonriente junto a la cancela abierta del jardín, y mientras subíamos la vereda hacia la casa, nos mostraba el lugar donde correteaba el gallo que acababa de conseguir.

–Nada más bonito que amanecer con el canto del gallo –decía.

Le contamos todas las novedades, mientras él escuchaba atento, como reconcentrado.

–Creo que ya tengo todo lo que necesito para empezar –le dije–. Porque tú no tendrás algo más de Juan, ¿verdad?

–Claro que tengo algo más, mucho más. No te olvides de que soy el menor de los hermanos, el último que se fue de casa.

–¿Que tienes mucho más? –respondí atónita–. ¿Y por qué nunca me has dicho nada?

–¿Acaso lo has preguntado? –respondió tranquilamente–. No pensé que te interesaran esos papeles viejos. Sin embargo a mí me gusta tenerlos, me hacen mucha compañía. Vente, primero vas a escuchar algo que estoy preparando.

Cuando llegamos a la casa, ya estaba todo dispuesto sobre la mesa de la sala grande, frente al ventanal que daba al valle, donde tenía su estudio de música. Nos sentamos sin prisa en el sofá, ya estábamos habituados al especial sentido del tiempo de nuestro padre, amante de la conversación calmada y sin horarios.

–Ahora estoy preparando un disco sólo de guitarra clásica –dijo, ocupando el rincón donde tenía dispuestos en orden estricto los instrumentos, desde timples, chácaras y tamboras hasta un arpa paraguaya. Cuando levanté la vista de los papeles que estaban sobre la mesa, ya él estaba afinando las cuerdas para comenzar un pequeño repertorio que había preparado, del que iba interpretando sólo breves fragmentos escogidos–. Me faltan partituras, me las tienes que conseguir en Madrid como sea. Y ahora va una pieza endiablada, sólo la sabe tocar bien Andrés Segovia –comentaba, como para sí mismo, y seguía enfrascado en pulsar aquellas seis cuerdas, que sonaban cristalinas, dóciles, en su vieja guitarra.

El tiempo, en tanto, parecía detenido en el valle, y la noche empezaba a caer sobre aquellas soledades. La música fue dejando paso poco a poco a la conversación, y entonces él empezó a desgranar las historias que rodeaban a los objetos que había dispuesto cuidadosamente sobre la mesa antes de nuestra llegada: una libreta que recopilaba las piezas teatrales de Juan, otra con los sonetos titulados *Los siete pecados capitales*, y también muchos cuadernos con poemas, e infinidad de fotos, y dibujos que representaban con gracia a personajes populares –todo plastificado con su proverbial meticulosidad–, y un cuaderno con las viñetas coloreadas de un cómic titulado *Viaje a la luna*, y *plaquettes* de sus primeras publicaciones, y la colección completa de la revista *Planas de Poesía*. Insistió también en darme el retrato a *gouache* que le había hecho Eduardo a su padre, y el retrato a lápiz que le hizo Manolo cuando tenía trece años. También su viejo reloj de bolsillo, sin cristal, detenido en el tiempo.

–¿Está roto? –pregunté.

–Sí, lo rompí yo mismo cuando él murió. Lo estrellé contra el suelo, furioso, o desesperado. Tiene la hora de su muerte –respondió absorto, mientras seguía sacando de sus archivadores agendas, papeles sueltos, libretas, como un mago saca pájaros de su sombrero, incansablemente. Yo estaba abrumada, era un material ingente. Había también recortes de periódico, muy viejos y amarillentos, donde figuraban poemas de Juan, firmados con seudónimo a veces.

–¿De qué año y de qué periódico son? –pregunté.

Les dimos la vuelta pero no podíamos leer el reverso, detrás había pegados trozos de papel con más dibujos que impedían identificar el origen, eran como una máscara o una suerte de camuflaje. Elegimos uno de esos poemas al azar, una evocación nostálgica de la infancia y del Castillo de San Cristóbal. Lo humedecimos cuidadosamente. Entonces pudimos separar aquellos papeles y leer detrás del recorte: *La Voz Obrera*, 20 de febrero de 1931. Bueno, acababa de descubrir que Juan también hizo publicaciones antes de la guerra, y que tenía que ir a la hemeroteca, porque seguramente había más información importante en la prensa de la época, ¿de dónde iba a sacar tanto tiempo?

40

–No te preocupes, ya voy yo la semana próxima y te mando lo que encuentre, quédate tranquila –me confortó mi hermano.

Al día siguiente hicimos algunas visitas más, y después me llevó al aeropuerto, donde facturé mi equipaje de cabina para poder llevar conmigo, en la mano, la maleta de Juan. No podía separarme de ella bajo ningún concepto, llevaba todos los originales, era una enorme responsabilidad y no descansé hasta llegar a casa y cerrar la puerta tras de mí. Entonces puse la maleta sobre el sofá, la abrí y empecé a sacar algunas piezas. Era como si ahí, en esa maleta, estuviera el propio Juan, como si en algún momento se hubieran repartido su cuerpo con el fervor con que se reparte el pan sagrado, y ahora, de nuevo, las piezas hubieran vuelto a su lugar. Coloqué encima de la chimenea el retrato a lápiz, y también el reloj, junto a la vieja foto en que él fumaba sujetando su vaso de whisky. Me senté a pensar. Era muy tarde, y estaba rendida, me parecía que había estado ausente una semana, tantas eran las vivencias acumuladas en esas breves horas. Debía descansar, había que madrugar al día siguiente, pero sólo tenía en ese momento una obsesión. Busqué en el interior de la maleta las tapas rojas del cuaderno cuya imagen me estaba quemando desde que supe de su existencia, y me senté con él bajo la lámpara. No importaba el cansancio, tenía que leer ese cuaderno y no podía esperar. Abrí por la primera página y comencé a leer, ávidamente y sin poder detenerme hasta llegar al final... Después volví adelante y atrás, y releí una y otra vez esas páginas fundamentales, que me daban respuestas y convocaban nuevas preguntas. Para ir avanzando y ganar tiempo, decidí empezar a teclear el texto mientras continuaba mis indagaciones...

En estas horas de vagar forzado, entre mis papeles y el mar, contemplo todo lo vivido y lo perdido, y parece latirme el océano en las venas de esta mano, en esta tinta que fluye como una cometa en la inmensidad del silencio, sobre esta página donde soy libre, y no importa aquí lo que ocurra allá fuera, las marchas militares y los tedeums, todo ese olor nauseabundo a encierro que hay en el aire de esta pobre patria nuestra, porque aquí, en este rincón del silencio, soy libre y no estoy solo, me acompañan todos mis muertos, los de mi sangre y también los amigos que se fueron para siempre en estos años, terribles como una noche interminable. Sobre todo, la escritura se colma de sentido cuando te miras las manos vacías, y sabes que delante de ti quedan pocos días, y que es hora de descansar al fin, y no tienes nada, absolutamente nada que dejarle a los tuyos, excepto tu palabra, y tu memoria... que no es nada pero es todo cuanto tengo. Eso es lo que tiene un hombre despojado y desnudo en el momento final, su vida entera, para ofrendarla por última vez.

Así que me dispongo a escribir la historia de mi vida, y así además distraer las horas frías de este enero más crudo que ninguno... Quiero escalar en los recuerdos para irme muy atrás, en el tiempo, hasta el principio... pero cuando intento recordar, a veces sólo encuentro oscuridades, como si mi cerebro fuera un viejo escritorio con las gavetas llenas de papeles desordenados. A menudo me cuesta concentrarme, porque me quema la garganta, las radiaciones son intensas y me dejan en todo el cuerpo la sensación constante de vibrar por dentro. Cierro los ojos y siento ese temblor, esa sacudida que me recuerda aquel tiempo feliz en que, de niño, acercaba mi oído a los postes de la electricidad, y los abrazaba, para sentir ese rumor sordo y profundo que me hacía también vibrar, eran como cosquillas por todo mi interior. Pero tengo que seguir escribiendo, fluye la tinta y es como si fluyera mi sangre para decirme que estoy vivo, que aún tengo voz, esta voz que se desliza sigilosa en la página, y así tal vez alguien, al leerla, se acordará de mí. Y si no, no importa: sólo por la sensación de libertad que me embarga en este ritual íntimo, habrá valido la pena cruzar este cuaderno con el suave remar de la pluma.

Mis recuerdos más lejanos se sitúan en la casa familiar de mis padres, en el viejo barrio colonial. Allí me veo a mí mismo, observándolo todo desde mi estatura ínfima, intentando descifrar ese extraño lenguaje de los mayores, que aún no conocía ni podía comprender. Recuerdo esa sensación, ese desesperarme por intentar entender las palabras que escuchaba, como una maraña de sonidos oscuros que me escondía empecinada su secreto, y me angustiaba no saber el modo de llegar a él. Después, poco a poco, recuerdo ir tomando conocimiento de mi entorno, crecer jugando con mi hermano Agustín, y observar los rincones, sobre todo del patio. Ése era mi reino, con su universo de plantas para mí gigantescas, una auténtica selva donde yo me perdía como un robinsón, mientras por los rincones buscaba las hormigas, que me gustaban porque eran pequeñas también. Las alimentaba con los granitos de azúcar que hurtaba en la cocina cuando nadie me veía, y que ellas transportaban diligentes a su hormiguero. Recuerdo también el bernegal destilando sus gotas mínimas, como un melódico reloj de agua, o un metrónomo natural, y las escaleras que subían a la planta alta, donde los balcones de madera con sus galerías abiertas sobre el patio comunicaban las habitaciones. Pero sobre todo, recuerdo las otras escaleras, las que llevaban a ese espacio de mi fantasía que eran las azoteas. La nuestra era sólo una pieza del enorme laberinto de distintas alturas, separadas por vallas bajas de celosía y enlazadas por muchas escaleritas de madera, sobre toda la manzana de casas, que parecía continuarse en las de los alrededores, y que terminaban en un mar verde de vegetación, de palmeras y plataneras. Ahí, en nuestra azotea, estaba el cuarto que hacía las veces de trastero, mi refugio. Me gustaba esconderme ahí a jugar, o a contemplar esos hilos de luz que bajaban de la techumbre irregular de cáñamo hasta clavarse en el suelo. Podía pasar mucho tiempo allí sentado en el suelo, contemplando cómo las motas de polvo flotaban ingrávidas en aquel mínimo resplandor, en aquellas agujas de luz, como en un pequeño universo autónomo, con sus propias leyes.

También me gustaba bajar corriendo al patio en cuanto se oía el silbato del afilador, y quedarme contemplando cómo saltaban las chispas, mientras él trabajaba y me sonreía silencioso. O acudir al zaguán por las mañanas, muy temprano, apenas había amanecido, cuando tocaba a la puerta el panadero. Al abrir la criada, allí estaban él y el burrito con sus alforjas llenas de pan aún caliente, con su olor inolvidable a matalahúva. Y a mí, que andaba rondando y que lo pedía ansiosamente con los ojos, me daban un pedazo de aquel pan blanquísimo, que yo me llevaba a un rincón del patio para comérmelo despacito. Allí me quedaba absorto, intentando resolver un gran misterio que entonces me inquietaba, porque al observar las plantas del jardín en esas primeras horas descubría que algunas tenían lágrimas posadas sobre sus hojas. ¿Por qué lloraban de noche? ¿Acaso habían tenido pesadillas, o tenían miedo? Me quedaba un buen rato acompañándolas, porque ellas no tenían una madre a quien llamar de noche y me daban pena.

Cuando fui creciendo, ese pequeño paraíso cerrado se expandió a los alrededores, a las callejuelas de todo el barrio viejo, en la ruta para acudir al colegio o en el paseo de los domingos. Me gustaba sentir las calles inundadas de gracia y bullicio, y de ese intenso olor a jazmín y hierbabuena que guarda mi memoria tan bien. Porque todo el barrio viejo estaba lleno de patios y jardines, aunque hoy ya sólo parece un inmenso fósil de piedra. También había muchos animales por las calles. Uno podía encontrarse no sólo caballos, sino también cabras y burros, y hasta alguna gallina suelta recorriendo el empedrado, en particular cerca de los pilares, que a menudo hacían la función de abrevadero: el de Santo Domingo y el del Espíritu Santo, y también el Pilar Nuevo. Allí las aguadoras llenaban sus cántaros, y sus latas y tallas, que luego se llevaban sobre la cabeza, en aquel equilibrio casi inverosímil.

En esos largos paseos de los domingos, me gustaba ir contando por el camino las gárgolas de piedra y de madera que desde las azoteas nos veían atravesar la calle del Reloj o la de los Portugueses, y detenernos en la plaza de la vieja catedral, esa matriarca adusta rodeada por el hervidero de sus visitantes dominicales, con todas las mujeres cubiertas de mantillas blancas y negras rodando a su alrededor en un movimiento familiar. Después avanzábamos por el Puente de Piedra sobre el Guiniguada, hasta la Plazuela, con su solado de tierra y sus bancos de madera. Allí estaba el heladero con su carro varado, y bajo su toldillo, aquellas cúpulas plateadas que guardaban los deliciosos sabores de los helados que íbamos luego paladeando. Se instalaba siempre frente a la Botica del Rincón, donde alguna vez entré con mi madre, y me extasié contemplando todos aquellos estantes de caoba, atiborrados de tarritos cerámicos con nombres ininteligibles.

Desde la plazuela bajábamos a Triana por la calle Lentini, junto al cauce siempre escasísimo del Guiniguada, que sin embargo tenía un singular encanto, con su lecho de callaos y aquella vegetación que asomaba por todas partes, y los árboles que desde la ribera se alongaban sobre él como si quisieran beber de los charcos. Y en Triana, rodeada por sus vegas, llegaba la gran fiesta, que era ver el trasiego de tartanas y de carros arrastrados por caballos que inundaban la atmósfera con el repiqueteo de sus cascos. Y sobre todo ver el viejo tranvía, que cubría la ruta del Puerto a Triana, movido con carbón entonces, al menos en mi infancia. En los años cuarenta veríamos con alborozo su resurrección a causa de la carestía de combustible, y fue bautizado como *La Pepa*, porque se inauguró el día de San José. Pero en mi infancia a la locomotora la llamábamos *La cafetera*, y avanzaba ruidosa con su penacho de humo y sus pocos vagones polvorientos, tiñendo de hollín todo lo que la rodeaba. A mí me hacía gracia esa máquina destartalada. Sus raíles estaban literalmente tomados por los burros que deambulaban con sus alforjas y los iban sembrando de cagarrutas... Ese era nuestro pequeño mundo isleño, que a mí se me hacía un paraíso, y cuando veíamos el cauce sediento del Guiniguada o escuchábamos el avance del tranvía nos podíamos imaginar eso que los libros llamaban ríos y trenes, y que en la isla nunca podríamos conocer.

Entre esos recuerdos remotos emergen también, naturalmente, las primeras clases, en la escuela de párvulos de las hermanitas de San Vicente de Paúl, en el inmenso Hospital de San Martín, adonde llegábamos desde la calle del Colegio, subiendo luego por el camino que va hacia el barrio de San Juan. Después, pasamos a la escuela de la Sagrada Familia, entre la calle del Cano y la de la Arena, regentada por las hermanas Salomé y Prudencia Araña, y llamada en toda la ciudad *colegio de las arañas*, algo que a mí, que no sabía de apellidos, me inquietaba sobremanera, temiendo picaduras por doquier. Estuvimos algún tiempo en esa escuela, donde coincidimos con Juan Negrín, y de ahí nació una amistad que con el tiempo habría de ser crucial para mi hermano, como luego diré. Ambos eran buenos estudiantes, mientras a mí lo que más me gustaba era distraerme con los pájaros que jugaban en la ventana, o dibujar incesantemente en los rincones de los cuadernos. Una actividad que en casa me prohibían, y hasta me escondían los lápices de colores, por el miedo de mi madre a que siguiera los pasos de su hermano, Juan Carló, un pintor bohemio, alcohólico y disparatado, de mala vida y mala muerte, que para la mayoría era un fracasado y un loco, sobre todo por su obsesión de destruir casi todo lo que pintaba, y que yo, sin embargo, admiré siempre por su sentido de

47

la libertad: porque era alguien absolutamente libre, que ejercía su libertad cada minuto de su tiempo, sin importarle ni las habladurías ni las convenciones ni los anatemas, y eso no era nada fácil en una época como aquella.

Después seguimos nuestros estudios en el Colegio de San Agustín, donde habían sido profesores mi abuelo y mi padre, y cuyo espíritu krausista había supuesto no pocos problemas a sus docentes a lo largo de los años. Las vacaciones de verano las pasábamos en la playa, adonde íbamos en tartana, y que entonces era como una extensión de arenas saharianas pobladas de dunas que llegaban hasta San Telmo. Allí pasábamos las horas y los días jugando a piratas, o también a la guerra ruso-japonesa, que estaba en su momento álgido, o pescando roncadores con la caña, y escuchando de la tía María todas las historias de Julio Verne junto con nuestros primos, en especial con Claudio de la Torre: éramos de la misma edad y compañeros de clase en el colegio. Con él compartimos no sólo esos juegos de infancia, sino también, junto con su hermana Josefina –Pepa–, las experiencias teatrales que después también relataré. La vida pública en ese tiempo se limitaba a escasos acontecimientos, vivíamos en una extraña calma, adormecidos por los alisios y por esa lejanía que nos convertía en espectadores olvidados de lo que sucedía en tierra firme. Entre los pocos entretenimientos colectivos recuerdo las procesiones de la Semana Santa, que siempre me gustaron, sobre todo por ver la imagen magnífica del Cristo de Luján en su paso solemne sobre el Puente de Piedra. Paradójicamente, las procesiones eran sinónimo de bullicio y de fiesta, como los carnavales, que ahora hace tanto que están prohibidos.

Con la adolescencia llegó la voracidad por los libros de aventuras y de grandes hazañas. Me entregaba a esas páginas en el cuarto de la azotea, mirando el mar al fondo, e imaginando todo tipo de batallas y gestas marineras. Por esa época comenzó mi pasión por los libros de Historia, en ellos podía encontrar relatos mucho más deslumbrantes que los de las novelas –que también me gustaban–, simplemente porque eran verdaderos, y hasta me parecía que podía contemplar los acontecimientos mientras leía. Imaginaba aquellas historias de conquistadores y aborígenes en mis largos paseos junto al mar, o cuando iba con Claudio al Castillo de San Cristóbal, donde casi podíamos escuchar el ruido antiguo de los cañones ante las velas enemigas dibujadas en el horizonte. Otras veces íbamos al cementerio, allí cerca: siempre me gustó visitarlo. Por entonces estaba bastante despoblado y tenía mucho de jardín rodeado de muros de piedra, en medio de un mar de vegetación. Estaba presidido por el solemne lema grabado en el dintel de la entrada, que yo solía detenerme a leer:

Templo de la verdad es el que miras.
No desoigas la voz con que te advierte
que todo es ilusión menos la muerte.

También nos gustaba vagabundear por la Recova: deambulábamos entre los vendedores –que arrastraban sus burros y sus sacos de mercancía– y todos aquellos puestos callejeros con su algarabía de colores, desde la pescadería, cuyas formas sugestivas con celosías de madera le daban un aire oriental, hasta el gran edificio del mercado, de una solidez que no parecía albergar el caos que realmente lo ocupaba. Allí jugábamos a ser mercaderes y navegantes que venían desde países lejanos y habían de hacerse con provisiones para la siguiente travesía. Desde allí cruzábamos el Guiniguada por el Puente de Palo, con aquellas cuatro tiendas cubiertas que parecían barcos flotando, con las velas hinchadas hacia lo alto. Por allí pululaban las lavanderas –a veces eran casi niñas–, que llevaban sus ropas en grandes cestas o en cubos de zinc sobre la cabeza, y armaban un gran alboroto que se sumaba al del mercado. Todo ese bullicio y movimiento tenía como telón de fondo la desembocadura del barranco, que se desdibujaba detrás como una fantasmagoría, pidiendo agua al mar para que esas barcas varadas que semejaban los tenderetes del puente pudieran al fin partir de su dique seco. Y cuando corría el barranco, la ciudad parecía despertar de su letargo y se llenaba de alegría.

Desde Triana, por la calle Clavel, nuestros paseos se dirigían con frecuencia hacia el callejón de la Marina, a la playa de piedra, o al malecón que llevaba al muelle de San Telmo. Sobre todo los días de reboso, con aquellas olas altísimas, que alcanzaban la fachada trasera de las casas de Triana: era un espectáculo formidable. Mientras las calles se entregaban a su comercio ruidoso y febril, detrás me parecía que bramaba la marea furiosa, aullando y prometiendo que algún día volvería a ser la dueña de todo aquel territorio robado, y haciendo resonar airada los callaos con el fragor de las olas. Durante los veraneos en la playa, nuestro balcón al mar era el Muelle Grande, adonde íbamos a ver llegar los vapores de las compañías Miller o Blandy, con su festival de velas, colores y banderas, que nos transportaban de inmediato a lugares soñados: Liverpool, Londres, Madera, Río de la Plata, Génova...

Todas esas imágenes encendían mi fantasía, mientras devoraba aquellos libros que me hablaban de nuestros orígenes, en la niebla de los tiempos, entre la fábula y la bruma de un vergel sobre el mar, soñado o entrevisto por sabios y marinos, que vieron aquí, en las islas, el jardín de las Hespérides –aquellas doncellas que custodiaban las manzanas de oro– o la Atlántida de Platón. Y adonde arribaban tantos navegantes –genoveses, normandos, portugueses, ingleses, castellanos, árabes...– en son de paz o interpretando enconados combates con los aborígenes, y que fueron dejando aquí castillos, ermitas y gentes.

Todos se prendaban de las manzanas de oro de aquel jardín mítico, con sus higueras y juncos, sus dragos y garoés, sus barrancos y precipicios de alturas casi irreales. Como le ocurrió a aquel monje irlandés llamado San Brandán, que con un puñado de frailes llegó a estas islas ignotas donde dijo haber hallado cíclopes y cenobitas, viñedos y fuentes, y hasta una montaña que vomitaba fuego. Entre ellas situó la del paraíso, que llevaría su nombre, San Borondón, la isla misteriosa, que aparecía a poniente y se escondía entre las nubes; la isla maga adonde tantas expediciones intentaron llegar inútilmente. Los libros decían que era sólo una leyenda, pero yo me negaba a creerlo, y la soñaba siempre allá a poniente, al caer la tarde: la llamaba con el pensamiento... San Borondón, San Borondón... hasta su nombre era como un conjuro mágico, era la tierra de los sueños posibles.

Porque San Borondón éramos nosotros mismos, era nuestro espejo, el reflejo fugaz de nuestra alma esquiva, que veía ese trasiego de barcos y se defendía como podía, se enmascaraba de nubes, y permanecía ahí, latiendo, viendo pasar tantos marinos, soldados y mercaderes, todos con su codicia disfrazada de épica. La isla los contemplaba mientras iban y venían, ella no sabía de imperios o ejércitos, sólo sabía soñar horizontes, era sólo una barca mecida por las olas. Los forasteros querían asirla, poseerla, someterla, tener su pedazo de paraíso, no se daban cuenta de que al querer tomarla la perdían, la hacían jaula, prisión, trampa infame o destino de desterrados. Ella pervivía con mil vestimentas: era Albania, Tamarán, Maxorata, Capraria, Erbania… Nombres que inventaron sus soñadores primeros, antes de todas aquellas batallas sangrientas entre conquistadores y aborígenes que me gustaba leer y releer, y que, aficionado ya a escribir versos, encerrado en mi cuarto de la azotea, empecé a volcar en romances a los que me dedicaba con la vehemencia de esa edad juvenil.

Así, me entregué a llenar mis cuadernos contando de cómo Diego de Silva, caballero portugués, acorralado a muerte por Guanache Semidán, fue perdonado por la magnanimidad de ese rey, que lo acompañó junto con todos sus hombres a su barco, para protegerlos de los peligros de los acantilados. De cómo el castellano Pedro de Vera mató por la espalda al valiente Doramas, y clavó su cabeza en una pica y la expuso en el Real como prueba de su infamia. De cómo Bentejuí recordó a Guanarteme que esta tierra sobreviviría en pie sobre los roques, y pidió que lo dejaran morir con honra, y se arrojó al precipicio abrazado al faycán y encomendándose a esos lugares sagrados con el grito *Atis Tirma*. De cómo el rey Tanausú fue traicionado, y cargado de grilletes fue llevado en un barco cuyo destino jamás habría de ver, porque se dejó morir de hambre para abrazar la libertad perdida. De cómo el adelantado Alonso de Lugo fue humillado por Bencomo y Tinguaro en el barranco de Acentejo, donde sus guerreros cayeron por sorpresa desde los desfiladeros y vencieron a todos sus hombres, dejándolo a él malherido, y de cómo después una tormenta de agua y granizo lavó la tierra, ya libre de tanta ignominia.

Tras la conquista, los antiguos pobladores que no habían sido vendidos como esclavos en la cuenca mediterránea, ni se habían quitado la vida, fueron asimilándose a los vencedores: debían cambiar de nombre y cristianarse, y abandonar aquella extraña lengua que venía del lejano Atlas. Así hizo un pastor de Gáldar, llamado Atachiney, que adoptó el apellido de un canónigo de cuyo origen nada se sabe –tal vez fuera catalán, o lucense– y tras su bautizo pasó a llamarse Juan el Viejo. Ese pastor es el más antiguo miembro de mi árbol genealógico, y de él tan sólo se sabe que acabó sus días inmerso en la locura. En mis ensoñaciones me parecía verlo y oírlo, vagando por los montes, gritando o llorando, embargado por la nostalgia del reino perdido de sus antepasados.

Todas esas historias se iban enlazando en mi imaginación de muchacho con las de los piratas que llegarían después, y que hasta hacía muy poco habían supuesto un sobresalto permanente para estas tierras, como lo testimoniaban aún las fortalezas que pervivían en la costa. Desde allí los cañones habían disparado contra Drake, cuya derrota cantó el mismísimo Lope de Vega, o Robert Blake, con sus treinta y seis naves avanzando como buitres sobre toda la plata recién llegada de América. Todos ellos cruzaban por mi fantasía con sus velas desplegadas para llevarse nuestros barcos, nuestros hombres, nuestro grano, y en cierta ocasión, hasta las campanas y el reloj de la catedral, robadas por la locura de Van der Does, aquel holandés errante que había querido anexionar estas islas a su país...

Esos relatos me los contaba mi padre y también los leía en los libros de sabios como Viera y Clavijo, ese gran historiador de origen humilde al que tanto admiraba, y que varias veces fue procesado por su espléndida obra, en un tiempo en que si había algo más terrible que los corsarios eran los inquisidores: no quemaban barcos pero sí gentes, y libros, montañas de libros. Las bibliotecas, que sólo podía poseer la burguesía ilustrada, se les hacían peligrosísimas tentaciones satánicas, en especial todo lo que viniera de Francia. Así que los comentarios científicos de Viera sobre las apariciones de la Virgen, o sobre el supuesto sudor de la imagen de madera de San Juan de La Laguna, le valieron procesos que afortunadamente no llegaron a mayores. Malos tiempos para el pensamiento libre. También fue perseguido Berthelot, porque eso de abrir un liceo donde se enseñara inglés y francés les sonaba diabólico, y hasta el obispo Verdugo sería arrestado como sospechoso de afrancesado y de leer libros prohibidos. Cuentan los viejos que cuando se disolvió al fin el dichoso Tribunal, los seminaristas se lanzaron a tocar a muerto; la gente venía muy alarmada a preguntar quién había fallecido, y ellos contestaban jocosos: «Doblamos por la vecina».

Se daba el caso de que la sede del Santo Oficio había estado en la calle del Colegio, por donde yo pasaba cada día. Allí estuvieron sus calabozos y sus cuadras, y a mí me daba un escalofrío al pasar a su lado, y me parecía oír todavía los lamentos de sus almas en pena. Tiempos lejanos de oscurantismo, y de pobreza, por los saqueos, los tributos y las levas en estas tierras perdidas en medio del océano, tan incomunicadas, donde no se conoció el alzamiento del 2 de mayo de 1808 contra los franceses hasta meses después, a través de la tripulación de un bergantín procedente de Vigo que traía noticias de la guerra, y que no sabía decir si finalmente el gobierno de la nación era español o francés. Al fin y al cabo, lo mismo daba. Los seis años de la Guerra de la Independencia pasaron casi inadvertidos, y el levantamiento de Riego en Cabezas de San Juan, en enero de 1820, ¡se conoció en abril! Y hasta la proclamación de la Primera República llegó a las islas a través de periódicos extranjeros…

Nuestro mundo verdadero era el de la mar y las islas. El de Gran Bretaña, que siempre tuvo debilidad por esta tierra, también isla –pero con un sol que su geografía les negaba–, y que fue tanto tiempo su colonia económica. O la costa africana, donde faenaban nuestros pescadores. Y Cuba, la Gran Antilla, tan nuestra, que nos daba su miel, su ron y su tabaco, y con la que había un incesante trasiego de fragatas y bergantines. Entre ellos fue famoso uno de nombre pintoresco: *Feliz Compaña de los Panaderos*, capitaneado por don Manuel Abreu, alias *Bizcocho*. Desde la caleta de San Telmo partía la ruta de las Américas, larga pero también grata, por la bondad de los alisios. Los barcos zarpaban desde el Castillo de Santa Ana; los pasajeros los alcanzaban a pie en los días de marea baja, y cuando había oleaje, eran llevados a hombros por los marineros a una pequeña lancha que salía desde la playa de Santa Catalina o la del Cayo, y que desde allí los acercaba al barco. Sólo fue a fines del XIX –en torno a las fechas de mi nacimiento, según me contaban mis mayores– cuando dos vapores ingleses instalaron el cable eléctrico desde Cádiz, y al fin se pudo transmitir el primer telegrama, y empezamos a salir de aquella oscuridad cavernaria.

Como ya decía, mi fantasía estaba inundada de libros de aventuras, reales o novelescas, y mucha poesía, que era para mí como un juego, porque había siempre versos en la prensa diaria, y con ese modelo me aplicaba a componer pareados ingeniosos o burlescos para toda ocasión que se presentara. También me gustaba el teatro, algo que había vivido en casa desde muy niño, como un juego más, o el más importante, en una dedicación que mi padre y mi tío –Papá Luis– heredaron del abuelo Agustín, al que llamábamos Papá Tin, y que era casi un personaje de novela romántica. Su abuelo había sido organista de la catedral, y contaban las crónicas que era capaz de hacer reír y llorar al órgano bajo la pulsación de sus dedos. El padre de Papá Tin había seguido el mismo camino, y se había entregado con fervor al violonchelo sin importarle que, en aquel mundo de entonces, un músico sólo pudiera encontrar trabajo en misas y entierros.

Papá Tin tenía un temperamento bohemio y exaltado, y un talento precoz para la música. Primero estudió en la escuela de Dibujo y en la de Notaría, que era lo poco que podía hacerse entonces en la isla. Después su padre, que se emocionaba con aquel pequeño compositor y pensaba que tenía en casa una especie de Mozart, con sus escasos recursos logró enviarlo al conservatorio de Madrid, tan soñadores ambos, sabiendo que la música sólo daba para morirse de hambre. A Papá Tin le gustaba contar su primera salida, tan quijotesca, con su pequeña maleta –que yo heredé y siempre tengo conmigo– y junto a su amigo Federico Morera, montados ambos en sendos borricos. Partieron de la Puerta de Triana hasta el Puerto de la Luz en el mes de octubre de mil ochocientos cuarenta y tantos, y allí tomaron la lancha que les acercó al velero *La Diligencia*, que les reservaba una travesía más larga de lo que remotamente podían imaginar: Puerto de Cabras, Puerto de Arrecife, y luego la desesperante travesía hasta Cádiz, seis largas y tediosas semanas por faltar el viento... Aquellas jornadas interminables no acabaron allí: corría el bulo de que en las islas había epidemia de fiebre amarilla, así que sin llegar siquiera a desembarcar fueron redirigidos al lazareto de Mahón... Papá Tin, lejos de preocuparse, se sentía como el Conde de Montecristo, inmerso en aquel viaje prodigioso y atravesando el Estrecho hasta llegar a su destino. El encierro en el lúgubre lazareto, sucio y plagado de inscripciones fúnebres, lo vivió también como parte de la aventura, y pasados los días y las fumigaciones, pudo al fin tomar un vapor a Barcelona, ante cuyo espectáculo de modernidad se quedó fascinado, él, que sólo conocía las calles abandonadas y sin pavimentar, y hasta sin nombre ni aceras ni farolas, de su ciudad natal, que ni siquiera tenía posadas, y menos teatros... Así que Papá Tin pudo al fin pasear extasiado por aquellas calles tan elegantes, con sus establecimientos comerciales y almacenes, tan distintos del paisaje sórdido y paupérrimo de las callejuelas polvorientas de su ciudad. Pudo escuchar ópera y también ver el hermoso teatro del Liceo en construcción, y ya desde allí tomó una diligencia a

Madrid, donde lo recibió el frío de la madrugada. La soledad y la nostalgia no le impidieron seguir ardientemente sus clases de violín, piano y armonía, en unos meses de entusiasmo febril, hasta que el verano siguiente, en julio, recibió la noticia de la muerte repentina de su padre y hubo de abandonar su sueño para siempre.

A su regreso hizo cosas insólitas en aquel páramo que era entonces esta tierra, donde pocos sabían siquiera leer. Dirigió la orquesta de la catedral, y escribió artículos en dos periódicos antagónicos: *El Ómnibus* y *El Canario*.

En ambos, con seudónimo, polemizaba contra sí mismo semanalmente, dada la ausencia de colaboradores. También escribió novelas por entregas, y óperas y zarzuelas que representaba en su casa con su familia y a puertas abiertas: todos podían participar de aquella fiesta. Pero cuando vio que iban llegando los hijos y que no tenía bastante para vivir, recordó aquel título académico obtenido en su juventud y dio un golpe de timón a sus tareas: aprobó los exámenes de notariado y, ya con estabilidad económica, con el viento y la fortuna a favor, se sintió libre para seguir escribiendo música y novelas, y sobre todo libros de Historia, que supusieron su perdición.

Sus biografías le valieron la excomunión del obispo Urquinaona, que había sido su amigo, pero no le perdonaba que opinara sobre la virginidad de María ni las actuaciones de los prelados. Su libro fue condenado en un edicto leído en las dos catedrales y en todas las parroquias, y aunque los periódicos liberales lo defendieron, e incluso sus amigos le regalaron una alegre serenata aquella noche, su vida no volvería a ser la misma desde entonces. Se convirtió en alguien sospechoso, la manzana podrida que podía contaminar al resto, y si ya antes era considerado diferente y afrancesado, comenzó entonces su vida como maldito. Era un personaje incómodo, en los medios sociales se le rehuía, y esto lo sumió en una amarga melancolía. A su muerte tomaría su nombre la calle de la Gloria donde nació y vivió, antes llamada también de Barreros, y de Alfareros, e incluso de Salsipuedes, a causa de su terminación angosta, por la que no podían pasar los vehículos.

Este abuelo mío les enseñó tempranamente a sus dos hijos a tocar el violonchelo y la viola para que colaboraran en sus representaciones teatrales, y también les transmitió el amor a la Francia laica y revolucionaria. En las actuaciones participaba toda la familia, y después mi padre y Papá Luis siguieron la tradición de escribir piezas que poníamos en escena en nuestra casa de la playa o en la de Papá Luis, en la calle de San Ildefonso –donde también se representaba a Ibsen, a Maeterlinck, a D'Annunzio–. Algunas de sus obras fueron después interpretadas por la compañía de Margarita Xirgu, y con una de ellas, *La ley de Dios*, que logró cierto éxito, se repitió el maleficio: aplaudidas algunas de sus escenas, otras fueron furiosamente pateadas por los clericales, atrincherados en la idea de que ciertos temas son intocables.

A mí me gustaba imaginar a Papá Tin en los tiempos en que, de niño, se dedicaba a escribir comedias en los pedazos de papel de los cucuruchos de almendras y confites que quedaban abandonados bajo las butacas del teatro; o acudiendo de noche, con su vela, su papel y su lápiz, a la Academia de Dibujo; o leyendo ansioso *Las ruinas de Palmira*, de Volney, porque sabía que era un libro prohibido y le fascinaban esas páginas sobre librepensadores y revoluciones. También lo imaginaba leyendo en francés toda la biblioteca de su profesor de Música, don Manuel Sánchez: Voltaire, Rousseau, Raynal, Hugo, Thiers, Dumas... Paradójicamente, era muy difícil conseguir por entonces en esta tierra a los clásicos españoles, y sólo *El Quijote* pudo leer nuestro personaje, y se me hace que no poco de su locura fue la que alimentó toda su vida.

Sus hijos —es decir, mi padre y Papá Luis— repitieron el viaje iniciático del abuelo, esta vez a Barcelona, para estudiar Derecho y Medicina respectivamente, en condiciones mejores que Papá Tin, ahora con una situación muy acomodada. Mantendrían también el ritual de las tertulias literarias, que ellos vivieron de niños, en pijama y escondidos tras la puerta, desde donde les gustaba escuchar regocijados los versos escatológicos de Fray Esparragón sobre los amoríos de curas y monjas. Y también los no menos desvergonzados de Agustina González, el personaje más pintoresco del barrio, poetisa popular a la que todos llamaban *La Perejila*. Tan popular era, que por navidades, entre las figuritas del belén que cada familia hacía en su casa, no podía faltar la de *La Perejila*, con sus antiparras oscuras —estaba casi ciega— y el bastón con que amenazaba a los que se metían con ella. Incluso se le cantaba su canción:

Cruzan la Peregrina
veinte parrandas,
llora La Perejila
su soledad...
Esta noche, Nochebuena,
¿quién la invitará a cenar?

Aunque pertenecía a una familia de alcurnia, su soltería mal llevada y su carácter endemoniado la habían ido empujando hacia la marginación y el abandono por parte de sus parientes más cercanos. Ella, que era una mujer culta y muy religiosa, dueña de una importante biblioteca además, no dudaba en soltar sapos y culebras a todos los malintencionados que la llamaban por la calle con su sobrenombre, a sabiendas de que lo detestaba. Es fama que un día dio un bastonazo en la cabeza a la planchadora Leonor, en la misma calle de la Gloria –nombre que no tenía nada de religioso, por cierto, sino que correspondía a la *madame* de una casa de trato que había allí–, y acabó nuestra juglaresa con sus huesos en el juzgado.

–Señora mía –la inquirió el juez, mientras el gentío se congregaba curioso en la sala–, explíqueme lo que ha pasado. Se la acusa de una agresión violenta.

Ella, que tenía más facilidad para hablar en verso que en román paladino, contestó muy decidida:

Aquí vengo, señor juez,
a defenderme ante usté
de injuria y falsos agravios:
que esta puta de mujer
no es Leonor del Trovador,
que es Leonor de Lucifer
y al propio tiempo de varios…

La gente la escuchaba alborozada y luego repetía de esquina en esquina la anécdota y los versos: cada uno de sus tropiezos suponía la noticia del día en aquel barrio vetusto donde nada pasaba nunca. Ella recorría las calles cada tarde con su andar lento, bamboleándose, para ir a misa y también para pedir limosna de casa en casa. Negársela era un riesgo, y sobre todo, llamarla *Perejila*, porque cuando oía ese apodo que detestaba se la llevaban los mil demonios.

—Señora, una limosna para esta pobre mujer, por caridad del cielo, y que Dios se lo pague —le dijo una vez a una alta dama que entraba en su casa, en la calle de los Balcones.

—¡Déjeme en paz, no sea pesada, *Perejila*! —respondió ella incómoda. Y nuestra poetisa, que percibía el apelativo como el peor de los insultos, le soltó a voz en grito su andanada, en medio de la calle y para regocijo de todos los viandantes:

¡Como en el Asia Calcuta
vive aquí doña Vinagre,
que es tan grandísima puta
como lo fuera su madre!

A mí me despertaba mucha ternura este personaje de los tiempos de mis mayores. Su familia la había repudiado por su amistad con las musas, según le contaba a sus sobrinos Sixto y Lola Sall, a los que yo conocería después. Y sobre todo la detestaban por contar en público lo privado. Sin embargo, la soledad y la miseria a las que se vio abocada por la ligereza de su lengua no la llevaron a cambiar de rumbo. Murió en el mayor de los abandonos, en el Asilo de los Desamparados, con cerca de ochenta años, y completamente sola.

3

Medio Juicio

Pero volvamos a esos días de mi infancia y adolescencia, en los que no todo fueron lecturas. Cuando empecé a ir al Colegio de San Agustín, con unos siete años, yo salía de casa cada día y recorría la calle Espíritu Santo hasta el jardincillo de Gradas en la trasera de la catedral, donde comienza la calle de los Balcones, y allí seguía por la de la Herrería, donde estaba el Colegio. Pues bien, en el número 20 de esa calle de los Balcones, hoy Colegio Notarial, solía ver en la ventana a una colegiala con blusa azul y cuello blanco, que desde aquella celosía me dedicaba una sonrisa cómplice. Pasaron los meses y los años, y continuaron las miradas y las sonrisas fugaces, tan tímidas siempre, ¡tiempos románticos aquellos! Ya en mi edad adolescente, el corazón se me desbocaba cada vez que me acercaba a esa calle buscando aquellos ojos negros, que siempre provocaban en mí un incendio interior. Empecé a pasar mucho tiempo bajo aquella ventana, porque cuando ella no estaba asomada, podía escucharla durante horas tocar el piano, y me parecía que el tiempo se detenía al oír aquellos arpegios y melodías impulsados por esas manos suyas. Ella era mi religión, mi obsesión absoluta, ocupaba todos los pensamientos y los sueños de mi ardor juvenil. Sólo vivía pendiente del momento en que me podía instalar bajo su ventana, el resto del mundo ya no existía para mí. A menudo no era yo el único que se detenía en la calle para escucharla, tal era su virtuosismo, aunque su padre jamás cedió a las peticiones de que tocara en público.

Por lo demás, yo solía pulular con mis amigos por la Plaza Cairasco, o sentarme con ellos en las terrazas del café Jerezano, frente al Gabinete Literario y la Alameda, a tomar una cerveza y fumar nuestros primeros cigarrillos, mientras veíamos pasar toda aquella fauna de señores bien empaquetados con su terno y su sombrero. Era el mundo adulto, al que ya queríamos entrar rápidamente. Por allí andaba yo unos días antes de mi viaje a Madrid, para comenzar mis estudios universitarios: escuchaba la banda municipal que tocaba en el quiosco de la Alameda, cuando sentí clavadas en la nuca aquellas dos flechas que tan bien conocía. Me volví lentamente: sentada unos pasos más allá, ella me sonreía, mientras con el abanico seguía el ritmo de un pasodoble. Ese día, envalentonado por la presencia de mis amigos y por las cervezas que me había bebido, me acerqué a ella y al fin intercambiamos nuestras primeras palabras, torpes y osadas al tiempo, después de tantos años:

–¿Cómo te llamas? –la abordé.

–Dolores... Lola –sólo dijo esas pocas sílabas, y sonrió, como sonreía siempre, asomada en su ventana, cuando yo la miraba silencioso desde la calle.

–Lola... Entonces el día de tu santo es el Viernes de Dolores... pero yo prefiero el Viernes de Pasión... –continué atrevido y cómplice, acostumbrado a buscar su mirada durante los días de Semana Santa, entre las procesiones, cuando podía contemplarla al fin en la calle, de cerca. Ella se rió con esa risa franca suya, como de manantial de agua limpia, y seguí–: Y tu cumpleaños, ¿cuándo es?

–En marzo –repuso, con toda la luz de sus ojos clavada en los míos.

–Entonces te llamaré Marzo. Me gusta. Dile a tu padre que quiero hablar contigo –respondí, con una fuerza repentina que me otorgaba ella misma, su cercanía, toda su luz.

En fin, como es de imaginar, yo no tenía ningún deseo de alejarme de la isla, aunque me vi impelido a hacerlo. Mi viaje de estudios a Madrid resultó desastroso. Yo quería estudiar Bellas Artes, del mismo modo que Claudio quería dedicarse a la Literatura; habíamos vivido ese hechizo del arte siempre de cerca y no queríamos otra cosa, pero nuestros padres, que sabían de las penurias que había pasado Papá Tin por ese empeño, fueron implacables: había que estudiar una carrera de provecho. A Claudio lo mandaron a Londres a estudiar Ingeniería, y a mí a Madrid para hacer Arquitectura, supuestamente vinculada con mi afición al dibujo. Pero aquello no tenía nada que ver con mi sueño, y dejé de asistir a las clases, embargado por la nostalgia de la isla.

Entonces me animaron a seguir la carrera de Papá Luis, Medicina, que también abandoné. Sólo soñaba con regresar a casa. Finalmente me enviaron a Sevilla, a casa de mi tía Rosa, casada con José Franchy y Roca, activista republicano que fue mi tutor y con el que me impliqué en un compromiso político que también compartían mi padre y Papá Luis. Manteníamos apasionadas conversaciones en torno a esos temas, que tan bien explicaba don Antonio Machado: esa idea republicana era una emoción antigua de una buena parte del país, y se basaba en el rechazo rotundo a los reyes y jerarcas; era un horizonte soñado, lejos de lo que él llamaba la superstición monárquica y el servilismo palatino. En fin, era también nuestro sueño.

Cuando regresaba a la isla por vacaciones, volvía a pasar cada atardecer bajo la ventana de Marzo, siempre alerta para que no me viera a su regreso don Sixto, su padre, que por nada del mundo estaba dispuesto a aprobar nuestro noviazgo. Le recordaba cada día que yo no era de su clase: ellos pertenecían a una familia aristocrática, de origen irlandés y además muy católica, y yo sólo era el hijo del notario –una profesión entonces poco prestigiosa–, y además miembro de una familia de músicos y herejes, según él. Cuando Marzo me contó su primer encontronazo con su padre, descubrí el rasgo principal de la mujer con la que había de casarme: su temperamento. Don Sixto le había prohibido nuestras conversaciones nocturnas en la ventana, y al saber que había desobedecido, le prohibió tocar el piano, sabiendo que era lo que ella más amaba en el mundo. Ese mismo día, cuando él esperaba en el patio que Marzo le bajara el café desde el piso alto, como solía, notó que ella se demoraba.

–Lola, ¿qué pasa hoy con el café?

–Aquí lo tienes –le dijo ella suavemente, asomándose a la balaustrada. Y sin movérsele una ceja, le soltó desde lo alto la bandeja con toda la porcelana, que se hizo añicos contra el suelo.

Ante su porfía –nuestra porfía–, don Sixto ordenó que permanecieran cerradas con gruesos candados todas las ventanas que daban a la calle mientras él estuviera ausente. Pero ella se las ingenió para asomarse a un ventanillo que daba a la azotea, y desde allí me hacía señales a mí, que me instalaba a la hora convenida en la nuestra, esa misma que vio mis juegos de la remota infancia. Cuando don Sixto lo descubrió se puso como un basilisco, agarró un martillo y claveteó él mismo todo el contorno de esa ventana, inutilizándola. Entonces hubimos de recurrir a la complicidad de una criada, que llevaba y traía secretamente las extensas cartas que nos escribíamos. Yo me desvivía escribiéndole versos de amor a Marzo, y andaba cada día más distraído, más enajenado. Todo se me hacía irreal, sólo ella existía en mi pequeño mundo. Marzo a su vez me respondía en unas hojas de colores delicados, cuidadosamente dobladas en sobres que siempre venían acompañados de diminutas flores de jazmín, pequeñas como ella, níveas y sedosas como esa piel suya, y con un perfume que como ella todo lo envolvían.

Poco a poco logramos que él se rindiera y empezara a tolerar nuestro noviazgo, e incluso nos permitiera pasear juntos por la vieja Alameda, tan hermosa entonces –y tan distinta a la actual–, y sentarnos durante horas en uno de sus bancos, bajo aquellas altas farolas modernistas cuyos globos se confundían con la copa de los árboles, pareciera que para no molestar a las parejas de enamorados que allí se refugiaban. En aquella cercanía nueva, comprobé que Marzo siempre olía a jazmín, toda ella tenía ese perfume suave y dulce, y yo sólo soñaba cada minuto de cada día con el momento de verla, de volver a sentir ese aroma. Pero había de continuar con mis viajes, ahora a Madrid, adonde nuestros padres finalmente nos enviaban a Claudio y a mí para concluir nuestras accidentadas carreras universitarias.

Decidí tomarme en serio mis estudios, deseaba casarme cuanto antes, y para ello debía tener una profesión que me permitiera mantener a una familia. En Madrid se encontraba mi hermano Agustín, a quien mis padres habían encomendado la vigilancia de esta oveja descarriada que era yo. Él estaba plenamente integrado: había ganado la cátedra de Latín del Ateneo, y daba clases además en la Residencia de Estudiantes y en la Universidad Central, por entonces ubicada en el viejo caserón de la calle San Bernardo. Andaba siempre con Salinas, enredados ambos en todo tipo de actividades. Me alojé en su casa, en el barrio de Maravillas, y allí acabé al fin la carrera. Con frecuencia lo acompañaba a las tertulias del Ateneo, o salíamos con Claudio, y también con Ignacio Pérez Galdós, su cuñado. Juntos visitábamos a veces a don Benito, su tío, ya por entonces tan anciano, siempre hundido en su sillón, junto al brasero y con las piernas cubiertas por una gruesa manta. Estaba embargado por la nostalgia del mar y de la isla. Al contrario que sus ojos, que ya no le respondían, su memoria seguía intacta, y cuando íbamos, le gustaba recordar los días de su infancia en la isla, la música de las campanas de la vieja catedral, y hasta los barcos que echaba a navegar en los charcos del Guiniguada. Lo admirábamos hasta la veneración, como escritor y como ser humano. Para nosotros era un símbolo del ideal que nos movía: representaba el rechazo del oscurantismo, y la defensa de una tolerancia que hablaba de un futuro de paz, un espacio de encuentro entre esas dos Españas hasta entonces en permanente conflicto. Recuerdo especialmente la conversación de una de aquellas tardes en su casa de la calle Hilarión Eslava, en relación con ese anticlericalismo que tanto se le recriminaba. Él rechazaba airado esa atribución:

–El sacerdocio no puede ser un tabú –decía–, la sotana no protege al hombre de sus debilidades, los mismos defectos puede tener un sacerdote que cualquier otro hombre, ¿por qué no se puede hablar de los malos curas tanto como de los virtuosos? Entre mis personajes hay, sí, curas detestables como el grosero Rubín de *Fortunata y Jacinta*. Pero también está Nazarín, en su extremo opuesto. ¿Debo mutilar la realidad, mostrar sólo lo que aprueban los inquisidores de siempre?

Recuerdo también que en aquel tiempo él preparaba su autobiografía, que tituló irónico *Memorias de un desmemoriado*: él, que tan buena memoria tenía... Defraudó a muchos, que esperaban con morbo una explosión de rencor hacia los enemigos que tanto daño le hicieron, hasta vetar incluso su nombramiento al premio Nobel. Don Benito, sin embargo, no proyectó ahí ni el más mínimo signo de acritud o resentimiento. A pesar de todo lo que tenía que reprocharle a la vida, no ofrecía ni una gota de hiel, en una muestra más de esa ejemplaridad suya, de esa nobleza que siempre tuve, tuvimos, como referente.

Un año antes de culminar mis estudios, Marzo y yo nos casamos, en una ceremonia breve y casi clandestina, y en ausencia de don Sixto, que se había ido de viaje de repente a modo de protesta, tal era su empecinamiento. Después nos fuimos a vivir gozosos a la habitación de la azotea de mis padres –tan querida para mí–, y allí comenzamos nuestra nueva vida juntos. Al terminar el último curso académico llegó, junto con mi título universitario de licenciado en Filosofía y Letras, sección de Historia, algo mucho más importante: mi primer hijo. Ya instalado en mi nueva vida, comencé mis tareas de profesor en el instituto Pérez Galdós, donde me ocupaba de las asignaturas de Geografía e Historia, y de Lengua y Literatura. Esto fue el mismo año de la huelga general que conmocionó a todo el país, eran tiempos muy convulsos. Pronto llegaría el final de la Guerra Europea, con la derrota de Alemania y el Tratado de Versalles: recuerdo que se celebró con gran júbilo, y creo que fue entonces cuando probé el whisky por primera vez.

Por ese tiempo también participaba en las tertulias de la Escuela Luján Pérez, un hervidero en que me encontraba con mi tío Juan, al que ya he nombrado, y Rafael Romero, su compañero inseparable, al que le venía que ni pintado su seudónimo, Alonso Quesada, porque eso era, Quijano y Quijote, con un punto de espléndida locura. Por entonces tuve incluso la osadía de participar, con un centenar de dibujos –caricaturas de personajes famosos de la época–, en una exposición colectiva en el Gabinete Literario que ellos organizaron.

Pero los versos y los dibujos fueron cediendo a otras actividades –como bibliotecario, o como escribano en la notaría de mi padre– para poder afrontar las nuevas responsabilidades, en especial los hijos que fueron llegando hasta un total de nueve, nada menos. Ellos son mi alegría y mi desvelo. El mayor, Agustín –Agus–, un temperamento exaltado y un corazón de oro; en su fortaleza me refugio muchas veces cuando el ánimo desfallece. También se cobija en su magnetismo Juan Luis, el segundo, silencioso y de carácter débil, como yo. Luego José María, el gran apoyo de Marzo, y el malogrado Sixto, llegaron casi sin pensar. También Eduardo, el humorista de la familia, al que le siguió Manolo, el más frágil: temperamental como su madre, desde muy niño dibujaba y pintaba como un dios, y con ese oficio habría de definirse. Carmen, mi niña mimada, vendría después, y finalmente los pequeños, la alegría de mi vejez: Lolita, inquieta y vivaracha, el vivo retrato de Marzo, y el pequeño Luis, mi debilidad. Me acuso de haberlo consentido tanto, pero ¿qué podía hacer? Nació con la guerra y la miseria, cómo iba a dejar de mimarlo, si no tenía para darle más que mi desdicha. Pero no quiero adelantarme, aún me quedan algunas vivencias de ese tiempo que quisiera relatar aquí...

Los años veinte fueron, en muchos sentidos, años de euforia. Bien es cierto que, en otros, fueron grises y tristes para nuestro país, particularmente los de la dictadura de Primo de Rivera. Pero había motivos para ese fervor: la eclosión de la radio, de los automóviles y los aviones, el cine y los dibujos animados, las pianolas y las gramolas, todo promovía una locura colectiva, era como vivir en el futuro de repente. Mi vida transcurría también a toda velocidad: cada mañana me bebía mi escudilla de café negro, encendía un cigarrillo y salía como un rayo a las clases del instituto, por entonces situado en el Toril, al borde del Guiniguada. Le seguían horas de trabajo en la escribanía de mi padre, donde también disfrutaba todavía de aquellas tertulias inolvidables, y trabajé igualmente en los archivos del Colegio Notarial. Aún sacaba tiempo para hacer algunas colaboraciones poéticas en la prensa, en *Ecos, El País, La Jornada, La Voz Obrera* o *El Tribuno* después, fundado y dirigido por el tío Franchy. Recuerdo el alborozo de participar con los viejos amigos –Saulo Torón, Rafael Romero, Félix Delgado...– en una antología titulada *El libro de los poetas*, que preparó un presbítero llamado Díaz Quevedo. Corría el año 1925, lo recuerdo porque ese año fue sombrío, murieron Papá Luis y Rafael Romero. Y recuerdo también el fastidio que sentí cuando se publicó mi poema, y vi con asombro que faltaba esta inocente estrofa:

Ha muerto el gato blanco que vivió a nuestro lado
durante nueve años, tranquilo y satisfecho.
Era grande y panzudo como un fraile rollizo,
como un fraile rollizo de estómago repleto.

Claudio y Agustín llegaban desde Madrid por vacaciones cargados de energía y de noticias, y también Pepa de la Torre, que vivía entre Sevilla –en casa de Rosa y tío Franchy– y Madrid. Es curioso porque en ese tiempo, a pesar del clima opresivo que respirábamos, había unas ganas de hacer cosas, una sensación de que nada podía detenernos, éramos jóvenes y fuertes, queríamos cambiar el mundo. Agustín, Claudio y Pepa nos traían noticias de todo lo que ocurría en la capital, sobre todo en la *Resi*, como la llamaban, en sus andanzas con aquellos poetas y artistas que luego dispersó la guerra. Pepa se convirtió un poco en su musa, y es que no sólo era muy bonita: había que oírla cantar, y tocar la guitarra, y bailar, era deslumbrante. Le dedicaron versos Alberti y Salinas, y sobre todo Juan Chabás, con el que mantuvo un noviazgo de varios años. Chabás y Buñuel –gran amigo de Claudio– habían hecho juntos el servicio militar, y los tres compartían una buena amistad. Pepa y Juan se habían conocido en la exposición de Gregorio Prieto en Sevilla, y llegaron a programar la boda para diciembre de 1930, pero finalmente ella tuvo que romper el compromiso por imperativo familiar: la tía Paca no iba a consentir que se casara con un hombre pobre, que tenía a su cargo a sus padres y a su hermana enferma. Qué manía de los padres de decidir sobre lo que no les incumbe. También Agustín sufrió lo indecible, no sé cuántos años duró su noviazgo con Paula, actriz de zarzuela, hasta que nuestros padres aceptaron la boda inevitable. Al menos ellos sí pudieron cumplir su deseo, aunque su felicidad había de durar muy poco.

La experiencia más simpática de esos años fue el Teatro Mínimo que Pepa y Claudio organizaron en el patio de su casa de la playa. Recuerdo que se inauguró en el verano de 1927, y entre las piezas que se representaron estaba *La intrusa* de Maeterlinck, con esa atmósfera donde se puede casi tocar a la muerte protagonista. También *Hacia las estrellas* de Andreiev, donde Marzo hizo el papel de Miseria, caracterizada como una vieja decrépita –la pobre–, y yo de Pollac. Y *El viajero*, del propio Claudio, donde hice el papel de doctor. En los intermedios, Pepa y sus hermanas cantaron canciones rusas y tangos argentinos, y las sesiones fueron todo un éxito. Esas tareas como actor me entusiasmaban, pero no me aportaban ningún rédito, y la necesidad perentoria de mejorar mi situación económica me llevó pronto a presentarme a exámenes. Obtuve la cátedra de Lengua y Literatura del instituto de Arrecife en Lanzarote, así que allá fuimos todos en 1928: por entonces eran siete nuestros hijos, aún no habían nacido los más pequeños. Nos instalamos en el Hotel Oriental, regentado por don Claudio, y la vida allí nos resultó dura, tan lejos de los nuestros. Aquel aislamiento se nos hacía insoportable y volvimos todos, incluyendo la jaula del pájaro, al año siguiente.

De ese periodo, sin embargo, tengo un recuerdo muy grato. Fue en el instituto de Arrecife donde conocí al poeta Agustín Espinosa, un lunático maravilloso del que ya tenía noticia a través de mi hermano, que lo había conocido en Madrid. Después, Espinosa había obtenido la cátedra de Literatura en el instituto de Mahón, y la había permutado por la de Comisario Regio en Lanzarote. En realidad lo que él deseaba era volver a Madrid, donde había trabajado en el Centro de Estudios Históricos, en la calle Almagro, con Menéndez Pidal, y Américo Castro, y mi hermano Agustín, y donde estaba completamente integrado en la vida artística del momento, pero la capital era un destino muy difícil de lograr.

A Espinosa no se podía dejar de quererlo, con su figura extremadamente delgada y desgarbada, tocada con un sombrero de ala ancha, que solía llevar ladeado. Tenía mucho de quijotesco en genio y figura. Iba siempre con su cigarrillo entre los dedos y su carpeta en ristre, sembrando papeles y poemas a diestro y siniestro. Él mismo parecía un libro desencuadernado, era un soñador inagotable, que iba sacando de la manga y del sombrero toda su locura abisal. Se alojaba también en la fonda de don Claudio, la única que había en Arrecife, y pasábamos muchas veladas juntos hablando de aquellos tiempos que corrían, y también de arte, y de poesía. Él estaba entusiasmado con el arte nuevo, y por esa época andaba preparando un libro de inspiración cubista titulado *Lancelot*, donde hacía una fábula sobre Lanzarote, que él veía como un caballo marino dispuesto a saltar hacia África; una isla con nombre de caballero andante.

—Ahora estoy escribiendo sobre los amores de Clavijo y Fajardo, archivero de Luis XV, con la hermana de Beaumarchais. Se permitió el lujo de abandonarla, la pobre sufrió lo suyo. ¡Y él tuvo que pagar las represalias! Lo expulsaron del archivo, y hasta el mismísimo Goethe lo hizo morir en su drama *Clavijo* a manos de Beaumarchais. Una venganza literaria en toda regla —me decía.

—En fin, quedó como un don juan latino, el tópico de siempre —yo le tiraba de la lengua para que hablara, me gustaba escucharlo.

—¡Sí, el tópico! El tópico es muy peligroso, porque no deja ver lo que realmente importa en este caso, ¡y es la musa volteriana de Clavijo!... —respondía, entusiasmado con su personaje.

—Pero bueno, esas prosas cubistas que escribes son un puro desorden... eso tampoco deja ver lo que realmente importa ¿qué pinta ahí Beaumarchais? —le pinchaba yo.

—Eres un antiguo, Juan, tienes que atender los nuevos retos, hay que avanzar... —bebía a pequeños sorbos su vaso de malvasía, ese vino prodigioso al que, a pesar de esa salud frágil que siempre lo acompañó, no renunciaba por nada, como al tabaco.

–Sí, pero sin destruir el pasado, no olvides que los clásicos nunca mueren, y las modas mueren todas... Y que sepas que no me cierro en banda, que he hecho mis experimentos con versos sin rima y con imágenes de esas que te deslumbran, pero no acaban de interesarme... Tú asumes esas novedades con una pasión casi adolescente, y a mí me gusta lo que haces, no eres un bufón, como otros, pero no me encandilan esas modernidades... –yo también disfrutaba enormemente, mientras hablaba, con la fusión en la garganta de aquel malvasía seco y fresco, y el humo de mis inseparables cigarrillos.

Solíamos hablar con frecuencia sobre Unamuno, un escritor que a los dos nos gustaba, y que había estado hacía poco tiempo desterrado en Fuerteventura –en 1924, ya sexagenario–. Yo lo había conocido brevemente, cuando vino a la isla para participar en unos Juegos Florales, tendría yo quince años: lo trajo Fray Lesco, que compartió amistad con él en Salamanca. Don Miguel estuvo en la tertulia de Papá Luis, no me acuerdo exactamente del año, pero fue un tiempo antes del paso del cometa Halley, que es uno de los recuerdos más extraordinarios de mi juventud: pudimos verlo durante varios días, pasábamos la madrugada mirando el firmamento, y allí estaba, como una gran estrella que tocaba el horizonte por el Este, y hacia el Oeste se extendía la inmensa faja luminosa de la cola. Creo que es el espectáculo más hermoso que he visto en mi vida.

–Cómo me gusta ese libro de don Miguel, *De Fuerteventura a París*... –seguía Espinosa–. Ahí promete hacer un relato de su destierro en la isla, un libro sobre don Quijote en camello, a modo de Clavileño... Yo también quiero hacer algo así, pero en vez de en camello, ¡en un caballo de mar! ¡Porque Lanzarote tiene forma de caballo de mar...!

–Es valiente ese libro de don Miguel, desde luego –comentaba yo–. Se desahogó con ganas, y no era para menos, con ese destierro despiadado, de varios años, pobre hombre, sólo por decir lo que pensaba... ¡si era un anciano ya!... Con justicia pone a caldo a Primo de Rivera, y le dice sin tapujos que está tratando a España como a una de sus rameras. Qué lengua tenía. Y también se mete con Alfonso XIII, dice que trata a España como patrimonio y no como patria. Bueno era don Miguel, y menudo carácter tenía, de esto sí me acuerdo pero que muy bien. Y cómo pone al país, cuando dice que aquí sólo rige la democracia frailuna:

... arde del Santo Oficio aún el rescoldo
y de leña la envidia lo atiborra...

–Bendita costumbre de enviarnos los exiliados a las islas. ¡Salimos ganando casi siempre! –sonreía él, repitiendo los versos, divertido, mientras yo lo acompañaba recitando «... arde del Santo Oficio aún el rescoldo...»–. Él era muy teatral siempre. Una vez oímos unos gritos tremendos en su cuarto y acudimos corriendo, creyendo que le pasaba algo, y no, era sólo eso: recitaba a voz en grito...

–Pues hay historias muy curiosas –añadí yo–, no sé si sabes que por los tiempos de la Guerra de la Independencia los prisioneros franceses también fueron desterrados a estas islas. Los isleños los acogieron con hospitalidad homérica, más como amigos que como lo que se suponía que eran: sirvientes, reos sometidos a humillación y exilio. Y los franceses colaboraban en muchos oficios, hasta suplían la carencia de escuelas, aplicándose a la enseñanza de los menesteres que conocían. La despedida final, según dicen, fue dolorosa para todos, porque se habían integrado plenamente...

En cierta ocasión, fue tan larga nuestra velada bajo aquel cielo puro de la isla, y tanto fue el vino que corrió, poco a poco, por nuestras gargantas, entre cigarrillo y cigarrillo, que el bueno de Espinosa se fue escurriendo casi sin darse cuenta en su asiento hasta quedar dormido, apoyado plácidamente como un niño sobre la pared que tenía a su derecha. Cuando lo cogí en brazos descubrí que aquel manojo de huesos que había bajo sus holgados trajes no pesaba nada, y así, en brazos, leve como un pájaro chirringo, lo llevé aquella noche a su habitación, la número 5 de nuestra pensión. Cuando llegaba, me salió al paso uno de mis hijos, Eduardo, que entonces contaba cuatro años:

–¿Qué le pasa? –me dijo.

–Nada, que es tarde y se ha quedado dormido –le contesté, y añadí–: Pesa menos que tú.

Él asintió, y se volvió tranquilamente como si fuera lo más normal del mundo que yo llevara en brazos a la cama al profesor profundamente dormido.

Al regresar a mi isla, volví a ocupar mi plaza en el instituto Pérez Galdós, y recuerdo que por entonces se inauguró el monumento a don Benito en el Muelle de San Telmo: al fin lo teníamos allí, en casa, mirando al mar, aunque sólo fuera de aquel modo simbólico. Su figura representaba para muchos de nosotros un sueño que pronto se había de hacer realidad, con la proclamación, al fin, de la Segunda República, el 14 de abril de 1931. Aquellos fueron días de euforia, brindis y celebraciones por doquier: unas simples elecciones municipales fueron suficiente para derrumbar el andamiaje ya caduco de una monarquía obsoleta. Le sucedieron años que recuerdo como felices y plenos. Sin embargo, la Segunda República llegó con una enfermedad: el empacho legalista, que pasaría una factura trágica.

Después de lo que habíamos vivido, aquélla era una época dorada. Además, eran años especialmente gratos para mí: tenía trabajo y podía mantener a todos los hijos que iban llegando, al tiempo que iba publicando mis poemas en periódicos de entonces. Agustín y Claudio desde Madrid también me enviaban mensajes de euforia. Mi hermano, después de haber sufrido en el Ateneo represalias e incluso haber estado detenido, ahora vivía su momento más pleno: ingresaba en la Academia de la Historia, en la medalla 17, y le contestaba su viejo amigo Claudio Sánchez Albornoz. Seguía empeñado en que nos fuéramos a vivir a la capital, porque la isla no ofrecía oportunidades. Eran años dorados también para Claudio, que había sido contratado por la Paramount para trabajar en Joinville, y allá se llevó a Buñuel y también a Pepa, que estuvieron trabajando en tareas de doblaje y no sé cuántas cosas más. Sus cartas sonaban siempre explosivamente felices. No obstante, poco a poco se fue todo ensombreciendo. Los sectores reaccionarios ejercían cada vez más presión, y llegaron a movilizar hasta a las monjas. En 1935, la muerte de mi padre fue como una señal funesta que me sumió en una sensación de abandono y soledad infinitos; fue como una profecía de los tiempos lúgubres que pronto habrían de llegar.

De esa época recuerdo, en otro plano, la intensa actividad que supuso en las islas el fervor del grupo surrealista de Tenerife, impulsado especialmente por el inefable Espinosa –con el que volví a coincidir, como profesores ambos, en el instituto Pérez Galdós–. Y también Óscar Domínguez, un pintor espléndido y tan olvidado, que desde París impulsaba el puente con la órbita de Breton. Espinosa había vivido esa atmósfera nueva directamente, pensionado en París unos meses por la Junta de Ampliación de Estudios, y era como un volcán en ebullición constante. Los estudiantes –incluyendo a mis hijos mayores, que fueron alumnos suyos– adoraban su locura y el embrujo de sus clases. Lo llamaban cariñosamente *Medio Juicio*, y colaboraban entusiasmados con él en la revista que había inventado para ellos, *Hoja Azul*, que, según Espinosa, era una alusión a la isla, vista como una mariposa frágil entre dos azules, el cielo y el mar. Ahí los animaba a escribir sobre el océano o sobre el cine, y a leer a Lorca y también a Valle-Inclán, y hasta a Góngora en calzoncillos. Ellos lo seguían como al flautista de Hamelín, y Espinosa les contaba el mito de Pigmalión, que había resucitado estatuas, y lo comparaba con la República, que al modo de Pigmalión, había puesto a caminar un cadáver, un país sin esperanza se había puesto en pie y se había echado a andar.

En esos años andaba terminando aquel libro de prosas deslumbrantes y turbadoras que tituló *Crimen*. Era el diario de un loco sobre el amor y sus peligros. Y con él había firmado, sin saberlo, su sentencia... También por esos años se produjo el gran escándalo

80

de las exposiciones surrealistas en estas islas, que eran un páramo de mezquindad. Primero la de Óscar Domínguez, en las dos capitales, con un fracaso total de todos sus óleos y *collages*. Un par de años después, el grupo de Gaceta de Arte organizó la gran exposición surrealista en el Ateneo, con la presencia de Breton incluida, y también de Péret, que hasta quiso, dicen, quemar una iglesia. No se vendió absolutamente nada, y eso que había cuadros de Dalí y Miró a mil o dos mil pesetas, y también de Chirico y Picasso. Fue una verdadera catástrofe económica, que dejó entrampados por muchos años a los organizadores. Breton al irse dejó allí *La edad de oro* de Buñuel, pensando que con la ganancia se podría cubrir algún gasto, y entonces llegó lo peor: todos los sectores reaccionarios se movilizaron para impedir la proyección, y lo consiguieron. Acusaron a la película de judaísmo y de masonería, y de presentar a Cristo en un cabaret, y la campaña fue devastadora. El grupo de *Gaceta de Arte* protestó, invocando la libertad de expresión y la tolerancia, y recordando que había sido proyectada en otras ciudades europeas, pero no logró los permisos para la proyección. Espinosa, harto de todo, ya sólo pensaba en irse lejos y para siempre de las islas. En Madrid, decía, sí que se podían hacer cosas. Como aquella tremenda exposición de Max Ernst, titulada *Los siete elementos capitales*, con sus *collages* libérrimos, sin tapujos ni moralinas, donde la violencia de militares y sacerdotes se entrelazaba con desnudos insolentes y libidinosos. Tuvo lugar en torno a la primavera de 1936, yo no la vi aunque pude conseguir el catálogo cuando fui allí en julio.

Pero otra vez me estoy adelantando, y debo concluir ya este capítulo dedicado a esos reinos perdidos que se llevó la guerra.

El tiempo nuevo de infamia y degradación que irrumpía de pronto había de arrebatarle a algunos incluso la vida, como a mi buen Espinosa, pobre amigo mío, todo nervio y pasión, sacrificado, humillado con tu corona de espinas, tú que eras sólo un ángel rebelde, ángel al fin, y que sólo sabías volar al son de tus palabras. Con qué saña habían de quemar tus libros, cómo te acorralaron como si fueras un asesino, tú que nunca supiste de política más que como una pose romántica, y ahora estabas en manos del verdugo, que te persiguió, te hirió, te desterró lejos. Así te dibujé, en el homenaje que se te tributó tras tu muerte: alejándote de espaldas, hacia poniente, como en aquellas películas de Chaplin que tanto te gustaban. Con tu sombrero ladeado, y tu traje casi vacío sobre el cuerpo desencuadernado, y tu carpeta de poemas y papeles bajo el brazo. Pero la muerte te llamaba como el faro a la noche.

4

Desastres de la paz

–Julia, qué mala cara traes –la voz de Menchu sonaba casi maternal.

Yo llegaba tarde a la cita, y estaban todos ya acabando las cervezas y los aperitivos. La taberna estaba bastante llena ese día, y un rumor sordo de voces y cubiertos nos rodeaba. Ese año, el último viernes del mes era 25 de diciembre, y habíamos trasladado nuestro encuentro al jueves 31. La inquietud de los preparativos de la Nochevieja se respiraba en el aire.

–No es nada, que duermo poco –repuse–. Demasiado trabajo.

–Estábamos hablando de los documentos que nos enviaste, y de las maravillas de internet –continuó Menchu–. Es difícil ahora imaginar la vida sin ese apoyo, y sin embargo no hace nada que existe, apenas... ¿quince años? Me refiero a su uso extendido, cotidiano. Podemos compartir un montón de cosas sin movernos de la silla, en un instante, haces ¡clic!, y ya tienes todo lo que deseas.

–Ya, claro que sí. Y de paso, todo el mundo curiosea en la vida de todo el mundo, en una especie de voyeurismo universal... –respondí–, y todo el mundo puede piratear la propiedad intelectual de quien quiera, mientras las editoriales y las productoras de cine se deslizan suavemente hacia la nada, y la gente se olvida de que hay libros en las bibliotecas y en las librerías, porque se piensa que todo lo puede encontrar en esa caja tonta, y algo peor, que todo lo que encuentra es verdadero o fiable –yo no estaba de muy buen humor, desde luego.

–¡Qué exagerada eres siempre! Pues a lo mejor te equivocas, y algún día llegará en que todo esté realmente dentro de lo que llamas caja tonta –Menchu era una defensora acérrima de las nuevas tecnologías.

–No creo que exagere nada de nada –protesté–. Estamos en la era de lo efímero, todo es tan fugaz como el fogonazo en una pantalla de ordenador, nada se guarda, nada queda. Ni siquiera las cartas, todo se volatiliza en un momento. Reconozco las ventajas de las novedades tecnológicas, pero echo de menos el pulso de la mano que escribe detrás de la tinta, sus huellas y sus imperfecciones, en lugar de la homogeneidad fría y correcta de las impresoras... Todo es ya de usar y tirar, incluido el arte: es sólo arte-kleenex. Todo es gigantismo o espectáculo, y detrás no hay nada. Puede pasar por arte una vaca en formol, un puñado de píldoras, cualquier cosa que sea lo bastante rara o sensacionalista como para admirar al espectador, y correr en forma de imagen fugaz que curiosean los usuarios de las redes sociales...

—En algunas cosas, yo estoy de acuerdo con Julia —apostilló Lluís—. No sé si se va a perder eso tan importante que es encontrarte en el bar con tus amigos. Seremos sólo figuras de ectoplasma, amigos virtuales o algo así. Vamos a acabar chiflados. ¿Habéis visto los locutorios, llenos de solitarios pegados a su maquinita? ¿No os parece triste? Además, ese incremento masivo del uso de los ordenadores, seguro que es nefasto para la salud. La gente vive abducida por las pantallas. Y no hablemos del medio ambiente... ¿Acaso alguien se ha preocupado por eso? Y es verdad que ahí, sí, está todo, pero de esa manera, como trivializada. Ver un cuadro, leer un poema, pierde todo el encanto, por la mala calidad, y con toda la publicidad centelleando alrededor.

—Vaya, qué día tan pesimista tenemos, no parece que estemos en navidades. Pues he de decir... —terció Javier, siempre pausado y sereno. En ese momento nos interrumpió el camarero para preguntarnos si queríamos un menú especial o distinto, por las fechas que eran, y sí, pedimos lentejas, a la italiana, que dicen que traen prosperidad y suerte. Aunque fuera como ilusión, estaba bien probar, en un tiempo tan gris como el que vivíamos, inmersos en el túnel de una crisis sin visos de salida por ninguna parte. Pedimos vino tinto también, como siempre: el brindis no podía faltar.

—Decía —continuó— que yo estoy encantado con las posibilidades de internet, sobre todo para leer revistas y libros antiguos digitalizados. Pero sí, tiene sus peligros.

–¡Y está plagado de apócrifos! –interrumpió Lluís–. Cualquiera escribe cualquier cosa, la firma con un nombre famoso, y ya está, adjudicada. Yo he recibido cosas espantosas supuestamente firmadas por García Márquez o Borges, todo cuela ahí. Imagino que poco a poco se irá introduciendo alguna regulación legal en esa selva electrónica. De momento es territorio comanche.

–Pues yo, a pesar de lo dicho, voy a contar una anécdota positiva –intervine en tono conciliador–. Ocurrió hace mucho. Yo llevaba años y años buscando en librerías y bibliotecas un libro que en casa se había perdido. Se titulaba *Lo que dicen los músicos*, y sólo nos quedaba la tapa, la cubierta del libro. Hablo de años de búsqueda. De pronto, un día, vi un portal de libros antiguos en la red, con millones de ejemplares en no sé cuántos países, recordé el título, hice ¡clic! y... había ¡un ejemplar! En Valencia. Así que lo encargué, contentísima.

–Vaya, menos mal que admites algo... –Menchu sonreía.

–Aún no he contado lo más curioso. Cuando llegó el paquete, y lo abrí, descubrí una peculiaridad que me dejó sobrecogida: al libro le faltaba la cubierta. Es decir, era *el* libro. Quién sabe cómo llegaría hasta allí.

–Sobre esos peligros que nombras –continuó Javier– debes reconocer que han existido siempre. Siempre ha habido apócrifos, y voyeurismo, y todo lo demás. Ahora se vuelca ahí, en la red. Qué le vamos a hacer. Es el mismo perro con distinto collar.

–Y por cierto, Julia, ese diablillo electrónico nos trajo las páginas que nos enviaste de esas memorias de Juan, tenemos que comentar eso –dijo Menchu–. Y también, volviendo a tus personajes, que sepas que después de nuestro último *aquelarre* fui a visitar la ermita de San Antonio, a ver los frescos y la tumba de Goya, que no conocía, porque en algún momento en que quise ir estaba cerrada por reformas... ¿Cómo va la biografía?

–Bueno, estoy en ello. Lo que más me llama la atención, por los enigmas que la rodean, es la etapa final del pintor. Sobre todo su autodestierro. Su círculo de amigos es de liberales, y entre ellos están los duques de Osuna, que tienen una espléndida biblioteca de libros ilustrados. Es increíble, la Inquisición les prohíbe legarlos al Estado.

–Siempre que paso por la calle Desengaño, donde estuvo su estudio, me lo imagino por allí, a Goya, tomando sus chatos de vino y observando. Por cierto que no hay ninguna placa –Javier hablaba ahora con la mirada perdida.

–Bueno, no es una calle muy recomendable. Están ahí las putas más tristes de la ciudad –atajó Lluís con un gesto irónico.

–En esa época ninguna calle o taberna debía ser demasiado hospitalaria, según para qué actividades. Estaba prohibido hablar de política en lugares públicos, y hasta leer la prensa en los mesones y los cafés. Qué cosa... –siguió Javier.

–Entonces, nosotros, todos herejes –rió Menchu, mientras ya empezaba a jugar con un cigarrillo que no podría fumarse hasta dentro de mucho rato, al salir.

–Sí, resulta grotesco –intervine–. Lo curioso en Goya es su dualidad. Por un lado están los cuadros populares, las majas y demás, todo ese mundo de lo cotidiano, de la gente de la calle, que a él tanto le gustaba. Y del otro, ese universo de brujas y monstruos, y de clérigos indeseables, y de violencia. Era realmente muy arriesgado lo que hacía, aunque esos cuadros los pintara para sí mismo y no los mostrara al público. Por ejemplo, el aguafuerte del ejecutado a garrote vil, es tremendo: el tipo sentado, yerto, con la cruz en las manos. Es una imagen atroz, con toda su carga ideológica. Y la hizo cuando era muy joven, tendría unos treinta años.

–En todo caso, las brujas y supersticiones eran algo muy del gusto popular en el teatro de esa época, no sé si es excesiva la interpretación ideológica – apuntó Javier ahora.

–Sí –repuse–, pero en su caso todo tiene una intensidad que va más allá de esos usos de la época. Es una exploración en lo oscuro, y también, muy especialmente, en la locura. Esa línea de interpretación me interesa mucho: de hecho, muchos a Goya lo calificaron como demente. Y él estaba obsesionado por la idea de la prisión, del encierro. Al fin y al cabo, estaba preso de su propio cuerpo, de sí mismo, de su sordera y de esa enfermedad extraña que padeció y nadie ha sabido explicar.

–No sé yo. No creo que sea necesario buscar explicaciones a cosas que se pueden entender por su sordera, simplemente –terció Menchu, cansada de nuestras especulaciones.

–Bueno, tal vez van las dos cosas juntas –repuso Javier–. Se supone que él oía ruidos, tenía alucinaciones, muchas alucinaciones, según los testimonios de la época. Nunca se ha sabido bien lo que le ocurrió. Dudo que sea, como dicen algunos, la enfermedad de

Ménière, con sus vértigos y sus crisis de ansiedad. No explica las alucinaciones. Sus dibujos son muy elocuentes.

–Él tenía pánico a la locura –cortó Lluís, con semblante serio, pensativo.

–Bueno, y ya estaba enfermo cuando se dedicó a recorrer el Madrid de la guerra, con su trabuco al hombro, su cuaderno y su farol, dibujando tragedias y cadáveres –continué–. También esto tuvo que afectarle mucho. Pensemos sólo en los famosos fusilamientos que retrató. O en aquellos mercenarios egipcios, los mamelucos, que venían con los franceses sembrando el terror, cortando los ojos y los genitales a los heridos. Esa barbarie, esa crispación, tenían que hacer enloquecer a cualquiera. Todo unido al dolor, y la miseria, y la hambruna.

–La barbarie venía de todos lados, y siguió con la guerrilla, seamos justos –repuso Javier secamente–. Una vez leí los testimonios de un viajero inglés, que decía haber visto a un bandido con una bolsa de seda llena de orejas, y de dedos con anillos de oro, que mostraba orgulloso como lo más natural del mundo. Es escalofriante.

–¿Vamos a volver al cine *gore*? Hoy no estoy preparada para la sesión –protestó Menchu, que acababa de apartar su postre favorito, la tarta de Santiago, con un gesto de desagrado.

–Unas vivencias como esas no se pueden superar nunca. Después Goya no hace otra cosa que volver sobre lo mismo durante años y años, obsesivamente. Tal vez, sí, de un modo delirante casi. Por fortuna para nosotros, porque ahí está su obra más genial –insistí.

–Bueno, no seas tan optimista, a él no le debió de ir nada bien con eso que llamas obsesión. No te olvides de que el rey mandó que esos lienzos soberbios sobre el levantamiento popular y sobre los fusilamientos del 3 de mayo quedaran enterrados en los sótanos del Museo del Prado. También era un modo de encerrarlo a él. Metafóricamente, vaya –Javier comenzaba a acalorarse con el tema.

–Claro, es que no le debía gustar al rey eso de no ser el protagonista, el héroe épico de la hazaña. Y ver ahí a los zapateros, arrieros, cocheros y panaderos de Madrid, le debía parecer casi insultante –la voz de Lluís sonaba grave ahora–. No hay en toda la pintura del siglo una imagen que se pueda comparar en intensidad a la de ese hombre de rodillas, con los brazos en cruz y la camisa blanca, y las llagas en las manos como un nuevo Cristo, frente al pelotón de fusilamiento.

–Lo que hay que recordar es que además de dedicarse a *Los Desastres de la guerra*, Goya también se dedicó a los desastres de la paz –apostilló Javier–. O sea, la violencia oficial y también la secreta. Tal vez son los más dolorosos, con la represión omnímoda y la actuación de la Inquisición. Nunca los publicó en vida, ni *Los disparates* tampoco. Pero fue el primer pintor que condenó a la Inquisición, eso es importante.

–En todo caso, el rey le mantuvo el puesto de pintor de cámara –repuse–. No actuó contra él. Se supone que Goya había demostrado su patriotismo en esos cuadros, aunque no fuera como él hubiera querido. Estaba muy viejo y enfermo, no parecía ningún peligro para nadie, es extraño que se fuera a Burdeos sin mediar palabra. Eso es lo que quisiera desentrañar... ponerme en su pellejo. De pronto pidió venia para irse, por razones de salud, a las fuentes termales de Plombières. Pero no fue a Plombières, sino que se quedó en Burdeos, donde estaban sus amigos exiliados. ¿Por qué esa especie de fuga precipitada? ¿Por qué se fue a Burdeos, en esa edad tan avanzada? ¿Por qué se fue voluntario al destierro, sin familia ni criados, casi octogenario, y enfermo? Él amaba a su país, a su gente. Y apenas hablaba francés, además.

–Bueno, ya había sido investigado por la Inquisición por su maja desnuda, cuando encontraron el cuadro en los almacenes de Godoy, aunque la causa no fue a mayores –recordó Javier.

–Vale, pudo sentir peligro por ese motivo, pero no pasó nada. El caso, en efecto, se archivó. Entonces, ¿cuál sería el detonante específico de su partida repentina? –insistí–. El año anterior, el rey había enviado a Riego al patíbulo en la Plaza de la Cebada. Lo acusó de loco. ¿Os dais cuenta? La misma acusación que se dedicaba a Goya. ¿No es inquietante? Eso, y también, las sociedades secretas que actuaban impunemente. *El ángel exterminador*... menudo nombre se buscaron esos fanáticos. Acabaron con miles de liberales. Y tenían mucho apoyo entre el clero y la nobleza.

–Oye, no te olvides de que Goya llegó a pintar un retrato a José Bonaparte como rey de España que fue –argumentaba pausado Javier de nuevo–. A Fernando VII no le debió hacer ni pizca de gracia el detalle. Tal vez no sea falso eso que se cuenta: que le dijo a Goya que lo perdonaba, pero que debería mandarlo ahorcar.

–Pero él siguió pintando –añadí– retirado en la Quinta del Sordo, su casita junto al Manzanares. Allí pinta en las paredes su obra maestra, las pinturas negras, para sí mismo. Secretamente. Es como un descenso al infierno. El de la locura, y la violencia. Ahí hay cifrado un mensaje fundamental. Después, se fue a Burdeos. Dicen que Moratín al verlo se quedó estupefacto, parece que no se esperaba para nada que apareciera allí, tan lejos de su Madrid bullanguero, deambulando con su sombrero *bolívar* hacia la tertulia de los españoles, que se reunían cada tarde en la chocolatería del aragonés Braulio Poc, en la calle de la Petite-Taupe. Y allí, dicen que su obsesión era pintar la guillotina, quedan dibujos que lo testimonian. Y le seguía atormentando el temor a la locura, realmente tenía accesos de locura, y en los últimos años pinta locos y manicomios constantemente.

Llegados a este punto de la conversación, ya salíamos del recinto y encendíamos nuestros cigarrillos, iniciando el paseo habitual, sin parar de hablar. Hacía una tarde de sol, y a pesar del frío, era muy grato pasear a esa hora.

–Debió ser doloroso ese exilio, por mucho que estuvieran allí sus amigos –ahora Menchu ya parecía de nuevo relajada.

–Más doloroso tenía que ser quedarse –repuso Lluís– con el regreso al país de todos aquellos fantasmas del pasado: las acusaciones, y las temibles comisiones de depuración, a las que había que demostrar que se había sido patriota durante la ocupación francesa. Por cierto, Julia, me temo que en tu otro libro se repite el maleficio. Me refiero a la biografía de Juan...

Yo me ensombrecí, y le hice un gesto con la mano, para que lo dejara para más tarde.

–En efecto –proseguí–, Goya había conseguido que un párroco amigo le testificara su fidelidad, aunque no fue gratis. Parece que tuvo que vender sus joyas para conseguirlo. En ese tiempo se fueron al exilio miles y miles de familias liberales. En fin, que allí murió y lo enterraron con su amigo Martín Goicoechea.

–Llegamos al quid de la cuestión –atajó Menchu–. ¿Qué pasó con la cabeza? ¿Descubriste algo finalmente?

–La verdad es que no mucho, pero es interesante.

–Pero ¿qué decía el artículo? Nosotros no lo recibimos. Ya ves que de voyeurismo colectivo, nada de nada...

–No te quejes, no lo pediste –protestó Lluís.

–Bueno, este tipo que escribe sobre la calavera, es nieto del pintor Fierros –respondí–. Él es médico, y la verdad es que escribe muy bien. Su relato es testimonial, y lo cuenta casi como si fuera una novela. Según su historia, su abuelo pintó un cuadro que retrataba la calavera de Goya, antes de que se supiera que había desaparecido de su tumba, en el cementerio de la Grande Chartreuse. Se supone que Goya cedió su cabeza a la ciencia, en particular a algún médico que se dedicaba a la frenología, una ciencia en boga entonces, que se ocupaba de estudiar las particularidades de los cerebros de los genios. Creo que ya lo habíamos comentado el otro día. En fin, cuando se exhumó el cuerpo del pintor, se vio que faltaba el cráneo. Pero según testigos presenciales, se había enterrado entero. Eso es otro de los misterios nunca resueltos de Goya.

En el reverso del cuadro de Fierros, el marqués de San Adrián fijó una etiqueta donde decía que aquello era el cráneo de Goya pintado por Fierros. La gran pregunta es cómo logró Fierros el cráneo. Y también qué pasó con él después. Se supone que acabó en manos de estudiantes de Medicina, que lo sometieron a desastrosos experimentos y acabaron reduciéndolo a pedazos. Así que cuando se traen los restos a Madrid los entierran sin cabeza, y así quedarán para siempre. Primero, en San Isidro, junto con Meléndez Valdés y Moratín. Y después, en la ermita de San Antonio de la Florida, al pie de sus frescos. El retrato de Fierros apareció en 1928. Se dio a conocer en una sesión de la Real Academia de Bellas Artes de San Luis, y se informaba de que había sido hallado en un anticuario.

–Ya hemos visto que los anticuarios están llenos de tesoros. Para quienes saben encontrarlos –contestó Menchu–. Pero ya basta de pensamientos fúnebres, que estamos en navidades, parece que os habéis olvidado de que esta noche es Nochevieja. Y no sé por qué nuestra Julia se empeña en esos temas. Incluso, si piensas en tratar esos vínculos entre la muerte y la violencia, podías tratar otros casos curiosos y menos sombríos. Por ejemplo el de Napoleón. Murió misteriosamente, dicen que envenenado, en la isla de Santa Elena. Y con el tiempo se ha descubierto que murió a causa de las exudaciones de la pintura de la pared.

–Eso sí que me suena a novela –objetó Lluís.

–Pues es absolutamente cierto. Se ha descubierto que la pintura verde, por entonces, contenía arsénico. Imagínate, morían muchos niños por esta razón, por algo aparentemente tan inofensivo como el color alegre de las paredes.

–Insisto, es novelesco. Pero lo digo en sentido positivo. Decía Engels que había aprendido más de Balzac que de todos los historiadores juntos. Lo repito siempre, porque hay quienes piensan que la literatura no sirve para nada, y que los libros son fósiles de museo.

Habíamos llegado al fin a nuestro café, tras merodear por los alrededores para terminar de fumar nuestros cigarrillos. Nos dirigimos a nuestra mesa de siempre, donde pedimos los cafés y las copas de siempre, y quedamos un rato en silencio, observando la explosión de luces navideñas a través de los cristales de nuestro mirador privilegiado.

–Bueno, Julia, insisto, cuéntanos más de Juan. Sólo nos enviaste el principio de sus memorias –Javier rompió el silencio suavemente, ahora el momento era más íntimo, allí, en nuestro rincón habitual–, y Lluís nos ha contado lo de la biografía que te han encargado.

–Sí, claro que os contaré cómo va también esa historia... Y os mandaré pronto otro pedazo. Sigo tecleando a ratos perdidos el cuaderno de tapas rojas con sus recuerdos. Ya sabéis entonces que tras nuestro último encuentro resolví aceptar la preparación de la biografía de Juan, y además estuve en la isla recabando documentos y testimonios. Después de leer esas memorias, mi principal inquietud era resolver ese enigma de la depuración. Terrible eufemismo para nombrar las purgas que satanizaban al enemigo político. Dado que funcionaba por acusaciones de supuestos testigos, y dado que en este caso no había actividades particularmente sospechosas, y además Juan estaba tan alejado, ocupando su plaza en Lanzarote, no podía entender qué mecanismos podían haber funcionado contra él. Sí, ya sé que todo era irracional en ese momento, pero necesitaba saber qué había pasado exactamente. Todo tiene una explicación, un origen. Así que indagué sobre los apellidos completos del cura Manuel, al que nombra en sus memorias, y que algunos testimonios daban como principal sospechoso. Comprobé que fue profesor de Latín en el mismo instituto donde trabajaba Juan, y que se había convertido tras la guerra en el director vitalicio del centro, y que acudía al trabajo con su sotana y su gran coche, con chófer, cada día. Esta estampa parece que era muy llamativa. Supe además que en sus últimos tiempos publicó unas novelas muy malas. Con esos datos de partida me metí en internet. Encontré algunos resultados sorprendentes, aunque no lo que buscaba, claro, no iba a ser tan fácil.

–¡Ajá! –me cortó Menchu–. Has de reconocer que no es tan fastidiosa la maquinita, entonces.

–Que sí, que sí, ya lo he dicho... Bueno, pues como iba diciendo, tecleé su nombre y apellidos en el buscador. Aparecieron dos noticias. Una, que al acabar la guerra lo ascendieron.

–Sí, el famoso corrimiento de escalas, automático para todos los leales –apostilló Lluís–. Y a los desafectos los rebajaban, incluso cuando estaban muertos. Esto es lo que más me llama la atención a mí. A Machado lo despojaron de la cátedra después de su fallecimiento: un escarnio que sobraba, pero así eran las cosas.

–Sí –repuse–. Lo otro que encontré era un homenaje que se le rendía en su pueblo a la memoria de ese cura por haber sido supuestamente un gran filántropo o algo así. Entonces pensé en las novelas. Me parecía muy raro eso de que de repente, de buenas a primeras, al final de su vida, publicara novelas. Cuentan que se las escribía un *negro*.

–¡Eh! ¿Algo que objetar? Es una profesión honesta –protestó Lluís. Todos sonreímos.

–Bueno, consulté los catálogos de la Biblioteca Nacional, que son una cantera de información maravillosa. Y sí, allí estaban los ejemplares de unas cuantas novelas firmadas por él. Pero... había algo más interesante. Mucho más interesante.

–¿Lo quieres soltar ya? –Menchu detestaba mis rodeos.

–Ya va. Resulta que este tipo había tenido tiempo además para escribir y publicar sus propias memorias.

–¡Vaya! Eso sí que es una sorpresa. ¿Y las has leído? –Menchu abría mucho los ojos siempre que preguntaba.

–Sí, al día siguiente me planté allí y las leí de principio a fin. Son breves en realidad, no tenía mucho que contar, ni tampoco se le daba muy bien escribir. Así que me parece probable la hipótesis de que un *negro* le hiciera las novelas. Él se había hecho rico en esos años, de modo que se lo podía pagar. En realidad son unas memorias muy reveladoras sobre su personalidad. Era un tipo cargado de resentimiento, al que parece que no querían ni los suyos. Ahí lo cuenta: cómo sentía vergüenza de su origen humilde..., cómo se sentía desplazado en el seminario, de donde lo expulsaron, y también del periódico con el que colaboraba. Incluso cómo había sido humillado en el instituto, acusado de robo cuando fue tesorero, y cómo soñaba con ser importante, con ser director de su instituto, y con ser escritor además. Cuenta también que había presidido la comisión depuradora de maestros. Pero no la de profesores, lo cual lo alejaba de mis suposiciones, en principio.

–Espera, ten cuidado. Estás trabajando con una hipótesis siempre –me alertó Javier–. Ese tipo podrá ser todo lo indeseable que quieras, pero no tienes pruebas de que fuera precisamente él quien actuó contra Juan.

–Tranquilo, que no he terminado.

–Ella es así –atajó Menchu irónica–, debería escribir novelas policíacas.

–¡Paciencia!, no puedo contarlo todo de un golpe –protesté–. El caso es que me faltaba, en efecto, un testimonio directo. El expediente, claro. Así que me fui al Archivo Histórico. Allí había dos documentos interesantes en que figuraba, pero por sus hijos: es decir, era el padre de dos expedientados. Uno era su hijo Manolo, por firmar en 1963, junto con otros artistas e intelectuales encabezados por Aleixandre, una carta denunciando la violencia contra los mineros de Asturias, que fue remitida a las agencias de prensa extranjeras. El otro era su hijo Agus, por impulsar una revista de poesía que difundía a Picasso, Alberti y otros colaboradores del movimiento Pro-Paz. Y nada más.

–¿Entonces? –comentó Menchu, con tono decepcionado.

–Entonces pasó algo curioso. La responsable de esa sección del Archivo me hizo llamar, así que me dirigí extrañada a su despacho. Estaba interesada en mi búsqueda, sobre todo porque había visto los apellidos de Juan, los mismos del bibliógrafo y paleógrafo, Agustín, su hermano. Lo consideraba uno de sus maestros, y me quería ayudar. Esto fue providencial. Me indicó que esperara en la antesala. Estuvo haciendo gestiones telefónicas, y entonces me volvió a llamar, y me informó que el expediente de depuración de mi abuelo me estaba esperando en Alcalá de Henares, en el Archivo de Administraciones, ya estaba arreglada la cita para el día siguiente. Yo me puse muy nerviosa, le di las gracias y me fui de allí, totalmente conmocionada, aunque no sabía qué era lo que me esperaba en esa carpeta.

–Eso es lo único que tuvo de positivo el régimen: no destruyó los archivos, es increíble –Lluís me miraba con expresión de gravedad, esperando las respuestas anunciadas.

–¿Y qué había en la carpeta? ¿Confirmaste la hipótesis del cura Manuel? ¿Era él el delator? –preguntó Menchu.

–Sí. Era él –repuse sombría–. Al día siguiente tomé el tren y me presenté en las oficinas indicadas, un laberinto terrible, por cierto, un edificio gigantesco lleno de papeles y pasillos. El personal era muy amable, eso sí. Yo tenía permiso para ver los documentos por dos razones: el tiempo transcurrido y el parentesco con el personaje en cuestión. Así que me pidieron que me sentara a esperar junto a una gran mesa redonda, y al poco rato vino el encargado con una carpeta gris que contenía un fajo muy grueso de papeles. Al abrirla, lo primero que encontré fue la firma manuscrita, muy nítida, del dichoso cura, al pie de una carta acusatoria bastante siniestra.

Sentí que el corazón se me desbocaba. Creo que, sobre todo, sentí una rabia sorda que me inundaba, por lo repugnante que resultaba todo aquello.

–Bueno, en todo caso, era lo común. No olvides que fueron decenas de miles los profesores depurados por el régimen –comentó Javier–. Se dice pronto.

–Sí, claro que sí. Parece que fueron unos sesenta mil los depurados, y de ellos, cincuenta y dos mil pertenecen a la sección de Cultura y Enseñanza. Escalofriante. Todo un ejército de sombras, gente marcada con un estigma, abocada a la humillación, e incluso a la mendicidad. Y en muchos casos, como éste, hay algo de extremado, de mala baba, mala sangre, no sé cómo llamarlo. Era una actuación de acoso y derribo, de mucho resentimiento, y de una mente enferma, realmente.

–Adelante, cuéntanos –dijo Javier.

–Bueno, en esa carpeta está todo el proceso. Las fechas más tempranas son las de los documentos que informan positivamente sobre Juan, por no estar en las listas de masonería y sindicatos. Entonces se piden informes al director de su instituto, el cura, y éste escribe una carta bastante turbia acusándolo de herir los sentimientos cristianos de sus discípulos en sus clases, por haber cuestionado el milagro de una imagen que sudaba sangre. Era algo bastante pueril e indemostrable, y no pasó nada. Pero él no se rindió, y siguió mandando cartas, una detrás de otra, a muchas autoridades, hablando de la peligrosidad de Juan para la docencia, siempre sin pruebas. Todo está ahí, con su fecha y su rúbrica. En un momento dado, Juan fue citado a declarar, y también está ahí su declaración, de puño y letra, diciendo que había estado afiliado a Izquierda Republicana y que nunca había pertenecido a la masonería. Pero no ocurre nada entonces; recordemos que él estaba casi en el exilio, en una isla por entonces solitaria y mal comunicada. Como no le hacen caso, el cura sigue mandando cartas, ahora a Burgos. Se ve que son suyas porque son iguales, pero ahora ya no firma con su nombre sino con un garabato. Hay otra carta, del Servicio de Información y Policía Militar de Burgos, informando al Ministerio de Educación en Vitoria, que no conoce antecedentes de ese catedrático. Y entonces el cura, junto con otros firmantes, manda otra carta que reitera los mismos argumentos y propone separarlo del servicio. Desde Vitoria, ante semejante bombardeo, sólo tienen ya la opción de ratificar, y envían a Juan el oficio en que se le suspende de empleo y sueldo en virtud de constantes denuncias; en realidad es una sola, pero repetida sin descanso.

–Es repulsivo –decía Lluís con un hilo de voz.

–Aún hay algo más. También hay misivas contra otros dos catedráticos, uno de Lengua y Literatura, Agustín Espinosa, a causa de su novela surrealista, que les parece entre pornográfica y herética, y uno de Historia Natural, un tal Pérez Casanova, por ser socialista. A todos los expulsaron del servicio. A Espinosa después lo perdonaron, porque declaró su sumisión al régimen y se hizo falangista. Entonces el cura escribió acusándolo de ser un elemento peligroso y rogando que, dado que volvía al servicio, que por favor fuera enviado lejos. Así que lo exiliaron a una isla menor. En realidad sólo le preocupaba que no le disputaran la plaza de director. De director vitalicio, como resultó. Fin de la historia, no quiero cansar más. Os voy a mandar mañana mismo todo lo que he transcrito de las memorias de Juan después de mi último envío. Es bastante extenso pero aún falta el final. Así lo vais leyendo y me comentáis. Y ahora cambiemos de tema.

–Bueno, cambiemos de tema, pero no te olvides de enviarlo. Hablemos del otro librito, el de las biografías –la voz de Javier sonaba siempre serena, tranquilizadora.

–Pues ahora estoy con un personaje sardo, un tal Vincenzo Sulis. Estuvo veinte años preso en una torre por sus actividades autonomistas, y logró escribir sus memorias, su vida es una verdadera novela. Pero no vamos a hablar de eso ahora, ya está bien por hoy. Os lo mandaré, con la maquinita –bromeé guiñando el ojo a Menchu.

Ese día había que irse pronto, para preparar la cena de fin de año. Nos despedimos en la puerta, y salimos en direcciones opuestas. Yo me eché a andar, creo que me sentía reconfortada por haber compartido todo aquello, estaba más tranquila. Ahora estaba pensando en el libro, y en el título. Dado el tema, tal vez le venía bien el de Maeterlinck que se citaba en la libreta roja: *La intrusa*. Aunque no sabía si la intrusa era ella, la que cortaba el hilo de la vida sin previo aviso. O yo misma, con mis indagaciones. Al llegar a casa me acerqué al escritorio y preparé el envío del capítulo que acababa de terminar, «El eremita», antes de que se me olvidara. Hice clic, y ya estaba en su destino. Sí, debo confesar que en realidad me gusta ese prodigio electrónico. Pero sobre todo discutir todo con mis amigos, en vivo y en directo...

5

El eremita

Enero de 1829. Una súbita tempestad desatada sobre el mar se apodera de la pequeña goleta que viaja de Porto Torres a Génova. El oleaje y el viento se la disputan como rapaces ávidas de una presa indefensa, que sometida al vaivén de sus caprichos, se asoma peligrosamente al abismo. En medio de la oscuridad, el faro de la diminuta isla de La Maddalena emerge como un espejismo o un ángel guardián, y el capitán decide virar hacia su puerto, donde atraca durante los tres días que ha de durar esa furibunda borrasca. Entre los pasajeros que descienden a tierra se encuentra el joven Pasquale Tola. En breve tiempo será huésped del vicecónsul de la Toscana, Antonio Martini, como lo eres tú, Vincenzo Sulis, desde hace ya largos años.

Cuando saludas a Pasquale por primera vez, no sabes aún que su presencia en La Maddalena será un guiño de la fortuna que hacía tiempo te había abandonado, una flor del azar que de pronto vuelve a sonreírte. Sólo sabes que será de inmediato tu amigo, y aunque ya eres un anciano y estás cansado y casi ciego, aún se te enciende el alma y la sangre te arde cuando le oyes hablar de la libertad y de la patria. Pero no la patria dibujada con líneas abstractas sobre extensas geografías imaginarias, sino esa otra patria pequeña y verdadera que huele a mirto y a olivo y albahaca, esa tierra que amas y que guarece los huesos de tus muertos, esa isla por la que has pasado en prisión tantos años que ya ni siquiera sabes contarlos. Cuando escuchas a Pasquale sientes de pronto que tu viejo sueño no ha muerto, que aún son muchos los que creen que es posible ahuyentar los viejos fantasmas y forjar un futuro sin humillaciones ni miserias para tu gente. El tiempo es breve, ambos sabéis que él ha de partir en cuanto amaine la tormenta, así que las conversaciones son largas y pausadas y avanzan hasta la alta madrugada, no importa que no haya luz, para ti hace tiempo que la realidad se ha desvanecido entre sombras…

Él te ha traído las nuevas de los últimos aconteceres que alimentan la ilusión de los jóvenes más rebeldes, y ahora sólo quiere escuchar toda tu historia, que tú desgranas lentamente junto al candil y a ese vaso de vino que bebes muy despacio para combatir el frío húmedo de esas horas tardías. Él apenas puede imaginar cómo has podido sobrevivir a un encierro de más de veinte años en la soledad de una torre sin luz y sin velas ni fuego, ni nada que leer o donde escribir, y te mira absorto como si fueras un resucitado o un espectro, un ser sobrenatural y al tiempo una esperanza. Porque has conservado la vida y también tu sueño, el sueño de aquel joven orgulloso que combatió a los invasores franceses y que se convirtió en héroe popular, casi leyenda: demasiado poderoso, demasiado sabio, demasiado indómito, tanto como para que la razón de Estado te recluyera de por vida en esa torre donde sólo podías hablar con tu Dios y con el mar, en esa atalaya desde la que has visto pasar el cadáver de todos tus enemigos, de todos los que sembraron tu camino de insidias.

Antes de abandonar La Maddalena, Pasquale logra arrancarte una promesa firme: escribirás tus memorias, y se las enviarás a través de mensajeros secretos que te habrá de facilitar el vicecónsul, tu amigo. Él se ocupará de hacer justicia a tu memoria, tanto tiempo enterrada entre piedras. Aceptas el reto, y aunque tienes más de ochenta años y tus ojos apenas pueden ver, esa ilusión hace latir con brío la sangre de tus venas. Tu pulso tembloroso avanza movido por una nueva fuerza, y comienzan a nacer esas páginas en que te recuerdas a ti mismo allá en la lejanía de los años, cuando, sin haber cumplido los veinte, eras ya un contrabandista y bandido célebre en toda la Sardegna, un hombre del pueblo que aún no sabía que había de alcanzar los estratos más altos de la política y del poder. Y mientras escribes te acuerdas también de aquel muchacho que fuiste antes, ese estudiante aplicado y también soñador, que escribía versos, y que era demasiado joven para imaginar lo que le podía deparar el rodar de los años: la muerte súbita de tu madre, y el odio visceral hacia tu padre, que te llevaron a huir, y a conocer a los que vivían del otro lado de la ley. Aprendiste a llevar pistolas y a esconderte por los montes inexpugnables de la Barbagia, donde te gustaba pasar las noches a la intemperie, dibujando caminos imaginarios entre las estrellas, bajo esa bóveda que te guarecía como un inmenso almendro florecido. Pero te atraparon y te encarcelaron, y estuviste durante meses encerrado por llevar esas pistolas que te acusaban como bandido, aunque jamás las usaste. No importaba. En prisión conociste a gente formidable, aprendiste a defenderte, a saber lo que querías, tenías nuevos amigos, hermanos que serían desde entonces tu verdadera familia, esa que desde la sombra te protegía. Tu nueva libertad era mucho más ancha, ahora eras dueño de ti, de tu pensamiento, y además la suerte te sonreía. Sabías cómo conseguir riqueza y cómo burlar a la ley, esa ley escrita por extranjeros que humillaban a tu tierra con tasas y tributos que la hacían cada día más pobre. Esa ley tan cruenta que legitimaba su incumplimiento, y así te convertiste en el bandido más amado, que podía pasear orgulloso en su caballo con su rica vestimenta, libre como el aire que respirabas, con tus nuevas pistolas decoradas de plata y coral, regalo del fraile del convento de Buonaria que te protegía, a ti y a tu banda de contrabandistas, al igual que el sacristán de la catedral de San Giovanni, que os guardaba en el templo la mercancía y las armas. Tu talento innato encontró además con el tiempo su debido mecenas, en el hogar de ese buen burgués que te animó a estudiar de nuevo, y a los veintidós años de pronto tu vida vuelve a cambiar, y la escala social se abre prodigiosamente para ti, un hombre del pueblo, convertido en magistrado y tribuno en la bulliciosa Cagliari. Nadie lo hubiera dicho, tú que estuviste tan joven en las mazmorras de la prisión, tú, el amigo de la canalla, ahora eras un ciudadano acomodado que podía pasear con su vestido de seda y paño, y su espada ricamente adornada, mientras su hacienda prosperaba.

Pero tú seguías cobijando tu sueño de libertad, y además amabas el peligro y el riesgo, la aventura y las armas, y por eso, cuando en diciembre de 1792 la flota francesa apareció de pronto en el golfo de Cagliari, borrando el horizonte con la silueta innumerable de sus palos como un bosque siniestro, no dudaste en abandonar ese mundo confortable y acudir de inmediato al puerto a reclutar a todos los pescadores que encontraste, hombres del pueblo como tú, hambrientos de pan y de sueños. Y cuando los franceses enviaron, en medio de una gran algarabía de cañones y tambores, un mensajero que enarbolaba muy alto su bandera tricolor, y debajo, como una ofensa, vuestra bandera, pequeña, sometida y humillada, el fuerte de San Agostino lanzó un disparo de cañón, y se inició el levantamiento contra el escalofriante desembarco de más de cinco mil hombres.

Tú estabas enardecido por los acontecimientos, y arengaste a tu pequeño ejército improvisado, que habías tenido el tiempo de alimentar bien y armar hasta los dientes para lanzarse contra el enemigo. Y llegó la victoria, y el virrey Balbiani quiso condecorarte con la medalla de oro de la ciudad por tu lealtad y tu gesta: tú no la aceptaste, ya tenías tu premio, todos te aclamaban, y tú te convertías en leyenda, toda la isla repetía tu nombre.

Pero los tiempos se hacían cada vez más difíciles, los aires revolucionarios se colaban por todas partes, y la aristocracia tenía miedo, y más su aliado ancestral, ese clero que ya veía sus iglesias arder en las revueltas. Por eso los piamonteses redoblaron su despliegue de arrogancia y opresión sobre la isla, y tal fue el exceso que la multitud se levantó airada contra ellos, y no cejó hasta que fueron embarcados y expulsados de su territorio. Entonces tú buscaste un equilibrio, calmaste a la canalla, ayudaste con transportes a los que huían, los protegiste de la ira popular. Y así sellaste tu infortunio y tu desdicha: nunca los poderosos aceptan el favor de los pequeños, y tú eras demasiado pequeño, tu sangre no era noble, tampoco tus apellidos, eras sólo un hombre del pueblo, un plebeyo, y ellos no podían deberle la vida a un plebeyo. Pero eso no lo sabías aún. Te engañaba el agradecimiento fingido, fuiste nombrado comandante, seguías siendo consejero del virrey. No sabían qué hacer contigo. Los poderosos tenían miedo, y su resentimiento llevó al patíbulo a abogados, notarios y médicos, como Gavino Fada, como Vincenzo Petretto, como Gaspare Sini.

Pero tu caso era singular. No te podían llevar al patíbulo, te habrías convertido en un mártir. Tampoco podían dejarte libre, podías volver a liderar un ejército popular, podían ser ellos el nuevo enemigo. Y así empezó a tejerse la secreta telaraña que te había de envolver de un modo irrevocable. Los campesinos se rebelaban contra los barones y contra los militares, el sistema hacía tiempo que se tambaleaba: corrían como el viento las ideas masónicas y jacobinas, y había muchos que querían una república sarda de protección francesa. El siniestro Villamarina las combatía con sus soldados, y aún más: reclutaba delincuentes para fortalecer su ejército contra el pueblo. Cuando seis diputados acudieron a Turín con sus peticiones autonomistas y las vieron rechazadas, llegó la insurrección, la isla se convirtió en un polvorín, y mientras, crecía la miseria del pueblo y la carestía y las plagas se cebaban con él. También crecía el bandidismo y la represión, que así hallaba un modo de justificarse. Tú habías demostrado tu lealtad al rey, pero alguien te vigilaba. El poderoso Villamarina quería tener tu poder, pero no era posible, así que optó por quitártelo a ti. La razón de Estado exigía tu cabeza.

Tú eras ajeno a esas maquinaciones, no buscabas para tu isla la independencia, ni caer en el poder de un nuevo amo para tu pobre tierra, mancillada por tantas manos, desde que el papa Bonifacio VIII la regaló al rey de Aragón. Sólo querías que tu gente pudiera ser dueña de su propio destino, y habías estado al servicio del rey durante muchos años, habías ayudado a poner freno a las revueltas, y habías impedido el asesinato de muchos militares. La marquesa Peppica Rapallo quiso alertarte de las trampas de tus enemigos, del peligro que corrías, pero no la creíste. No podías creerla. Porque cuando Carlo Emanuele IV se vio acorralado y se tuvo que refugiar en tu isla, con toda su familia y su corte, tú le brindaste pública obediencia, y con doce de tus hombres desataste los caballos de su carroza, y la llevasteis sobre vuestros hombros. ¿Acaso podía dudarse después de tu lealtad? Te habías jugado la vida, habías empeñado tu hacienda para defenderlo, le habías rendido pleitesía públicamente. Y aún más: le habías mostrado la carta de Bonaparte, recibida a través del duque de Vicenza, donde te ofrecía hombres y riquezas a cambio de apoyarlo en la conquista de tu isla. Y tú la habías rechazado, esa era tu mayor prueba de lealtad.

Entonces ocurrió algo que te desconcertó completamente. Era el segundo aviso. El duque de Aosta te propuso un viaje enigmático: quería que fueras cónsul en Esmirna. Tú no querías irte, porque sólo huyen los culpables, y sobre todo porque no hubieras sabido vivir lejos de tu isla. Él insistió: debías huir de la envidia, tu vida corría peligro, tendrías el grado de capitán y el título de conde y de cónsul general de la nación sarda. Tú objetaste que no tenías medios, no te quedaban recursos. Él te ofreció cubrir todos los gastos: te apreciaba y quería salvarte. Hablaba casi a diario contigo. Pero tú no te ibas a ir. No podías ni siquiera imaginar que el mismo príncipe daría la orden de arrestarte. Entonces el gobernador de Cagliari secundó la orden. Estabas acusado de conspiración contra el rey y de alta traición, y se ofrecían nada menos que 500 escudos por tu cabeza.

Quedaste paralizado por el estupor, apenas tuviste tiempo para moverte con la debida celeridad y esconderte en casa de tu amigo el fraile de Buonaria, mientras los soldados registraban casas e iglesias, y hasta las tumbas, sin imaginar lo cerca que estabas, acomodado muy cerca del puerto. Tú le escribías al príncipe una y otra vez, no sabías aún que fue él quien firmó tu condena, le recordabas sus promesas, pero no recibías respuesta, mientras en las calles se leía con redoble de tambor el bando que proclamaba la recompensa por apresarte: vivo o muerto. Esas palabras resonaron en tu cabeza como un tictac siniestro: vivo o muerto... ¡vivo o muerto!

Acababa de comenzar tu calvario. Empezaste a descubrir que era cierto, que ya sólo serías un mendigo, que estabas maldito para siempre. Planeaste entonces escapar a Córcega, podrías estar muy cerca de tu gente, y a salvo. El corso Gio-Batta Rossi te arregló la fuga en el barco del napolitano Tommaso Scotto, que era tu amigo: en otro tiempo, tú habías logrado liberarlo de las galeras por un contrabando, y con ayuda del cónsul lo habías refugiado durante todo un año en la iglesia de San Francesco. Te disfrazaste con el atuendo de los pescadores, y en el chaleco guardaste todo el oro que habías podido reunir. Cuando divisaste la barca, te aproximaste cauteloso. Tus amigos te ayudaron a embarcar, y tú los abrazaste emocionado, y te liberaste al fin de tu pesada coraza. Respiraste muy hondo: era primavera, y la noche te sonreía como un jardín inmenso. Ahí estaba tu mar, el mismo que te acompañaba desde niño: la mar de los marineros y los pescadores, marea madre y también novia y amante. Ella te había de llevar a tu destino de libertad, donde podrías seguir resistiendo, seguir soñando, y quién sabe si el final de tantos agravios estaba más cerca de lo imaginado.

Triste de ti, Vincenzo, tristes tus pensamientos y más triste tu sueño y tu candor en esa noche tibia sobre esa barca traidora. Porque en poco rato se había de acercar un barco de guerra, y serías arrestado por soldados armados que te encerrarían en la Torre dell'Aquila. Miraste incrédulo a tus delatores, con más desolación que ira, porque eran tus amigos... Ellos te respondieron con pupilas de acero, porque la recompensa añadiría oro al oro que acababan de robarte, y así descubriste que era cierto que se había apagado tu estrella, que eran ciertos todos los avisos que querían advertirte, y refugiarte y salvarte. Pero tú no quisiste escuchar, Vincenzo. Y ahora sólo había una realidad de piedra, esos muros imponentes que acorralaban tu soledad en medio del silencio de esa noche sin fin que comenzaba.

También tus amigos fueron al exilio o a prisión, era orden del caballero Villamarina, que al fin paladeaba complacido el premio de tantos desvelos invertidos en construir tu laberinto sin salida. Ahora ya eras suyo, suyo era tu poder y suya era tu propia vida, que él había puesto en manos de un juez piamontés perseguido en aquel episodio que te tuvo también como protagonista. El juicio fue breve, se consideraba probada la conjura aunque no hubiera ninguna prueba. Habías llegado a tu destino, estabas sentenciado a cárcel perpetua por delito de lesa majestad, tú, que amabas a tu rey, que lo habías defendido contra viento y marea, contra ti mismo, Vincenzo, y ahora estabas preso en la tiniebla. No podían matarte porque eso te hubiera convertido en un dios, en un mártir para los tuyos, pero te enterraron en vida, y quedaste atrapado en la telaraña de un proceso interminable, suspendido en el tiempo y en los corredores del palacio de justicia. A veces la causa parecía ya desvanecida pero tus enemigos la alimentaban, y pagaban falsos testigos que continuaban inventando tu culpa, y poco a poco te irías convirtiendo en un montón de legajos olvidados, un nombre en el aire, un recuerdo que palidece hasta desvanecerse en el recuerdo.

La Torre dell'Aquila sería la antesala del túmulo que habían elegido para ti, la imponente Torre dello Sperone, y un escuadrón de soldados armados cumplió la misión de transportarte por mar hasta Alghero para tu encierro: toda medida era poca para asegurar que no huyeras, era demasiado arriesgado llevarte por tierra. Cuando llegáis a Porto Torres hay una multitud esperando, todos se han acercado y te aclaman, te nombran en voz baja, como si tu nombre tuviera un poder encantatorio, como si fueras un santo o un profeta. Te observan con un respeto sagrado mientras avanzas escoltado por doscientos hombres, y tú no das crédito a lo que ocurre. ¡Doscientos hombres!, para escoltarte a prisión a ti, desarmado, casi desnudo, ese inolvidable 5 de mayo de 1800. Se rumorea que serás ahorcado, tú mismo lo has oído entre los murmullos, y sobre las murallas de la ciudad, otra vez te espera la multitud silenciosa, para acompañarte, para compadecerte, sobre todo para saber que estás vivo, que está viva su esperanza. El mayor Terena te acompaña hasta tu calabozo y te abre la puerta que da a la noche en pleno día, un espacio húmedo y frío, con una breve rendija por donde se cuela apenas un rayo de luz.

–Aquí está tu sepultura –te dice–; de aquí nadie sale vivo. Adiós para siempre.

Tú te quedas ahí, sobrecogido y muy quieto hasta que tus ojos se acomodan a la oscuridad, y empiezan a rastrear el suelo y las paredes en busca de un jergón o una vela, pero no encuentran nada, ni tan siquiera un poco de agua o una vasija que te permita una mínima higiene. Ahora, privado de todos tus bienes y también del más precioso, el de tu libertad, sólo serás un perro rodeado de tus propias inmundicias. Así está escrito: traicionado y abandonado por los tuyos como lo fuera Cristo, por un puñado de monedas. Entonces recuerdas las palabras de Peppica Rapallo, cuando como una sibila te profetizó tu desgracia: por despreciar la buena fortuna caerías en un estado de infortunio jamás imaginado, pero no debías temer porque tu vida sería larga y todos tus enemigos serían destruidos, y tú renacerías al mundo por encima de tus padecimientos para poder contarlo.

Pronto descubrirías que, a pesar de la privación de la libertad, a pesar de la soledad y la vigilancia férrea, aún tenías amigos que podían sobornar a uno de los guardias y hacerte llegar alimentos. Pero nada más: ni un papel, ni una vela, ni un libro, en ese calabozo cuyo suelo, los días de marea alta, quedaba cubierto por el agua que se colaba por la estrecha rendija de luz. Junto a ella pasabas los días y las noches, era tu único consuelo: por su breve espacio vertical podías escuchar el mar batiendo rumoroso junto a las rocas y las murallas y los altos muros de piedra, y así no te sentías nunca solo. Imaginabas que algo parecido a ese arrullo debía ser lo que escuchabas en el vientre de tu madre, ese flujo amniótico que ahora oías dentro de ti como un rumor que corriera por tu sangre, un rumor que te calmaba, que te acariciaba el alma y parecía blindarte contra todos tus fantasmas, todos esos enemigos que habían quedado fuera, lejos de ti, que ahora vivías en la frontera, en los límites de la vida, junto a ese mar de los adioses y de los ahogados, que ahora te acompañaba con su grandeza. Y sobre su lomo, cada tarde, qué dulcemente se sacrificaba el sol, como una naranja de oro y de sangre que cada día madurara sobre el horizonte, hasta que el mar la acogía, como tal vez algún día abrigaría tu corazón cansado, entre las brasas incandescentes de las últimas nubes que la luz brindaba a la mirada atenta.

Pasan los días, los meses, los años, y nada ocurre, sólo el milagro de despertar vivo cada mañana, y siempre ese silencio y esa oscuridad enloquecedora. Hablas solo muchas veces, necesitas escuchar alguna voz, tu propia voz, saber que sigues vivo, que tu voz está viva en la tumba de tu cuerpo. La rabia te invade y muchas veces gritas y golpeas la puerta, pero nadie responde. Te han enterrado vivo, y sólo te queda esperar al ángel de la muerte. Sin embargo ese silencio y esa oscuridad acaban convirtiéndose en tus fieles compañeros. Ellos te permiten soñar, recordar, imaginar mil historias mientras el tiempo transcurre y la esperanza de la libertad te alimenta. Decides aplicarte, muy pacientemente, a desmontar uno de los peldaños de hierro de la escalerilla que une los dos niveles de la torre. Te lleva semanas lograrlo, pero no importa, el tiempo ya no existe para ti. Cuando al fin lo consigues, arañas con él ese techo de piedra durante días y semanas y meses, hasta lograr un agujero suficientemente ancho para deslizar tu cuerpo a la intemperie. Entonces, cuando la noche está avanzada, puedes salir y caminar sigiloso sobre la torre para contemplar la ciudad dormida, y también puedes tumbarte a mirar las estrellas, como cuando eras un muchacho aventurero que transitaba los montes de la Barbagia. Qué soberbia sensación de libertad, allá arriba, solo con tus sueños y todo el firmamento al alcance de tus ojos, y en el horizonte esa luz lánguida del faro de Capo Caccia que parece indicarte un camino, como un destino. Sí, tienes que lograr huir a Córcega, sólo necesitas atar cuerdas y trapos con una longitud suficiente para poder descender sin despeñarte. Entonces te arriesgas y hablas con uno de tus vigilantes, un soldado que en tiempos estuvo a tu servicio, y que acepta ayudarte. No puedes conseguirlo sin ayuda. Pero pronto le embarga el miedo, sabe que el castigo puede ser terrible, y también te traiciona. Así se desmorona esa nueva ilusión, se acaban tus paseos nocturnos, se pierde tu trabajo de ocho meses, y vuelves a ser el minotauro encerrado en su dédalo de piedra.

Pero tu mente nunca se detiene, tiene que haber un camino, ya has rastreado todos los rincones de tu mazmorra y no has hallado nada que te sirva. Hasta que un día de 1811, cuando ya casi has perdido la cuenta de tus días y años de encierro, cuando te sientes cada vez más cerca del mundo de los muertos que de los vivos, y parece inminente el cumplimiento del maleficio que te dedicó el Mayor Terena, vislumbras una salida. «De aquí nadie sale vivo.» Muy bien: ese sería el camino, saldrías muerto. Decides fingir una apoplejía, y una mañana los guardianes te encuentran postrado en tu jergón y con la mirada perdida: todo tu lado derecho está paralizado y no puedes hablar ni oír ni moverte, tu cuerpo está completamente insensible porque así lo ha decidido tu mente. Avisan al gobernador Cugia y a los médicos, que ordenan de inmediato que te practiquen sangrías en la nuca.

Tú mantienes tu inmovilismo con una obcecación que a ti mismo te sorprende, en especial cuando deciden ponerte a prueba, porque algunos sospechan que se trata de un truco fácil para librarte de tu prisión. Pero tu voluntad es férrea. Uno de los galenos te aplica un hierro al rojo vivo en el brazo y después en el costado. Tú resistes pétreo mientras un velo de sudor frío comienza a cubrir tu cuerpo, y el olor a carne quemada llega a tu nariz, ese olor inconfundible y nauseabundo que conoces bien, y que recuerdas, mezclado con el olor de la pólvora, exhalado por las heridas sembradas en el campo de batalla. Tú sigues resistiendo aparentemente impasible, está en juego tu libertad, es decir tu vida, y esa posibilidad te hace sentir invencible. Entonces llega la prueba definitiva, la más temible, cuando el hierro candente es acercado a la planta de tu pie derecho. Todos tus sentidos se disparan y sientes un intenso sudor frío invadir todo tu cuerpo, y la sangre correr enloquecida por tus venas. En tus oídos zumba un silbido agudo que parece querer reventarte el cráneo y no puedes evitar un movimiento mínimo y mecánico en el pie, ahora es tu cuerpo el que te ha traicionado, y esperas resignado el veredicto ante tu farsa desenmascarada.

Pero de pronto descubres que ha ocurrido el milagro: te han creído, comentan que ese movimiento breve no lo dicta la conciencia sino que es un acto reflejo e involuntario. Tu corazón late con fuerza, te palpitan las sienes, la hora de la libertad se acerca, no debes equivocarte ahora, cualquier error tendría consecuencias dramáticas, tienes que calmarte, controlar tu impulso de aullar de alegría, y logras mantener la apariencia impasible mientras una comitiva de sesenta soldados de a pie y cincuenta dragones a caballo te escolta hasta la prisión de Sassari, y no puedes dar crédito a semejante despliegue para acompañar a un inválido, a un tullido, pero tal es el miedo que te tiene tu enemigo.

En Sassari tienes la protección del canónigo Decussi, y rápidamente se organiza tu huida a Córcega. Tienes también el apoyo del general Berthier, que pone a tu disposición todos los medios para tu fuga. Así que finalmente logras salir de la cárcel vestido de sacerdote antes de las oraciones, saludas cortés a los custodios, que no te reconocen, y te mezclas con la multitud. Qué sensación tan dulce y olvidada, ésa de andar entre la gente como uno más, como si nada hubiera acontecido, como si el dolor y la soledad sólo hubiesen sido un mal sueño. Tu paso es pausado, y al tiempo decidido, una fuerza ciega te empuja y debes cumplir estrictamente el plan acordado, sabes que te esperan, esta vez no puede fallar, cuentas con el favor de gente muy poderosa, ahora sí que tendrás tu libertad, esperarás en casa del canónigo la señal convenida.

Pero una vez allí, llega algo más que esa señal: la noticia de la ola de violencia brutal desatada contra tus amigos y tu familia como castigo ejemplar. Villamarina no puede encontrarte, pero sabe que difícilmente vas a soportar ese nuevo dolor que te habla de torturas, de mazmorras, de asesinatos. Y ahora sí, te rindes, definitivamente te rindes, ese dolor nuevo se te clava como un puñal en medio del pecho, ése no lo puedes controlar, y el llanto brota con la rabia, y esas lágrimas que antes no quisiste liberar ahora no puedes detenerlas, porque no puedes más: por muy hermoso que sea un sueño, hay un límite en la resistencia del corazón humano. Así que te entregas, ya nada te importa, te presentas voluntariamente ante tus guardianes para cumplir tu condena de prisión perpetua.

Y ahí estás de nuevo, en la Torre dello Sperone, ahora con una cadena al cuello y dos anillos de hierro sujetando tus tobillos con más cadenas, apenas puedes caminar y ni siquiera sabes de dónde sacas fuerzas ya para sobrevivir, tus manos están libres pero no tienes luz, ni fuego, ni tinta o papel, y sólo te está permitido responder al correo bajo la mirada atenta del caporal de guardia, que lleva cada carta tuya al gobernador como un perro fiel para que decida si puede ser enviada a tu familia. Es decir, a tus hermanos, porque tu mujer te abandonó hace ya años, asesorada por su padre espiritual, hipócrita perro maldito, que se beneficiaba de la situación, y se creía que el hábito le otorgaba el poder de juzgar y decidir sobre lo divino y lo humano, y sobre todo, el derecho a saltarse los santos sacramentos cuando le venía en gana.

Muy bien, definitivamente tenía razón el Mayor Terena, esa torre sería tu sepultura, ése era tu destino, pero tú querías vivir, al menos para ver, sí, pasar por delante de tu encierro el cadáver de todos tus enemigos. Tu buena salud era casi un milagro, y volvías a tu vida de ermitaño. No sabías con quién conversabas, si con Dios o con el mar o con tu propia alma contrita, te desdoblabas y te veías ahí a ti mismo, casi ya un vegetal, pero con tu corazón latiendo, mientras tus ojos buscaban en tu ventana estrecha cualquier motivo para fantasear, la travesía de un bergantín o la bruma de la mañana, que como el viento sur, envolvía Capo Caccia hasta hacerlo ingrávido en el horizonte, como un inmenso pájaro de piedra que flotara sobre el mar.

En esas meditaciones te sorprende una noticia inesperada el mediodía del 24 de julio de 1820: el rey te ha perdonado, tienes el indulto. La noticia corre como la pólvora por la ciudad, todo el mundo abandona sus quehaceres para acercarse a la torre, las gentes invaden la muralla y las calles, las puertas y los balcones, y desde allí esperan y gritan: «¡Viva Sulis! ¡Viva el rey!». Tú los escuchas pero tus celadores te aconsejan que no salgas tan pronto, te dicen que debes salir de noche, que tus ojos no van a soportar la luz del sol, pero tú no puedes esperar, la puerta está abierta y eres libre, ¡libre!, y sales custodiado por dos oficiales a los lados que te acompañan a casa del canónigo entre los gritos fervorosos de la multitud: «¡Viva Sulis! ¡Viva la libertad!».

Libertad. La palabra más prostituida. Todos la compran, la venden, la pisan, la usan sin escrúpulos. La libertad: ese espejismo. Tienes tiempo de buscar a los viejos amigos que aún están vivos, de recorrer los caminos que ya se desdibujaban en tu memoria, de hacer nuevos planes sobre el futuro de tu tierra, siempre arropado por tus hermanos en la sombra. Pero Villamarina también sigue vivo, y sus secuaces. Como en una pesadilla recurrente y siniestra, vuelve a tocar las teclas necesarias para tu perdición.

Ese mismo año hay una revuelta violenta por la carestía de grano. Los ricos comerciantes lo transportan en sus carros para cargar los barcos, ante la presencia enfurecida del pueblo llano, que no puede pagarlo a un precio tan alto y que languidece de hambre. El gobernador de Sassari, Grondona, ordena de inmediato tu detención, de nuevo sin pruebas, eres la víctima que hay que sacrificar: cualquier alteración del orden va a conducir a ti irremediablemente, así está decidido. Tu isla ya se ha convertido en un lugar poco seguro para encerrarte, así que tienes un nuevo destino, una prisión aún más cruel y más bárbara, en la torre de Guardia Vecchia de la diminuta isla de La Maddalena. Ahora tienes otra vez anillos de hierro en el cuello y los pies, pero también en las manos, y aunque ya eres un anciano, no dudan en internarte en un subterráneo inmundo, estrecho y oscuro, con sapos y alimañas venenosas. Con el deseo, sin duda, de que acaben contigo para siempre: muerte natural, sin culpables.

Mientras, el juicio finaliza, y de nuevo faltan las pruebas contra ti. Eres liberado de la cárcel, pero quedas condenado a un exilio perpetuo, y los años se suceden ya en una dimensión nueva, tan lejos de tu gente, a la espera sólo de la muerte. Has visto pasar varios reyes y el cadáver de tus enemigos, los que te calumniaron y te querían ver ahorcado han ido desfilando antes que tú hacia la muerte, en la cárcel, en las galeras, en la horca o en el lazareto. Y ahora que todo parece olvidado o perdido, y que sientes que tu vida no ha servido de nada y se ha diluido en el silencio, aparece Pasquale Tola, y descubres que todo parece obedecer a un plan de la providencia y que tu sufrimiento no ha sido inútil. Y aunque eres un anciano arruinado y solo, tu vida se colma de sentido, puedes brindarla a la juventud que sigue tu camino, así que escribes fervientemente y sin descanso, porque ahora sí tienes tinta y papel, y van naciendo esas páginas desde tu pulso tembloroso pero constante, hasta ocupar con letra apretada esos cinco cuadernos que le haces llegar a Tola poco a poco, y la Parca te espera, aguarda aún, para que cumplas esta misión nueva, y sólo ha de cortar el hilo de tu aliento cuando todos los cuadernos están al fin en manos de ese joven de espíritu ardiente. Él los esconde con celo, y aun duda si se ha excedido en el gesto que lo compromete, porque ese mismo año de 1833, cuando llegan desde La Maddalena tus últimas páginas, recibe también la noticia del fusilamiento en Chambéry de su propio hermano, el joven teniente Efisio Tola, acusado de masonería y de haber leído el periódico de Mazzini, *La Joven Italia*. Él mismo, Pasquale, es sospechoso de francmasonería. Pero no, no tiene corazón para destruir esos papeles que son tu sangre y tu carne, y asume el riesgo de esconderlos con celo durante toda su vida, hasta que en 1874 la muerte le sale al encuentro. Entonces, todos sus manuscritos, tus manuscritos, son depositados en la Biblioteca Nacional, como lo estipula su testamento. Y allí quedas tú, y tu sueño, en la tinta que recorre esos cinco cuadernos, en algún estante de los viejos corredores del archivo público, para decir desde tu ceniza al visitante que desee acercarse lo mismo que el epitafio de la tumba de Ferret, en la iglesia de San Francesco:

Y tú, hermano, mira por ti
y vive como hombre que has de morir,
que yo fui como tú eres y tú serás como yo soy.

Cuando al fin desaparece la figura del virrey y llega el ansiado estatuto, tus huesos ya están enterrados en la isla de La Maddalena, la misma que refugiará a Garibaldi, masón como tú, pero más afortunado. Sólo has sido una sombra, la sombra de un sueño olvidado, que ahora da nombre a una plaza, y a una torre que en el malecón se asoma al mar, y aún parece decirnos: viajero que llegas de lejos a esta mi isla, mírame, aún en pie, soñando.

6

La guerra

No pude evitar, tras hacer el envío, ponerme a releer una vez más la historia antigua de Vincenzo Sulis. Sombra, sí, entre sombras. Cuántas siluetas invisibles en el ayer, ocultas a nuestros ojos, disueltas para siempre en la noche del tiempo, como se disolvían en el cielo aquellos fuegos artificiales del 31 de diciembre. Nunca supe a quién saludaban, si al año que huía para siempre, o al que se asomaba tímidamente en los calendarios. Pero sí tuve siempre una certeza: sólo la palabra puede obrar el prodigio de apropiarse del tiempo, de robarlo al olvido. Ese es el gran tesoro del hombre, el único que ha merecido ser tributado a sus dioses como ofrenda a través de los siglos. Un tesoro inasible y esquivo. La palabra. Esa misma que ahora, querido Juan, me ha permitido reencontrarte a través de este cuaderno de tapas rojas. Tantos años buscándote y de pronto estás aquí, has llegado por obra de ese sortilegio, y al fin podemos conversar, más allá del tiempo, sólo por arte de palabra...

... Escucho el mar contra las rocas y me parece que bulle dentro de mí, como la sangre que va y viene por mis venas, o la tinta que fluye ahora sobre esta página al compás de mis pensamientos y recuerdos, a veces tan difusos, entreverados de una extraña niebla. Y no sé si es el tiempo transcurrido, o tal vez una secreta necesidad de olvidar, lo que ha ido depositando en ellos esa bruma que, como el polvo sobre los viejos muebles de un domicilio abandonado, parece borrarlos poco a poco de la realidad... Sin embargo me hace bien escribir estas páginas que me hacen sentir vivo, como cuando escribo mis versos... entonces me parece que hay alguien que me escucha, aunque no tenga voz, como si yo escribiera en el revés de un espejo, y no pudiera ver quién se asoma a él, pero supiera que mi caligrafía iría deslizándose frente a sus ojos, dibujándose en su reflejo, arañando desde dentro esa superficie como lo haría el preso contra los muros de su celda. Ahí, entonces, la serpentina de esta escritura silenciosa tendría voz, y sería mi propia voz, todavía brotando sin sonido de mi garganta inútil...

Además ahora, cada mañana, cuando me levanto, el día adquiere un nuevo sentido, tengo una pequeña tarea que cumplir, y mientras bebo mi escudilla de café negro, mientras me ducho y me visto, voy pensando en esos años lejanos de mi vida y me parece volver a estar allí, como en una segunda vida. Organizo mentalmente, poco a poco, esos recuerdos que se resisten tanto a venir cuando los llamo, y los ordeno sobre estos fajos de papel timbrado que me consiguen mis hijos en su oficina. Después, sentado ante el escritorio, frente a la ventana que da al mar, el ritmo pausado del oleaje parece que fuera trayendo en su lomo, suavemente, las palabras que llamo... Y se me hace que ahora soy más libre que nunca, en esta soledad extraña, donde el devenir del tiempo parece suspendido, frente a este doble cielo, el de la página y el que se mira en el mar, allá en lo alto. En mi pequeña habitación, soy un navegante entregado a la deriva de un mar en calma. Qué sabia esa idea antigua sobre los hombres de mar: es cierto que hay tres mundos, el de los vivos, el de los muertos, y el de los navegantes. Así que ésta es mi derrota... mi derrota: qué curiosa esa palabra marinera, que llama derrota al rumbo de una nave. Y eso solamente soy, un derrotado, una barca a la deriva. En todo caso, nunca soñé con ser un héroe, aunque tampoco imaginé que desde aquellos años dulces de la juventud, poblados de tantas ilusiones, rodaría a este abismo en que mi vida no es más que un sueño, y yo, apenas una fantasmagoría, alguien que ni tan siquiera existe, que duda si está entre los vivos o entre los muertos. Pero ahora sí, mientras escribo, existo. Y aunque es cierto que soy un fracasado, y que mis manos están vacías, aún me queda la memoria, esa alcancía de recuerdos, porque soy un testigo, y deseo escribir las vivencias de estos años que me han traído hasta aquí, hasta esta ventana y esta página.

Las elecciones de febrero del año 1936 trajeron, con el triunfo del Frente Popular, una oleada de júbilo, y también una intensificación del fragor social que durante esos años atenazaba a todo el país. A principios de julio, y animados por mi hermano, mi hijo Agus y yo habíamos decidido hacer juntos un viaje a Madrid, de modo que él tomara contacto con el que sería su nuevo entorno. En octubre había de ingresar en la universidad, y estaba pletórico de ilusión ante el mundo que se abría a sus ojos. Además, había otro motivo fundamental para ese viaje, y era que yo asistiera a los cursillos preparatorios para el acceso a cátedra, porque con mi sueldo de entonces apenas podía sacar adelante a una prole de nueve hijos, y aún menos, ocuparme de los gastos nuevos que se avecinaban, con los mayores comenzando sus carreras, aunque mi hermano iba a ayudarnos, y podía alojar a Agus en su casa.

Preparamos un breve equipaje, en la vieja maleta de cuero que heredé de Papá Tin, y que era para mí como un talismán, un amuleto de este abuelo mío que se me figuraba que podía protegerme, y donde después siempre he guardado mis papeles, como si así pudiera compartirlos con él, como si me permitiera conversar con él más allá del tiempo de los relojes. Viajamos en vapor a Cádiz, y de ahí tomamos el tren a la capital. Allí pudimos percibir la tremenda crispación que había en la atmósfera, una crispación que ya se sentía durante el viaje, en las conversaciones de los pasajeros, en las multitudes concentradas en las ciudades que cruzábamos, en los campesinos que saludaban con el puño en alto el paso rápido del tren.

Nos recibió Agustín exultante de alegría en la estación de Atocha, y nos abrazamos emocionados. Estaba con el tío Franchy, y ambos nos pusieron al día de los últimos acontecimientos, y nos alertaron sobre ese clima de tensión que se hacía cada minuto más insoportable. El odio y la violencia se podían casi tocar, cristalizaban en el aire como cuchillas que parecían cortarte, la atmósfera estaba cruzada de hojas afiladas e invisibles que amenazaban por doquier, sobre todo por los enfrentamientos entre los sectores anarquistas y los reaccionarios. Incluso fuimos testigos en esos días de la quema de una iglesia, cerca de su casa, en el barrio de Maravillas, y también vimos en diversas ocasiones a gente que andaba con pistolas por las calles. Madrid había cambiado mucho desde que yo estuve en mis tiempos de estudiante, hacía casi veinte años. Tal vez lo había idealizado, y ahora sólo veía un guirigay de coches, carros y peatones que se entrecruzaban en aquellas calles otrora tranquilas, y ahora inundadas por el alboroto del gentío, los vehículos o los timbres de los tranvías que intentaban abrirse paso. Me seguía pareciendo curioso el nombre de los callejones de la ciudad, que ahí se llaman travesías, como si invitaran a un viaje marino: Travesía de San Mateo, Travesía de Belén, Travesía del Conde Duque, Travesía del Reloj... Agus estaba entusiasmado ante ese mundo nuevo, lleno de movimiento y novedades. La principal, ¡el metro! Yo recordaba las obras para su implantación, pero no había vuelto desde 1918, y aún no se había inaugurado. Ahora había incluso varias líneas... Una vez superado el inicial sentimiento de angustia e inseguridad ante la idea de un espacio tan claustrofóbico, bajamos a sus túneles y nos subimos en sus simpáticos vagones rojiblancos, atestados de gente, sólo por la experiencia de ir y venir por las tripas de la ciudad: nos sentíamos como Jean Valjean recorriendo las alcantarillas de París en la novela de Víctor Hugo, era toda una revelación. Quién nos iba a decir que muy pronto aquellos túneles y andenes servirían de refugio contra los bombardeos...

La otra gran novedad era la Gran Vía, que a mí me produjo un enorme desencanto. En mis tiempos de estudiante ya vi con pena la demolición de muchos edificios antiguos para la construcción del primer tramo, con esa mentalidad de nuevo rico inculto tan frecuente en nuestro país, que desprecia la tradición y se encandila con las novedades. A mí siempre me ha gustado el sabor de lo viejo, porque lo que el tiempo escribe en la superficie de las piedras a lo largo de los años y los siglos les da una dimensión que merece reverencia. ¿Acaso no había imaginación para otras rutas, otras posibilidades? En fin, el caso es que ya había visto el derrumbe de la popular Casa del Ataúd, tan estrechita, alta y pintoresca; a mí me hacía gracia su perfil casi irreal. También demolieron el Palacio de la duquesa de Sevillano y el Colegio de las Niñas de Leganés, y otros viejos edificios del lugar. Así se había hecho el trazado desde la calle Alcalá hasta Montera. Ahora la Gran Vía, cuyo encanto no niego, había avanzado hasta desembocar en la Plaza de España, como un río que va a dar a un oasis lleno de árboles. Por el camino, ya no estaba aquel inmenso convento de la Compañía de Jesús, que según me contó Agustín fue incendiado y reducido a cenizas al poco de proclamarse la República. Pero sí estaba el edificio gigantesco de Telefónica: se decía que era el más alto de España, y tal vez de Europa... Vanidad de vanidades.

Por lo demás, la brutalidad y la rabia se olían en el aire, se respiraban en cada plaza, en cada esquina. Había tiros y muertes en las calles casi a diario. Todo era sombrío e inquietante, y decidí regresar cuanto antes a la isla, a pesar de las protestas de Agus, que, como joven que era, y en su primer viaje, estaba deslumbrado y seducido por el encanto de esa gran ciudad. Yo aún tenía la opción de volver a ocupar la cátedra de Lanzarote, de la que estaba excedente, lo cual me evitaba tener que permanecer en Madrid más tiempo, y en ese momento de oscuros presagios no necesité pensármelo ni un minuto más. Volveríamos a Arrecife, con su soledad y abandono. Esa calma y lejanía, que antes nos parecieron desesperadamente tediosas, eran ahora lo único que anhelaba. El día 6 de julio tomamos el tren para Cádiz, y allí de nuevo el vapor, que atracaría en la isla tres días después.

Al poco de nuestro regreso, el 18 de julio, muy de mañana, oímos por la radio, con una sensación de absoluta irrealidad, la lectura del bando que declaraba el estado de guerra. A mí me parecía estar inmerso en la peor de las pesadillas posibles. Estábamos todos en esa época viviendo en una casa alquilada en Monte Coello, excepto Agus, que se quedaba con mi madre –recién enviudada– cerca de nosotros, en su casa de Villa Rosa. Al poco llegó la criada muy agitada, diciendo que en la ciudad había ametralladoras en las calles y estaba todo lleno de soldados. Había un extraño silencio sordo en el aire, sólo interrumpido por el silbido de las balas y las descargas que tronaban a lo lejos. No habían salido los periódicos ese día, ni lo harían durante los siguientes, y en su lugar podía leerse el bando que desde la madrugada se repetía de esquina en esquina por toda la ciudad: estaba prohibida la formación y circulación de grupos de más de dos personas; prohibido acercarse a los edificios públicos, de teléfono, radio, cuarteles, hospitales o bancos; prohibidos los espectáculos públicos, las manifestaciones y las conferencias; prohibido poseer armas; prohibido el tráfico por carretera, excepto autobuses... Añadía el bando que se establecía la censura militar, y que quedaban destituidos los gobernadores civiles, alcaldes y presidentes de Cabildo. Después, un comunicado de radio se apropiaba del lenguaje revolucionario y lo mezclaba con el religioso en un confuso cóctel para hablar del «santo amor a España» y de vivas a la República, y para predicar «fraternidad, libertad e igualdad». Casi nada.

Todo había comenzado pocos días antes, en cuanto llegamos del viaje, con algunos presagios funestos. El 12 de julio había sido asesinado en Madrid el teniente de la Guardia de Asalto José Castillo, y el 13, como reacción, había sido asesinado José Calvo Sotelo, ex ministro de Primo de Rivera. El día 16, moría misteriosamente en nuestra isla, en el campo militar de La Isleta, el general Balmes, por un supuesto accidente con su pistola Astra durante unas prácticas de tiro. Ese enigma nunca se aclaró. Franco, comandante militar de las islas, destinado aquí, tan lejos, por la desconfianza que le tenía el Frente Popular, pidió permiso para acudir al entierro, que le fue concedido. Entonces se vino de Tenerife, en el vapor *Viera y Clavijo*, con su mujer y su hija, y se hospedó en el hotel Madrid, frente al Gabinete Literario. Era el principio de un viaje sin regreso, planeado minuciosamente, que nos llevaba sin aún saberlo al abismo.

Los funerales convocaron a una multitud inmensa, se calculaba que unas veinte mil personas asistieron al entierro. La capilla ardiente se instaló en el Gobierno Militar, donde podía contemplarse el féretro de caoba con ornamentos de plata, envuelto con la bandera republicana, y sobre ella, la gorra de plato, y el sable y el bastón de mando. Desde allí partió el cortejo con gran solemnidad, encabezado por el sacerdote con la cruz de la ermita de San Telmo. Iba seguido por todas las autoridades de la isla, presididas por el gran traidor, y atravesaron, al compás de las marchas fúnebres, las calles de Triana, Malteses, Muro, Obispo Codina, plaza de Santa Ana, Chil y Reyes. A continuación, con la velocidad y exactitud de una maquinaria infernal e infalible, sus esbirros tomaron los lugares estratégicos y se declaró el estado de guerra en todo el archipiélago. Los militares ocuparon los edificios de Radio y Telégrafos, donde trabajaba como empleado el bueno de Ángel Johán, un poeta gallego que vivía en la isla hacía años, y que tuvo el gesto tan quijotesco de enviar desde su puesto un telegrama desesperado a Madrid para informar de los acontecimientos. Por supuesto, fue interceptado y nuestro poeta fue encerrado en prisión durante varios años, pero al menos salvó el pellejo.

La vigilancia era estricta contra cualquier movimiento, contra cualquier sospechoso de rebeldía, al tiempo que se daba carta blanca para la práctica más vil y cruenta que nunca pudimos imaginar: la de la caza del hombre por el hombre, porque una vida ya no valía nada, absolutamente nada. Franco actuó con una frialdad y rapidez inauditas, y logró desplazarse al aeropuerto de Gando, a pesar de la multitud que espontáneamente se abalanzó sobre el hotel Madrid para intentar acabar con él, y a pesar, también, de la trampa que, según se dijo, le habían tendido en el pago de Jinámar, en la carretera al aeropuerto, algunos elementos del Frente Popular, y entre ellos *Corredera*. De esto hablaré después.

Pero Franco, argos terrible de mil ojos, se enteró a tiempo de la emboscada y pudo burlarla. Se desplazó al antiguo muelle de San Telmo, muy cerca de su hotel, y desde allí un remolcador lo llevó por mar al aeropuerto, donde embarcó en el *Dragón Rapide* en dirección a Marruecos, y comenzó el reinado de la tiniebla para esta pobre tierra nuestra. Para más inri, despertaba un fantasma del pasado inmediato, la dolorosa guerra de África, con el reclutamiento de un ejército de marroquíes, atraídos por el señuelo de una módica paga que los sacara de la miseria, y que sembrarían el terror durante los tres años sucesivos, sobre todo por las salvajes mutilaciones de sus víctimas –orejas, narices, testículos–, que serían jaleadas con entusiasmo por todo su bando.

Las calles de Triana y La Marina estaban atestadas de puestos de ametralladoras. Todo fue tan calculado y veloz que apenas hubo opción a reaccionar en las islas, y la resistencia era aplacada de una manera extremadamente sangrienta. El miedo amordazaba, atenazaba casi físicamente, cubría como una campana de plomo a toda la ciudad. Cuando volvió a salir a la luz la prensa, ya todo era diferente, no reconocíamos nada, no sabíamos en qué país estábamos, sólo sabíamos que éramos prisioneros de un gigantesco laberinto, dentro del cual nadie estaba a salvo, y del que se hacía casi imposible salir. Era el reino de la barbarie, legitimada por la ley del fusil. Nadie se atrevía a hablar en alta voz, y los rumores sólo traían noticias funestas sobre ejecuciones y desapariciones, que tenían lugar en los fondos insondables de las simas volcánicas, o en el aún más inalcanzable de alta mar. Esta última fue la triste suerte de aquel joven que solía andar con Espinosa, Domingo López Torres, arrojado dentro de un saco al océano. ¿Tanto miedo tenían a un pobre poeta de veintitantos años? ¿Tanto mal podía hacerles con sus sueños, a la deriva ahora para siempre? Nunca supe si estaba vivo o muerto cuando lo dejaron caer en el vacío sobre el mar, y muchas veces lo vi en mis pesadillas en esa caída sobre las aguas heladas, hundiéndose a plomo como otro huérfano más de esa madre de todos que acababa de sucumbir frente a la barbarie.

El nuevo comandante militar, Luis Orgaz, amenazaba con atacar con bombas y ametralladoras e incluso cañones desde el mar a cualquier foco rebelde. Así ocurrió de inmediato, y así fueron apresados el farmacéutico Fernando Egea, delegado gubernativo, y el diputado Eduardo Suárez, que habían liderado la resistencia en el norte de la isla. Estaban escondidos en una cueva: los cañonazos desde el mar, por el guardacostas Arcila, lograron que se les apresara, y tras un consejo de guerra sumarísimo se convirtieron en los primeros fusilados a partir del golpe. Pronto empezaron a publicarse nombres de detenidos, ahora recluidos en la Prisión Provincial, y también –porque allí ya no cabían– en el el antiguo Lazareto de Gando, el Castillo de San Francisco y el campo militar de La Isleta.

Al poco de la fecha fatídica del levantamiento, alguien llamó imperiosa e impacientemente a la puerta de casa. Me incorporé sobresaltado, con el peor de los presentimientos, en esos días en que los registros domiciliarios eran algo cotidiano. Me asomé a la ventana antes de abrir, y vi que era Espinosa, así que bajé corriendo y salí a saludarlo. Estaba completamente desencajado, ojeroso y lívido, más delgado que nunca, si cabía, y muy tembloroso; parecía como si hubiera envejecido de golpe diez años. Balbució que quería hablar conmigo en privado, así que salí con él, y nos echamos a andar hacia el instituto, una ruta que habíamos frecuentado muchas veces como compañeros de trabajo que éramos, y que nos permitiría tener una respuesta si nos daban el alto.

–Juan, vengo a prevenirte, no te confíes, estamos en medio de una verdadera caza de brujas –me decía– hay que convertirse, como en los tiempos del Santo Oficio, hay que hacerse falangista, Juan, o acabaremos en la hoguera todos quemados como herejes.

Discutimos mucho sobre esto, yo no podía comprender ni aceptar lo que me proponía. De hecho a él esa solución no le había de servir de nada, aunque aún no lo sabía. Me contó que los primeros días tras el golpe lo habían avisado de que lo buscaban, y de que se estaban haciendo hogueras con los ejemplares requisados de *Crimen*. Él había logrado hacer esconder los que conservaba en el sótano del hotel Aguere, en La Laguna, y después se había refugiado en casa de su tío, en Los Realejos. En cuanto tuvo oportunidad se desplazó a nuestra isla, donde las actividades del grupo surrealista habían hecho menos mella, y pensaba que todo sería menos violento, pero no fue así. Muy al contrario, había recibido en su casa constantes anónimos con amenazas de muerte, apenas podía salir de su domicilio sin recibir todo tipo de insultos y humillaciones de aquella jauría que pululaba por las calles, y desde la prensa católica se jaleaba a esos galgos contra él. Hasta que fue detenido y llevado a comisaría para ser interrogado brutalmente, y también torturado de la manera más vil que se podía imaginar para él, tan débil y enfermizo, que padecía desde siempre del estómago, con un mal crónico que lo hacía vivir entre dietas y médicos. Y porque lo sabían, lo habían obligado en esa comisaría, esas hienas miserables, a comerse, pedazo a pedazo, las páginas de *Crimen*.

Lo miré sobrecogido mientras me narraba, con un hilo de voz entrecortada, esos acontecimientos atroces. No necesité más para comprender las razones de su estado físico ruinoso, y esa manía persecutoria que ahora lo dominaba. Miraba todo el tiempo hacia todas partes, estaba convencido de que estaba siempre vigilado –y sin duda lo estaba–, se sentía perseguido y amenazado a cada instante, y sólo pensaba en huir en cuanto pudiera a México, con su mujer y sus hijos. ¿Acaso no había logrado huir Unamuno desde Fuerteventura a París? Él también había de conseguirlo, lo decía una y otra vez.

–Y detrás de todo está el resentido del cura Manuel, no te olvides, Juan, no te olvides, ten cuidado, ten mucho cuidado, lo sé de buena tinta, va por nosotros, por todos nosotros, cuídate, Juan, escápate si puedes con los tuyos, esto es el infierno...

Nos quedamos un rato en silencio, escuchando solamente el sonido acompasado de nuestros pasos. Luego cambiamos de tema, y recordamos nuestros días en Lanzarote, cuando recitábamos los versos de don Miguel en su destierro: «...arde del Santo Oficio aún el rescoldo, – y de leña la envidia lo atiborra...». Cuando nos despedimos lo abracé, y lo sentí más delgado y más frágil que nunca, era como una hoja al viento. Ésa fue la última vez que lo vi, pero me siguieron llegando noticias suyas, cada vez más desoladoras. Supe que había ingresado en Falange, y que lo habían hecho Jefe Provincial de Deporte. Qué escarnio, al pobre Espinosa, que era justamente la antípoda del músculo... Había escrito colaboraciones en *Arriba España* para demostrar su lealtad; unos textos, la verdad, tan difusos y ambiguos como sólo podía hacerlo él, un mago de las palabras. Apareció después en *Acción* un artículo que lo acusaba de llevar a sus clases del instituto su libro prohibido, y de ser un laico hedonista, y hasta ultraísta, todo un pecado recién inventado y a la medida, por aquel ejército de analfabetos. Aquí, sí, definitivamente, vi la huella del cura Manuel, su ignorancia tan osada, y todo su rencor furibundo, enquistado durante muchos años hacia los que destacaban más que él, tan gris, siempre obsesionado con ser escritor –él, que era desdeñado hasta por la prensa católica donde trabajaba, que lo había expulsado de sus filas–. Un hombre avergonzado de su origen humilde y que sólo deseaba tener riqueza y poder, algo bastante contradictorio con su sotana, que no impidió que fuera acusado de ladrón cuando ocupó el cargo de tesorero del instituto... menudo baldón se había ganado. Ahora, sin embargo, todos los rumores coincidían en nombrarlo como responsable de las depuraciones de los docentes republicanos, que aplicaban la ley del momento: «¿Quién es masón? Quien está delante de ti en el escalafón».

Espinosa había respondido por la misma vía, en un artículo de prensa, defendiéndose de las acusaciones contra su libro y contra su intento de proyectar *La edad de oro* de Buñuel, e invocando a antecedentes como Boccaccio, Cervantes o Rabelais. El pobre no se daba cuenta de que sólo añadía más leña al fuego de aquellos ignorantes, los mismos que habían gritado «muera la inteligencia» en el paraninfo de la Universidad de Salamanca contra Unamuno, aquellos que sólo habían de responder con la mezquindad que les era propia: ahora eran poderosos, se sentían muy fuertes, era su turno y lo iban a aprovechar hasta el final.

A los pocos meses, Espinosa estaba suspendido de empleo y sueldo, y por más que recurrió, argumentando su conversión falangista, lo único que logró fue que le conmutaran la pena por la de destierro al instituto de La Palma. No pudo ocupar su cargo, estaba demasiado enfermo. Lo operaron del estómago pero no sobrevivió, y murió antes del fin de la guerra.

Pero estoy adelantándome una vez más, así que regreso al hilo de mi relato, a aquel verano fatídico que había traído el peor de los infiernos. A principios de agosto, llegó para nosotros otra noticia funesta en lo que sería ya un largo calvario. Un puñado de falangistas armados se había plantado en casa de mi madre y, profiriendo gritos e insultos, habían metido a patadas y empujones a Agus en un vehículo y habían desaparecido, sin dejar ninguna explicación sobre su paradero. Fueron horas y días desesperados. Rastreamos los centros de reclusión, movimos cielo y tierra, y al fin supimos que estaba encerrado en el campo de concentración que se había improvisado en La Isleta, en el interior del campo militar. Le habían requisado en el registro previo la colección de *Mundo Obrero* que él guardaba orgulloso, y se le acusaba de «colaborar con prensa extremista». No nos dejaban verlo ni comunicarnos con él. Los días que siguieron fueron de tal angustia que duele recordarlos, con una búsqueda afanosa y constante de algún contacto que pudiera ayudarnos, y las noches en blanco. Porque se sabía que dentro de ese campo había fusilamientos diarios, pero nadie nos daba información, todo era estricto secreto militar, y él tampoco estaba aún en las listas públicas de los detenidos.

Tocamos infinidad de puertas. Conocíamos a personas poderosas que ahora se habían alineado con los golpistas, pero que en tiempos habían compartido momentos o amistad en aquellas tertulias de la notaría de mi padre, o que simplemente eran amigos de algún amigo o familiar. En esos días, como en los años sucesivos, un simple contacto podía salvar una vida. Seguimos rogando, suplicando ayuda, piedad, porque era muy joven, casi un niño: que lo dejaran irse con nosotros a Lanzarote, al fin y al cabo era como un destierro, lejos de todo... Los días seguían pasando, larguísimos, interminables. Finalmente, nuestros ruegos encontraron a alguien que los escuchara, y conseguimos que le conmutaran la pena de prisión por la de destierro, bajo vigilancia. Nos entregarían a nuestro hijo en el muelle, antes de que el barco zarpara.

Marzo y yo preparamos de inmediato el viaje a mi nuevo destino en el instituto de Arrecife, con total precipitación. Llenamos los arcones, baúles y maletas para una larga estancia, y nos dirigimos con todos los niños al muelle para embarcar en el buque *Ciudad de Mahón* rumbo a Lanzarote. Esperamos con el corazón en un puño, con infinita incertidumbre, a la hora convenida y en el lugar convenido. Al fin apareció un vehículo militar, y de él bajaron unos camisas azules que lo traían esposado y casi arrastrándolo, como si fuera un criminal. Mientras le quitaban las esposas, nosotros lo mirábamos en silencio, sobrecogidos. Estaba tan demacrado que casi no podíamos reconocerlo. Tras la primera impresión, lo abrazamos todos sin decir nada, tragándonos el llanto. Traía la cabeza totalmente rapada, y estaba tan delgado que los ojos se veían más grandes, y más azules en ese rostro quemado por el sol, donde la piel parecía ahora pegada a los pómulos y el mentón por una extrema y súbita delgadez. Tenía toda la cara, y las manos y la ropa, cubiertas de barro, y una mezcla de angustia y de rabia hacía su mirada casi desconocida. Nunca volvería a ser el mismo.

Después de que nos registraran minuciosamente el equipaje, embarcamos todos aún en silencio, abrazados o tomados de las manos, buscando esa cercanía de otra piel que nos hace sentir como escudados, que tanto ayuda cuando la saña acecha. Una vez que hubimos zarpado, el aire frío de alta mar nos fue devolviendo a la realidad poco a poco, era como despertar de una pesadilla que se alejaba muy lentamente –como la costa que se iba distanciando de nuestros ojos–, al igual que ocurre siempre con los malos sueños que, de tan reales, nos rodean con sus telarañas durante tiempo y tiempo.

A lo largo de la travesía, y después, durante los primeros días y semanas en Arrecife, Agus apenas dormía, gritaba en sueños, se agitaba nervioso o se quedaba con la mirada perdida y una expresión de tristeza insondable durante horas, absorto. Otras veces hablaba compulsivamente sobre aquellas vivencias terribles. Nos contaba cómo, en el coche que lo había secuestrado, ya uno de los falangistas, un tal Sixto García, le había querido dar un tiro en la nuca. Insistía en que el plan era llevarlo a Pico Viento y allí eliminarlo. Por fortuna iba con ellos un teniente de la Guardia de Asalto que conocía a Agus, y lo había impedido. Ese azar fue casi un milagro: le salvó la vida.

Después, lo habían llevado a la comisaría –antes sede de Falange– y, poniéndolo con las manos contra la pared y con las pistolas apuntándolo, lo habían sometido a un interrogatorio absurdo, para finalmente encerrarlo en una mazmorra del sótano, y luego llevarlo a la Comandancia Militar. De ahí lo llevarían en un coche de hora, junto con otros muchos presos, al campo militar de La Isleta, donde todos eran objeto de palizas diarias, así, por sistema. Había allí centenares de personas encerradas –nos decía–, en un mínimo espacio rodeado de alambradas. En el centro estaban los cobertizos improvisados donde dormían, hacinados y sin poder moverse, y donde los contagios de infecciones y parásitos se multiplicaban, porque no podían ni siquiera lavarse. Estaban estrictamente vigilados por un doble control: esas alambradas estaban rodeadas por soldados apostados cada cinco metros en todo el contorno del campo, y al mismo tiempo, otro cinturón concéntrico de falangistas voluntarios vigilaba doblemente a los soldados y a los presos. La vida allí consistía en trabajos forzados cotidianos: los levantaban al alba, y los obligaban a construir pistas hacia el faro y hacia el mar durante todo el día, con una breve pausa a mediodía y al atardecer para ingerir un rancho inmundo. La humillación, el insulto y los golpes eran el único lenguaje posible en ese infierno. A muchos les hacían beber aceite de ricino, o sal de Epsom, o aceite lubricante, y también otras pócimas que les provocaban diarreas espantosas de inmediato. Así, a la humillación se añadía entonces una gran debilidad, que no les disculpaba de seguir trabajando. Cuando más se alteraba en su relato Agus era cuando hablaba de las sacas de presos que tenían lugar cada día: poco después se escuchaban las descargas de los fusilamientos muy cerca. Los prisioneros permanecían paralizados por el miedo, nadie sabía quién sería el siguiente. Los más castigados eran los maestros, los abogados y los médicos, y en general la gente más culta, que era considerada la más sospechosa o peligrosa. Agus, como estudiante, se encontraba en ese grupo. Tenían que cargar con las cestas de tierra a paso rápido o corriendo, y además tenían que ir a misa cada día, desfilar ordenadamente en medio de las palizas, y cantar muy fuerte los himnos. Cualquier error era castigado por los llamados *cabos de vara*, que eran los presos que a cambio de colaborar en las palizas, tenían un trato de favor: podían fumar y tomar café, y no recibían golpes. Todo era de una vileza y sordidez insoportables, pero él había sido afortunado, muy afortunado, porque muchos no pudieron contarlo.

Y ahora ya estábamos lejos de allí, en aquel destierro lanzaroteño que brindaba una relativa calma. Relativa, porque con el vapor correo –*el correíllo*– venían cada cierto tiempo personajillos buscando carnaza, en especial un tal *hermano Agustín,* un cura que disfrutaba impartiendo ricino, en lugar de comuniones, a aquellos que para su gusto tenían aspecto de rojos y de masones. Nosotros estábamos entre ellos, pero no lo tenía fácil, porque aquello era un pueblo pequeño donde todos se conocían, donde los lazos de amistad eran más fuertes que las diferencias políticas, donde aún se brindaba acogida al visitante que llegaba en son de paz. Y particularmente cuando llegaba, como era mi caso, para contribuir en el trabajo cotidiano de la comunidad. Así que por suerte logramos esquivar sus intentos de incluirnos entre las víctimas de sus purgas.

Los meses empezaron a discurrir con un ritmo diferente, como si los relojes anduvieran ahora más despacio, fatigadas sus agujas bajo el efecto implacable del sol de la isla. Aquel aislamiento en que, durante nuestra primera estancia, nos parecía sumido el lugar, donde era tan difícil encontrar un médico, o incluso algo esencial como el agua –que tenía que ser llevada en barco cada semana, porque no llovía– ahora era, en cambio, como un regalo del destino, en medio de aquella guerra que había de durar tres largos años, y que traía entre sus plagas una creciente escasez de alimentos. Avanzaba la miseria, y con mi sueldo, tan escaso siempre para tanta familia, apenas íbamos tirando.

Nos alojamos inicialmente, como la primera vez, en la pensión de don Claudio, en la calle Real, aunque ahora éramos más que entonces: teníamos ya nueve hijos, así que sumábamos un total de once. Cuando nos pasó la primera factura se me vino el alma al suelo: me resultaba del todo imposible pagarla, así que le aboné lo que pude, y tras la correspondiente bronca, nos mudamos a un viejo caserón, muy barato, aún en Arrecife pero bastante lejos de allí. Llegó a denunciarme el muy usurero, pero la sangre no llegó al río. El resto de la factura: R.I.P., descanse en paz y para siempre. Así lo solía escribir un famoso comerciante de Triana, don Antonio Bethencourt, en su libro de cuentas, cuando un cliente desaparecía y le dejaba una cuenta sin pagar, y así empecé a hacer yo, de ahí en adelante y en muchas ocasiones, para mis adentros. Porque las penurias económicas me llevarían en años sucesivos a situaciones extremas en que tuve que acostumbrarme a la infinita vergüenza de no poder afrontar los impagos, así que decidí tomarlo con la misma sorna del viejo comerciante. No me quedaba otra salida.

Nos trasladamos a nuestra nueva vivienda con todos los baúles y los nueve niños, ayudados por un carretero que contratamos en el mercado, con su carro y su mula, y nos instalamos en el piso alto. No habíamos traído muebles –excepto la cuna del pequeño Luis–, aunque Marzo, que tenía tan poco sentido de la realidad como yo, y que no sabía renunciar a los rituales cotidianos de la vida doméstica, traía en sus cajas de cedro todo el ajuar, del que se enorgullecía: la loza fina, la plata, la cristalería, los manteles bordados y las sábanas de hilo, con ese aroma reconfortante de la ropa limpia y perfumada. Ese mismo olor suave que también la envolvía a ella, entrelazado con el olor a jazmines que siempre la acompañaba y que me traía toda la dulzura de la infancia y juventud en el barrio viejo, con sus patios frondosos y su música de agua, y sobre todo su atmósfera de paz, tan lejana pero tan cerca en la memoria que nos cobija.

Ahí iba también toda nuestra ropa, e incluso los disfraces que tanto gustaban a los niños, y por supuesto mis libros, que incluían parte de la biblioteca francesa de mi padre. Habíamos ido a Arrecife sin fecha de regreso, no sabíamos qué sería del futuro. Sólo pensábamos en volver el verano siguiente, para ver a la familia, y realmente lo único importante que había quedado atrás era el piano, como un viejo animal doméstico, noble y querido, que ha de abandonarse. Marzo soñaba con regresar sólo por reencontrarse con ese buen amigo del que nunca se había separado, y que ahora añoraba constantemente. Ella no decía nada, pero yo me daba cuenta cuando la oía tararear sus melodías favoritas, y golpetear con los dedos el borde de la mesa, o el brazo del sillón, cuando estaba distraída, y en los ojos le anidaba un dejo de melancolía. Pero tampoco tenía mucho tiempo libre para esos pensamientos, en casa todo era trabajo, había que lavar, cocinar, planchar, hacer camas, todo era un grillerío de niños, que incluía a un bebé de un año, y los mayores ayudaban, pero yo apenas podía hacerlo, tenía que estar en el instituto muchas horas cada día. De todos modos habíamos traído una guitarra y un timple, y la música de las tardes estaba garantizada, sobre todo por Eduardo, José María y Manolo, mientras Marzo se aplicaba a tejer colchas de mil colores o elaborar pijamas: sus manos nunca podían estar sin hacer nada.

Con la mudanza todos estaban alborozados, en especial los más pequeños, porque nuestra nueva vivienda era un piso inmenso, y podían corretear y también explorar todos sus rincones. Lo había conseguido a través de un compañero del instituto de Arrecife, profesor de Filosofía, al que conocía bien desde hacía años, porque antes habíamos coincidido en el instituto Pérez Galdós. La casa era extremadamente barata, en realidad su alquiler era simbólico, y para mí suponía un desahogo que necesitaba y al que no podía renunciar en ese momento, con diez bocas a mi cargo y un salario escuálido.

La situación de mi familia, que antes solía ayudarme, había cambiado totalmente: muerto mi padre, a mi madre le quedaba sólo la pensión de viudedad y el alquiler de dos casas, porque las acciones del Banco de España y los títulos de la deuda que poseía se habían convertido en papel mojado desde que empezó la guerra. Los bienes de la herencia de Marzo serían nuestro único patrimonio, una hucha imaginaria, que iba a vaciarse a partir de entonces muy rápidamente.

La nueva casa, por supuesto, tenía su secreto, y de ahí la oportunidad del caso. De mí se esperaba simplemente dar una apariencia de normalidad: vivir en ese piso alto, entrar y salir como si nada, y hacer caso omiso a la singularidad de que todo el piso bajo estuviera sellado, cerrado a cal y canto, con requerimiento expreso de no dar cuenta de los ruidos y movimientos que allí se sentían. Nadie debía ni siquiera lejanamente sospechar que aquel piso bajo se comunicaba con otros caserones cercanos a través de extraños sótanos y pasadizos, construidos como refugio en tiempos muy antiguos, en que la isla era pasto de la piratería, y que ahí, ahora, volvía a existir un refugio clandestino. No podía contarlo a Marzo: ya nos recriminaba repetidamente a Agus y a mí que nuestras andanzas en la política nos hubieran traído tanta desgracia y pesadumbre. Antes nunca le importaron nuestras actividades en ese sentido, pero ahora se había vuelto muy irascible, irracional, al fin y al cabo sólo era una loba que protegía ciegamente a sus cachorros, y que había pasado mucho miedo, y que sabía que no estábamos a salvo de nada. Con ese carácter que tiene, habría puesto el grito en el cielo si se hubiera enterado de mi secreto, lo habría considerado una irresponsabilidad imperdonable y habría arramblado con todos los hijos y los trastos de inmediato adonde fuera, lejos de cualquier lugar que oliera a peligro. Tampoco a los niños podía darles ninguna pista, ni siquiera disfrazar ese misterio de la zona vedada con mis viejas historias de miedo y de fantasmas a las que los tenía tan acostumbrados. Ya se sabe que los niños todo lo cuentan, con ese candor suyo que a veces hace pasar verdaderos apuros. Ni siquiera podía hablarle del asunto a Agus, que ya tenía bastante con lo suyo. Sabía que me habría apoyado de inmediato, pero el conocimiento de la situación no le iba a ayudar a olvidar sus pesadillas. Así que no dije nada. Nuestra presencia allí mitigaría los sonidos del piso bajo frente al exterior, que era lo que se esperaba con nuestro alojamiento, mientras a nosotros nos daría un techo casi gratis por una temporada, y nuestros hijos, que estaban en edades en que necesitaban alimentarse bien, no tendrían que padecer tanto por nuestra situación de creciente pobreza. El único defecto de la casa es que había ratones, pero ésa sería también mi coartada.

En definitiva, allí nos instalamos felices, y di a todos la orden expresa de no bajar al piso de abajo. Todas las ventanas y puertas de esa planta estaban tapiadas con maderos clavados por el exterior. Tampoco les dejaba bajar al patio. Los niños miraban asombrados y curiosos, pegando los ojos a las rendijas, pero no lograban ver nada. Sólo tenían permitido entrar por el zaguán y subir directamente a nuestra vivienda, que era muy grande y cómoda. Tenía cinco grandes ventanas que daban a una calle por donde no pasaba casi nadie, y en el lateral otras dos que daban a un callejón. Allí pasamos una temporada relativamente tranquila, que nos ayudaba en el empeño de rodear a los niños de una atmósfera de normalidad, y sin sufrimiento, en la medida en que esto era posible. Por las noches, después de las diez, mientras Marzo se quedaba contando cuentos a los pequeños y cantándoles sus canciones de cuna, yo me retiraba a escuchar las noticias siempre inquietantes que daba la BBC, y también a leer, o a seguir escribiendo mis versos, que eran mi desahogo:

Otra vez la guerra brutal nos azota,
y el surco fecundo que el arado traza
—símbolo de vida—, en fosa convierten
granadas y balas.

Ciudades en ruinas y espectros de hombres:
tal es lo que resta de lo que fue España,
hoy inmenso osario por el que pasean
siniestros fantasmas…

En esos momentos, con la noche cerrada, y el silencio, llegaban sin embargo problemas que yo no había previsto. En las calles no se oía el más mínimo ruido, y entonces comenzaban a sentirse rumores y ruidos rarísimos dentro de la propia casa, es decir en el piso bajo, que yo me apresuré a atribuir a los ratones. ¿Qué otra cosa podía haber en una casa abandonada? Muchos ratones.

Se sentían crujidos, como de madera hollada por pasos, o de puertas de muebles, y mil rumores que los niños de inmediato definieron: la casa estaba embrujada —decían—, había fantasmas y se oían pasos de ultratumba. Por fortuna no se oían voces, pero cada noche teníamos a alguno de los pequeños levantado, diciendo que debajo de su cama había fantasmas, y que tenía miedo. Ratones y más ratones, concluía yo implacable: no hay que tenerle miedo a los ratoncillos que juegan por la noche. Pero la situación comenzó a hacerse insostenible. Después de varias semanas, y una vez olvidado el enfrentamiento con don Claudio, empecé a buscar otra casa, y la encontré, esta vez también muy barata, pero por distintas razones: estaba frente a una vieja ermita que estaban demoliendo, y era un espectáculo desolador ver sus osarios abiertos al aire libre y aquel trasiego de restos mortales que se trasladaban a otro lugar. A pesar de lo fúnebre de la perspectiva, me decidí de inmediato: al menos no correríamos el peligro de que se desvelara nuestro papel de encubridores.

Así que volvimos a mudarnos. Ahora se trataba de una pequeña casa terrera, con las puertas y las ventanas pintadas de un verde tan alegre que parecía reír sobre aquellas paredes encaladas, con un blanco que deslumbraba al sol intenso de la isla en todas las casas de Arrecife. Estaba en la calle Canalejas, y hacía esquina con un callejón que daba al muelle de la pescadería. Tuvimos que comprar muebles, porque estaba medio vacía, y sobre todo porque necesitábamos nueve camas, así que eso nos dejó a dos velas y con deudas importantes. Pero tenía un gran patio en el que instalamos la cesta de los juguetes para los tres pequeños, a los que normalmente no dejábamos salir a jugar fuera. A los mayores sí les dejábamos andar por allí, porque todo era muy tranquilo, apenas circulaba un coche, o algún lugareño, o las mujeres con sus mantos negros y la característica sombrera que con sus alas anchas las defendía del sol. La desolación de aquel paisaje urbano a veces era interrumpida por los camellos que transportaban barricas de vino o cestas de cebollas hacia el puerto, y también burros, como el del lechero que venía cada mañana repartiendo su mercancía. Marzo y los pequeños esperaban con la lechera vacía en la puerta, muy de mañana, para que la llenara, y yo recordaba con melancolía, al verlos, los días lejanos de mi infancia, cuando era yo, en el patio de casa, el que esperaba la llegada del panadero. Cuánto había cambiado el mundo desde entonces, y cómo se había oscurecido la vida de un niño: esa era mi mayor obsesión, en especial cuando miraba a los más pequeños, que no habían conocido nunca los días de la paz y la bonanza. ¿Qué había de ser de ellos?

Ya ni siquiera iban a la escuela, no había medios para pagar ese gasto, y además, tampoco me parecía en absoluto deseable que los sometieran a los nuevos requerimientos de la docencia: cantar himnos en el patio del colegio, rezar todos los días, aprender mentiras y más mentiras sobre la Historia y la Literatura de nuestro país... Ahora nuestro hogar sería su escuela, así lo habíamos decidido, y así sería.

Cada tarde, después de las cinco, nos sentábamos alrededor de la mesa grande del comedor los mayores y yo. Marzo se sentaba con los dos más pequeños en el patio, y con libros de cuentos les enseñaba a leer. El plan, o la excusa, era que íbamos a elaborar una revista mensual, que titulamos Viento y Marea, y teníamos que reunir muchos materiales: dibujos, noticias, cuentos, historietas cómicas, poemas, incluso crítica de libros y de cine. Por mi parte, aportaba las tiras cómicas de cuatro personajes de mi invención, Pérez, Sosa, Galindo y Camejo, que vivían aventuras bastante disparatadas, como ir a la luna o sobrevivir en una isla desierta. Al pie de cada viñeta iba una aleluya, es decir un pareado, por ejemplo:

Sosita, muy elegante,
marcha al parque de Cervantes...

Colorear las viñetas o elaborar el resto de las secciones era cosa de ellos, yo iba aportando ideas que discutíamos, y también les daba los libros que podían leer para la sección de crítica literaria. Ellos siempre preferían los de Julio Verne, Mark Twain, Daniel Defoe o Alejandro Dumas, y también otros de crónicas, mitos y leyendas. Lo tomaban con entusiasmo, competían por presentarme los mejores trabajos, se entregaban con ilusión a preparar los cuentos y poemas de su invención, que comentábamos entre todos antes de incluirlos en la revista, y lo pasábamos muy bien. Las ilustraciones corrían a cargo de Carmen, Manolo, Eduardo y Juan Luis. Los que más se entregaban a escribir versos eran Agus, José María y en especial Sixto, que a todo le sacaba puntilla, como aquella ocasión en que me insistió de sobremesa para que le hiciera un autógrafo. Yo se lo hice desganado, embargado por ese sopor de la hora de la siesta. Él se fue a su cuarto, y al momento volvió y me entregó un papelito con su respuesta y su chispa habitual:

Tu autógrafo me has dado,
querido padre, gran poeta
que no tienes una peseta,
literato desgraciado.

Nos miramos sin decir palabra, y le sonreí, me confortaba en medio de mi abismo interior esa complicidad suya, ese guiño que con la broma quitaba hierro a mis pesares... Con lo que más disfrutábamos era con el teatrillo que improvisábamos en el patio. Qué gran verdad la que proclama Chaplin en sus películas: el mejor juguete está aquí, muy cerca, en nuestra cabeza, y nada más necesitamos. Fue por esa época cuando empecé a escribir teatro cómico en verso, siguiendo la tradición de Papá Tin y después de Papá Luis, que tanto disfruté de niño. Lo representábamos entre todos: unos se especializaban en vestuario y escenografía, con la ayuda paciente de Marzo y sus manos laboriosas, otros se ocupaban de la música, sobre todo Eduardo y Juan Luis, y el resto interpretaba, con la asistencia y colaboración de los amigos que teníamos por allí.

Todo esto nos ayudaba a pasar los días de aquella guerra infausta. Mi principal obsesión era que mis hijos no sufrieran más de lo inevitable en esa nueva realidad, donde todo lo que habían podido soñar para su futuro se había derrumbado de un golpe como un frágil castillo de naipes. Los pequeños no habían conocido otro mundo, y lo tomaban todo con la naturalidad alegre de cualquier niño. Sus risas y juegos llenaban la casa de una algarabía que me gustaba, ya estaba acostumbrado a leer o escribir con esa musiquilla de fondo y no me importunaba. Muy al contrario, me daba vida.

Por lo demás, el entorno en que vivíamos, en esa capital tan pequeña, en realidad un diminuto pueblo junto al mar, era breve y acogedor. Allí cerca estaba Puerto Naos con sus balandros y bergantines, y la Marina, el puente de las Bolas y el Charco de San Ginés, adonde nuestros hijos mayores iban a bañarse y a mariscar con los muchachos del lugar, o a contemplar cómo faenaban los pescadores, o a jugar con una pelota de trapo, y la vida discurría con relativa placidez. Los fines de semana paseábamos por los alrededores y disfrutábamos del bullicio que rodeaba al quiosco de música del Muelle Chico. O nos sentábamos todos frente al mar, junto al Castillo de San Gabriel, y yo les contaba historias de aventureros, conquistadores y corsarios. Ellos siempre me las pedían. Y yo les iba recordando por enésima vez aquellos acontecimientos remotos, con bastante teatralidad: entonces, nos parecía ver aparecer por el horizonte, muchos siglos atrás, las velas del genovés Lanciloto Malocello, que había dejado su nombre de caballero épico a la isla –Lanzarote– y también un castillo. Luego lo encontraría, ya ruinoso, el normando Juan de Bethencourt, que con Gadifer de la Salle emprendería su conquista, imantado por aquellos jardines flotantes que eran las islas, y que tras mucho infortunio y malandanza se retiraría para ceder el dominio a la corona de Castilla...

Los niños escuchaban con los ojos muy atentos, y siempre mostraban predilección por las aventuras de los piratas ingleses que llegaban a nuestras costas a abastecer sus bodegas y completar sus tripulaciones. Yo seguía contándoles historias y gesticulando mucho: ante los palos que asomaban en el horizonte avanzando amenazadores, en tierra sonaban todas las campanas, y todos los tambores a rebato, y las milicias populares acudían espontáneamente a la costa para salvaguardar lo poco que había. Los castillos hacían fuego, pero el invasor muchas veces lograba secuestrar alguna nave, y pedía un elevado rescate por ella, y si no lo había, le prendía fuego ante el desconsuelo y la rabia de los isleños, que contemplaban desolados, desde la costa, cómo aquellas llamas altísimas que parecían brotar del mar devoraban sus bienes y sus sueños... Pero la historia más solicitada por mi pequeño auditorio era la del contraalmirante Nelson, que tras su intento frustrado de bloquear el puerto de Cádiz a fines del siglo XVIII, había ideado apoderarse de nuestras islas, ¡habríamos sido ingleses entonces! Aquí, mi pequeño auditorio respondía divertido y unánime:

–¡Yes! ¡Yes! ¡Yes!

En las islas fondeaban por entonces dos galeones españoles con las bodegas repletas de oro y de plata, y de telas fastuosas, que acababan de llegar de Manila y que se dirigían a la península. Nelson hizo su aparición en el horizonte tinerfeño con nueve buques de guerra ¡y más de dos mil hombres! Durante la noche atacaron a traición, y fueron contestados con vehemencia por las milicias populares, que desde los castillos de San Miguel, San Pedro y San Cristóbal lanzaban balas de cañón. Pero él no se arredró: atracó en el muelle con varias lanchas y se dirigió al castillo de San Cristóbal. Y de pronto... ¡una bala de cañón le respondió desde allí y logró alcanzarle! A él, aquel marino heroico y legendario, que vio cómo su brazo derecho sangraba destrozado, mientras las descargas de los fusiles se cebaban con sus hombres. La herida era muy seria. Nelson ordenó el cese el fuego y envió al capitán Wood a parlamentar la paz, y a bordo del Teseo se le amputó el brazo en la que sería su única derrota: ¡rasssh! (Aquí yo ponía cara de espanto, y abrían mucho los ojos los más pequeños). Después moriría en la batalla de Trafalgar... Y con esto enlazaba yo con los *Episodios Nacionales* de Galdós, y seguía contándoles historias de nuestra gran Historia, una y otra vez, porque ya se sabe que los niños son insaciables...

En una ocasión organicé con ellos una excursión para disfrutar de esa isla maga que es Lanzarote, de fisonomía casi irreal, para lo que alquilamos de nuevo los servicios del carretero de nuestra mudanza; en su carro cabíamos todos, y a pesar de la incomodidad y del traqueteo del viaje, no hubo ni una queja, deslumbrados como estaban mis hijos por aquella belleza que se desplegaba ante nuestros ojos. El viento y el sol intensos le imprimen a esos paisajes una sensación de movimiento estático, una especie de vibración que difumina los contornos y da la sensación al que mira de estar soñando, a lo que se suman los destellos azules y rojizos de sus rocas volcánicas, negras como la obsidiana. Estuvimos en La Geria, donde las vides nacen prodigiosamente en los agujeros que el campesino excava en la ceniza volcánica, y extienden sus raíces hasta muy hondo, buscando agua. También estuvimos en las Salinas de Janubio, con sus grandes terrazas líquidas, de sal escarchada, como un paisaje nevado y de una pureza deslumbrante, a veces rojizo por la acción de las algas. Regresamos con los ojos llenos de azules, blancos, negros y rojos, como si hubiéramos estado contemplando un tesoro de gemas preciosas, mientras les contaba a mis hijos historias antiguas sobre los barcos que transportaban a América los vinos isleños elaborados con malvasía, de un sabor único, concentrado, a causa de la escasez de agua y la intensidad del sol. Por su excelencia eran competencia peligrosa para otros vinos patrios, y habían de pagarse curiosos tributos por su comercio: por cada cargamento de barricas habían de comprometerse también colonos que acudieran allí a quedarse... Qué tiempos aquellos, aunque las cosas no han cambiado demasiado, y seguimos emigrando a la orilla americana, adonde nos empujan suavemente las corrientes y los alisios...

Los muchachos me escuchaban cansados ya pero atentos, y yo continuaba hablándoles de cómo aparecen esos vinos incluso en varias obras de Shakespeare, porque también Inglaterra, tierra sin sol, quería nuestros vinos, y los compraban barato para luego obtener en Londres ganancias fabulosas... En estas divagaciones estábamos al llegar de regreso a Arrecife, molidos por el traqueteo del carro, y José María, muy vivaracho, propuso:

—¡Probemos ese vino!

Yo me quedé dudando, pero tanta pasión le había puesto a mis explicaciones que no me podía ahora negar, así que nos fuimos a la tasca del puerto y allí liquidamos dos botellas enteras de malvasía muy frío. Éramos siete, de modo que sólo bebimos dos vasitos cada uno, pero claro, los pequeños no lo habían probado nunca, y llegaron todos colorados y muertos de risa a casa.

7

Dos cartas

Pasaban los meses, y todo parecía en calma, pero en la primavera del 37 hubimos de sufrir un nuevo contratiempo. Agus había hecho amistad con unos guardias de asalto que estaban también allí desterrados, y solía salir con ellos. Un chófer, de nombre Agapito, lo denunció a la Falange. Era un tipo extraño, aquel Agapito, que años después se mató arrojándose al mar. A saber cuál sería su tormento. El caso es que Agus fue detenido otra vez. No olvidaré fácilmente el rostro demudado de Marzo cuando nos trajeron la noticia, tenía una lividez casi inverosímil, como si de un golpe se le hubiera evaporado toda la sangre. No obstante, la situación era ahora mucho menos inquietante que la anterior, porque aquello era un pueblo tranquilo donde todo el mundo se conocía, así que lo que en otra ocasión había sido dramático, ahora tenía más bien tintes grotescos. El jefe, un rico hacendado de la isla, le exigía que se enrolase en las filas falangistas, con la amenaza de que, si se oponía, lo haría volver al campo de concentración. Agus, que estaba aún conmocionado por lo que había vivido en La Isleta, y que sabía de muchos arrestados que habían desaparecido, permaneció en la celda varias horas pero acabó aceptando con rabia, y lo soltaron.

Volvió a casa mohíno y cabizbajo, pero con su decisión tomada: si había que perder la libertad o la vida, decía, que fuera por algo que valiera la pena, y no por un orgullo ahora inútil, así que sí, de acuerdo, vestiría el uniforme, ésa sería su estrategia de supervivencia, un caballo de Troya, un escudo, ya habría tiempo para la justicia. Marzo y yo lo escuchamos atentos, y sus hermanos lo alentaron, y decidieron acompañarlo en la farsa, para ellos era un juego. Al fin y al cabo, todos los niños juegan a la guerra, yo mismo también jugué a la guerra tantas veces, aunque entonces no sabía nada de ella. Sólo había un problema: no teníamos dinero para comprar los uniformes. Mientras todos conversábamos, Marzo asistía seria y silenciosa a la escena. Después dijo que necesitaba dar un paseo, estaba muy nerviosa, de esa manera suya, entera y altiva, que sobrellevaba la angustia siempre por dentro. Tardó mucho en volver, y mientras, ya hacíamos bromas todos, y la tensión se iba relajando sin desaparecer completamente, porque la acechanza siempre estaba cerca.

A las nueve, hora habitual de la cena, Marzo aún no había regresado. Nos dirigimos al comedor, que estaba dentro de la cocina, para ir poniendo la mesa con todos sus servicios, cuidadosamente, como a ella le gustaba, con sus servilletas, vasos y cubiertos dispuestos armónicamente. También el pan debidamente cortado, el queso, unos huevos duros y ensaladas improvisadas entre todos. Finalmente nos sentamos a esperar, ya preocupados y silenciosos. A eso de las nueve y media llegó, enigmática, y nos sentamos todos a la mesa.

–¿No nos vas a contar dónde has estado?

–He ido a llamar por teléfono.

–¿Y eso?

–Ya he conseguido el dinero para pagar los uniformes, mañana me lo envían. Asunto resuelto. Así que a comer.

La miramos extrañados, mientras ella comenzaba a servir ordenadamente la ensalada y los huevos. Estaba muy seria. Después se sentó en su puesto habitual, y todos empezamos a cenar. Entonces añadió:

–Acabo de vender el piano –y comenzó también ella a cenar pausadamente, absorta, con la mirada fija en su plato. Se hizo un silencio seco, doloroso. Ya no había remedio. Además así era ella, de decisiones firmes e inapelables. Y la admiré más que nunca. Ése fue sólo el comienzo de la paulatina desaparición de todos sus bienes, pero jamás oyó nadie la más mínima queja de sus labios.

Así que pronto tuvimos a Agus, Juan Luis, José María, Sixto y Eduardo vestidos con sus flamantes uniformes. A Agus le dieron, para mayor escarnio, el cargo de delegado de Prensa y Propaganda, y además le exigieron publicar una declaración de lealtad en el periódico *Falange*, contando por qué militaba en las filas falangistas. Lo firmaba en el año II de la Era Azul. Cuán absurdo todo. Los más pequeños pasaron mucho miedo en las rondas que hacían por la noche, arrastrando el fusil, que era más grande que ellos.

Pasó todo el año 1937 sin mayores sorpresas. Llegaron también las vacaciones del verano del 38, y conseguí, como el verano anterior, el permiso para dejar por unas semanas Lanzarote e ir a nuestra isla por razones familiares. Hicimos el equipaje con lo indispensable, y embarcamos en el vapor que hacía la ruta con el Puerto de La Luz. En ese viaje, por cierto, conocí al capitán Rodríguez, del que más tarde hablaré.

Al llegar nos alojamos de nuevo en la casa de mi cuñado, Siatilla, y mi suegra, Antonia. Nos instalamos en las habitaciones de la azotea, no demasiado cómodos, porque éramos muchos, pero felices por el regreso. Aún no sabíamos que lo peor estaba por llegar, y que pronto comenzaría un largo peregrinaje que incluiría ser huéspedes de otras azoteas ajenas, ya despojados de todo... Esa azotea, particularmente, daba por el frontal a la calle del Toril, que se alongaba sobre el Guiniguada, con su hilera de casas con verja y jardín desde las que se avistaba en primer plano el Puente de Piedra, con sus cuatro estatuas representando las cuatro estaciones. La trasera daba al jardín del palacio episcopal, donde podíamos ver algunas tardes al obispo Pildáin, con su birrete rojo, paseando con un libro en la mano. También veíamos desde allí la catedral, cuyo frontis lucía ahora grotesco: en el gran hueco que hay sobre el rosetón habían instalado un retrato gigantesco del caudillo, que iluminaban profusamente cada noche, así que allí lo teníamos, velando nuestro sueño, como un dios maligno contemplando sus dominios.

El verano anterior, durante esos días de agosto que, como he dicho, pasamos en nuestra isla, sólo había vivido un breve incidente. Nada más llegar, fui convocado por la comisión depuradora para dar cuenta de mis actividades previas al levantamiento. Yo acudí a la cita y completé el cuestionario de rigor con una fórmula breve: «El que suscribe estuvo afiliado a Izquierda Republicana, y no ha pertenecido nunca a la masonería». Después, nada más ocurrió. Recuerdo que mientras regresaba a casa vi una aglomeración de gente que contemplaba un desfile frente al Gobierno Militar, y a los falangistas congregados en los alrededores, todos con los bigotitos recortados, esa oscura jauría de los depredadores, hijos del dios Saturno. Sólo en manada se sienten fuertes, como todos los cobardes. Los desfiles y las paradas militares eran constantes hasta la extenuación en esos años: los de Acción Ciudadana, los de la Sección Femenina, y hasta los de los niños –los flechas o pelayos–, con sus fusiles de madera.

Ese día se trataba de mujeres falangistas que marchaban marcialmente tras su jefe, con semblante severo, uniformadas con su camisa azul, falda semilarga y medias oscuras, con ese aspecto un tanto monjil que gustaban dar a sus vestimentas, mientras la multitud contemplaba, y algunos saludaban con el brazo en alto. Me quedé observando esa extraña belleza de sus rostros, jóvenes, casi adolescentes, rodeados de paramentos militares. Algunas llevaban los ojos bajos, otras la mirada perdida, ¿en qué pensarían en esos momentos? Una de ellas tenía los ojos húmedos, y la boca contraída. Cuánta sal podía haber en esas lágrimas... podía imaginar tantas copas de hiel en ellas... No llevaban gorra ni tocado, y yo jugaba a imaginar qué habría sido de ellas sin ese drama que vivíamos. De pronto me llamó la atención el rostro familiar, abstraído, de la más hermosa. Era Pepa. Y sentí lástima, por ella, por todos nosotros. El corazón me empezó a latir muy deprisa y me eché a andar nerviosamente. Sentí que

sus grandes ojos claros se clavaban en mí, en mi nuca, fugaz-
mente, mientras me alejaba, pero no me volví a mirar.

Unos días después volví a verla. Me la crucé en la plazuela,
cuando me dirigía a la calle Muro a comprar algo de tabaco, y
ahí, sí, nos saludamos, primero tímidamente, luego con un
abrazo estrecho, largo. Ella de pronto empezó un llanto con-
vulso, con el rostro aún apretado contra mi pecho, y yo le señalé
uno de los bancos, donde nos sentamos. Allí permanecimos un
rato, viendo, en silencio, a la gente pasar. Finalmente, ella rompió ese silencio para decirme que ese encuentro no era fortuito,
que venía a casa para verme. Me traía una carta de mi hermano,
que había recibido –estando aún ella en Madrid– desde Hen-
daya. Me dijo que la leyera más tarde, mientras me adelantaba
el contenido. El matasellos era del 22 de abril de 1937, y el re-
mite decía «Villa Nina, Hendaye Plage, Basses Pyrénées». Ahí
Agustín contaba sus gestiones para poder desplazarse con sus
cuatro hijos y con Paula a París; estaba invitado a alojarse provi-
sionalmente en el Colegio de España, mientras buscaba casa y
trabajo. Aunque yo ya conocía esas informaciones, agradecí el
gesto, y sobre todo, la entrega física de esa carta con la caligrafía
nerviosa de mi hermano: parecía así tenerlo un poco más cerca.
Me embargó la melancolía al recordar la última vez que nos
vimos, en ese Madrid que ya nunca había de volver a ser el
mismo. Miré el interior del sobre y vi que había algo más: un recorte de periódico cuidadosamente doblado.

–Léelo luego, en casa –me dijo.

Entonces le pregunté por ella, y por Claudio. Pepa me fue
contando pormenorizadamente sus vivencias desde los meses

previos al golpe, en que la tensión hacía el aire irrespirable. Cuando llegó la noticia funesta, aquel 18 de julio que ya parecía tan lejano, ella estaba comiendo en casa de Claudio, con su mujer –Mercedes Ballesteros–, y con Luis Buñuel. Claudio y Luis se fueron de inmediato a la sede de la Alianza de Intelectuales. Ellas se quedaron allí sin osar moverse, las calles eran peligrosas, estaban literalmente tomadas por grupos incontrolados y la violencia era tremenda. Al cabo de unas horas, llegó a la puerta un automóvil con una patrulla de la FAI. La sirvienta reconoció en el grupo de anarquistas a su primo, y tras quitarse la cofia, salió a tranquilizarlos. Ellos querían saber si había santos en la casa, ella les dijo que no, y se fueron, pero aseguraron con tono amenazante que volverían pronto. La situación se repitió, con mucha tensión, al día siguiente, así que todos decidieron refugiarse en la embajada mexicana, y después, regresar a la isla. Pepa había venido antes, con la tía Paca, y Claudio vendría más adelante. Sabía que su situación era delicada, por el reconocido compromiso de la esfera familiar, en especial de Papá Tin –excomulgado y tildado de francmasón– y el tío Franchy –que fue ministro con Azaña–, pero por nada del mundo quería exiliarse. Ya había vivido aquella magua de la lejanía cuando lo obligaron a desplazarse a Inglaterra para estudiar, y tenía muy claro que, por muy difícil que fuera la situación, se iba a quedar. Ella, al llegar a la isla, había sabido que una de sus amigas había sido encarcelada sólo porque en un registro habían encontrado su diario, y en él decía cosas comprometidas. Decidió destruir muchos de sus papeles, en especial los recortes de los poemas publicados en *El Tribuno* –el periódico de tío Franchy–, y alistarse en Falange, presionada también por la tía Paca. No quería que aquellos galgos empezaran a escarbar en sus cosas; si alguien decidía sacar a la luz el parentesco con Franchy y su participación en celebraciones republicanas, iba a tener serios problemas. Así que ahí estaba, con aquellas ropas monjiles que no lograban esconder su belleza de siempre. Le conté lo de Agus. Ella asintió pensativa, con la mirada suspendida en el horizonte que se vislumbraba al final del barranco, como mirando sin ver. Me dijo que ella incluso había tenido que componer la letra y la música de un himno falangista. Luego nos despedimos. Con el tiempo supe que habían hallado un imprevisto medio de subsistencia económica: tanto ella como Claudio y Mercedes se estaban dedicando a escribir novelitas sentimentales, de esas de quiosco, con seudónimo, y que se vendían bastante bien. Después, lograron volver al teatro, en Madrid, donde no les faltó el trabajo, y el pan. Paradójicamente, la guerra había logrado que Pepa pudiera cumplir su viejo sueño de ser actriz: ahora, la necesidad económica se imponía, y su madre, que siempre le había puesto todas las barreras imaginables, ya no se podía negar. Sin embargo, creo que nunca más, en todos estos años, he vuelto a ver a Pepa feliz.

Al llegar a casa, desplegué el recorte. Era de *El Liberal*, y estaba fechado el 1 de noviembre de 1936. Se trataba de un manifiesto denunciando los bombardeos sobre Madrid, y se titulaba «Escritores y hombres de ciencia protestan ante la conciencia del mundo contra la barbarie fascista». Entre los firmantes estaban José Gaos y Menéndez Pidal, y también Agustín.

Sobre él, con los meses, recibimos otras noticias. Su mujer, Paula, había muerto en 1938 cuando cruzaban a Francia, y él estaba inmerso en una honda depresión. Había conseguido subsistir en París con algunos trabajos y conferencias, y Negrín, su viejo compañero de escuela, lo había nombrado vicecónsul de España en México, adonde se desplazó con sus cuatro hijos. Se ocuparía de los refugiados españoles al acabar la guerra, y conseguiría trabajo en la universidad, con el apoyo inestimable de otro viejo amigo de los tiempos del Ateneo, Alfonso Reyes. Allí permanecería muchos años, y después en la universidad de Zulia, en Venezuela. En algún momento quise ir a reunirme con él, pero me desanimó. Su vida era muy amarga, le inundaba la nostalgia y la melancolía, y me aseguraba que el exilio interior era mucho menos doloroso que ese destierro que él vivió ya para siempre.

En cuanto a Claudio, lo volvería a ver pocas veces, aunque seguimos escribiéndonos. A él le debo que su amigo Federico Sainz de Robles me incluyera en su valiosa antología de poetas mucho después, en 1950, cuando yo ya no era más que un muerto en vida, y nunca olvidaré ese gesto fraterno que tanto bien me hizo entonces. Pero me estoy enredando en la madeja del tiempo, y debo volver a aquellos días del regreso a mi isla.

Nada ocurrió el verano anterior, y había pasado ya un año desde el comienzo de la guerra, así que alimentaba la esperanza de burlar la vigilancia de los mastines. Pero ahora las cosas serían distintas, muy distintas. Precisamente la víspera del regreso a Arrecife para iniciar el tercer curso en aquel extraño exilio, mientras preparábamos el equipaje, llegó un mensajero con un oficio para mí. El corazón se me desbocó en el pecho, y me parecía que la vista se me nublaba mientras leía su contenido:

decía que «en virtud de constantes denuncias» se me separaba del servicio docente, y que quedaba suspendido de empleo y sueldo a partir de ese momento. Suspendido de empleo y sueldo... Un abismo de oscuridad se abría ante mí. Fue tal mi nerviosismo que sin decir nada salí a la calle y me eché a andar solo, muy aprisa. Me faltaba el aire, el oxígeno. ¿Denuncias? ¿Denuncias de qué? ¿De quién? Ya me había alertado el bueno de Espinosa, pero yo había confiado ingenuamente en que la distancia borrara mi figura para la comisión. Ahora, todo se hundía bajo mis pies. Sin trabajo, ¿cómo iba a salir adelante? ¿Y qué sería de mis hijos? Mientras caminaba, vi venir a don José, un cura que siempre fue amigo de mis padres y afectuoso conmigo. De hecho, trabajaba en el instituto Pérez Galdós como yo, y cuando él no podía asistir a sus clases de Religión, me pedía a mí, y no al cura Manuel, profesor de Latín, que lo sustituyera. Me pareció una aparición celestial, él sin duda me podría ayudar con sus recomendaciones para que me retiraran el veto: ahora eran los curas los que controlaban y decidían casi todo. Habían resucitado el pasado inquisitorial, y también el de la *cruzada*, un eufemismo con el que pretendían justificar lo injustificable. Me aproximé a él para saludarlo, como siempre, pero entonces ocurrió algo inesperado: me miró como espantado y cambió de ruta rápidamente, sin decir palabra. Entonces sentí que toda la sangre se me helaba en las venas, y comprendí que ahí, realmente, comenzaba mi verdadero calvario.

Ya el regreso a Arrecife no tenía sentido. Estaba completamente hundido. Pedimos que nos enviaran los enseres y bienes que habíamos dejado allí, en lugar de ir a buscarlos nosotros, así evitaríamos el gasto de los pasajes de barco. Pero las cajas fueron desvalijadas durante el viaje y llegó apenas una parte; desapareció la gran mayoría de la ropa y los libros, y la loza llegó toda rota. Habíamos sido muy ingenuos al confiar la tarea a terceras personas, pero tampoco teníamos fuerzas para nada. Los muebles los habíamos dejado en prenda para cubrir las deudas contraídas con el casero, no pudimos traer ninguno. Mientras nos acomodábamos a la idea de permanecer mucho tiempo en aquella azotea, había una sola novedad que devolvía encanto a nuestras vidas: la pianola de Siatilla, que nos recordaba a la que acompañaba cada domingo las sesiones de cine del Pabellón Recreativo en aquellos años veinte, ya lejanos, que entonces nos habían parecido grises. Ahora, en cambio, se nos hacían dichosos y los recordábamos como un edén perdido que no había de volver nunca.

Así que regresaba la música a nuestras vidas. Marzo podía bajar cada tarde a tocar el piano, para regocijo de todos, que nos sentábamos alrededor en la alfombra, y esos ratos nos hacían volar al pasado, nos permitían soñar que nada malo había ocurrido: ahí seguían las piezas de Chopin, y de Liszt o Debussy, con su belleza impertérrita. En otros momentos, eran los niños, en especial Manolo y Carmen, los que bajaban a tocar la pianola, y las cosas adquirían una fisonomía de normalidad, mientras yo me hundía cada vez más en aquel vacío sin fondo que me tragaba con sus fauces voraces.

A partir de ese momento, mi única obsesión era encontrar algún empleo, pero era una misión imposible. Todos cerraban sus puertas ante mí, por miedo a ser acusados de colaborar con un desafecto al régimen, o por desprecio hacia un hombre visiblemente acabado. ¿Hasta dónde puede llegar la humillación de un ser humano? Ahora era un indeseable, un apestado, y hasta mis familiares me daban la espalda. Era un sujeto incómodo, un miserable del que se avergonzaban, casi un mendigo, no querían que se les viera conmigo, era un intruso en la familia, una oveja negra, un pobre desgraciado que siempre necesitaba dinero y que nunca podía devolverlo. Un indigente que tenía que acudir a la cola del subsidio de desempleo a recoger aquella limosna que daban a los pobres, que firmaban con una cruz porque no sabían siquiera escribir.

La primera vez que acudí, el empleado salió rápidamente de detrás de la ventanilla al verme, todo sofocado. Era un antiguo alumno mío, y me llevó del brazo dentro de la oficina:

–Don Juan, por Dios, usted no haga la cola, ya tiene usted bastante con tener que venir aquí, por favor, venga siempre directamente que yo le atiendo, don Juan –me hablaba con la reverencia de siempre, con el cariño de siempre hacia su profesor, y yo lo miraba en silencio, y no podía evitar que se me humedecieran los ojos, porque lo recordaba a él, en su pupitre, atento en aquellas clases mías del instituto Pérez Galdós, en un tiempo en que aún no sabía que aquellos habían de ser los años más felices de mi vida, y que no habrían de volver jamás. Correspondían a una época ya clausurada, en la que yo tenía esa cosa intangible que ahora me habían usurpado, y que se llamaba dignidad. Simplemente eso, tan grande: la dignidad de un hombre.

Luego, cuando me hube calmado, él me contó que estaba en la misma situación que yo Fernando González, el poeta, que en tiempos fue igualmente alumno mío, y compañero suyo. Trabajaba en un instituto de Valladolid, hasta que lo depuraron también. Me dio su dirección postal, y decidí escribirle a Fernando de inmediato. Desde entonces mantuvimos una correspondencia espaciada pero constante. Me aliviaba desahogarme con él, siempre de aquella manera cifrada: en nuestras cartas hablábamos con humor de nuestras vacaciones, y también de nuestros planes. Ambos estábamos preparando antologías poéticas que nunca se publicarían, pero con ellas entreteníamos las horas, y teníamos la sensación de que no éramos una rémora inútil. A su hermano José lo vi varias veces, a lo largo de los años, y me traía siempre noticias de su pueblo, Telde –patria chica de Marzo– y también de Fernando, que subsistía gracias a que su mujer, catedrática de Francés, había sobrevivido a la cacería. José González también me solía hablar de ese hijo de Telde, Juan García, *Corredera*, que se había convertido en el hombre más buscado en las islas por los galgos del régimen, y sobre el que, como he dicho, quisiera escribir algunas páginas también. Todos hablaban de él, aunque nadie habría de delatarlo durante muchos años.

Pronto llegó otra noticia inquietante: Agus y Juan Luis eran llamados a filas como integrantes de la quinta del 38. A Juan Luis lo enrolaron en el Grupo de Sanidad del Cuerpo de Ejército Marroquí, y estuvo por tanto en la retaguardia. Agus, en cambio, fue cabo de Artillería en la División 15ª, de la que estaba al mando el general García Escámez. Tuvo que vivir de cerca los bombardeos, disparos y fusilamientos, y fue el último en regresar. Durante ese periodo, que se nos hizo eterno, la visita diaria del cartero era fuente de una mezcla extraña de angustia y esperanza que nos tenía en vilo. Nos desesperábamos por recibir sus cartas, que nos confirmaban que estaban vivos, pero temíamos también que llegara otro tipo de carta, con noticias funestas sobre su paradero. El tiempo se había convertido en una realidad nueva, exasperante: parecía detenido, estancado en un punto muerto.

Como estábamos de regreso en nuestra ciudad, conseguimos a través de algunos conocidos que los más pequeños, Luis y Lolita, asistieran al colegio gratuitamente. Allá se iban muy serios cada día, con su ropa heredada, tan vieja pero siempre limpia y planchada, y con sus zapatos bien betunados por su madre, que les decía: la frente alta siempre, tenemos mucho de qué enorgullecernos, ni caso a las habladurías, y de los asuntos de casa, ni una palabra. Ellos se hicieron viejos muy pronto, rodeados de problemas, y ya sin juguetes, ni siquiera en navidades. Al principio Marzo y Carmen les hacían a escondidas muñecas de trapo y soldaditos de yeso para el día de Reyes, así tenían una sorpresa, pero un día ellos las descubrieron, y se acabó la pantomima. Con el tiempo, irían abandonando la escuela. Lolita protestó lo indecible, le gustaba tanto el colegio... no sólo le gustaba estudiar, sino que le gustaba también escribir cuentos, historias de aventuras con personajes de su invención. Se había instalado un pequeño escritorio en el hueco que había bajo la escalera, con cajas de madera que había conseguido aquí y allá, y se refugiaba en ese rincón con todos sus papeles. Un día le pregunté:

–¿Pero qué haces ahí tantas horas? ¿Qué escribes?

–Mis memorias –repuso muy seria.

–¿Tus memorias? –respondí divertido–. Pero eso es cosa de viejos, Lolita.

Ella, como ausente, me hizo señal de que la dejara tranquila, como si ella fuera el padre enfrascado en sus cosas de adulto y yo la niña que inquiere curiosa sobre sus tareas, así que me alejé. Con el tiempo, llegó el momento en que ella y Luis habían de presentarse a los exámenes de ingreso a bachillerato, pero las tasas eran demasiado caras, y sólo se las podíamos pagar, con gran esfuerzo, a uno de los dos. Fue Luis el elegido, como varón. A ella le dolió enormemente, y tal vez más a mí, pero en este perro mundo en que vivimos se perdona mejor que una mujer no tenga estudios. Lolita se rebeló, y en señal de protesta decidió seguir asistiendo al colegio. Nosotros aceptamos. Como no podía pasar de curso, la pusieron a repetir el mismo. A ella no le importaba, necesitaba ir allí, le gustaba aprender, pero poco a poco el colegio empezó a hacerse ingrato para ella, porque tenía más edad que el resto de estudiantes, y además tan alta como era, fue quedándose al margen de todo, sin amigas, y poco a poco fue dejando de ir... En cuanto a Luis, tras nuestra nueva mudanza estábamos muy lejos del colegio, no había dinero para que tomara el pirata que lo podía llevar a la ciudad, y tenía que caminar kilómetros para ir a clase. Se colgaba con su maletita de los camiones lentos cuando podía, y todo era tan desalentador que lo fue dejando igualmente...

Pero he vuelto a adelantarme, y es que los recuerdos se precipitan y desordenan en mi memoria cuando los llamo, me cuesta tanto trabajo pensar... y aún más rememorar... Debo recuperar el hilo de los acontecimientos... esta endiablada enfermedad es como una termita que va consumiendo, lenta y sin pausa, los viejos anaqueles donde mi cerebro atesoraba aquellos momentos idos. Y es como si al abrir esos volúmenes los encontrara muchas veces vacíos, devorados, borrados... Las radiaciones, lejos de aliviarme, sólo añaden dolor al dolor, y siento como si hubiera garfios que me atenazaran el cráneo y lo arañaran sin piedad con descargas eléctricas.

Pero escribir sí que me alivia, es como si escribiendo pudiera aferrarme al tiempo, detenerlo, hacerlo mío, y debo continuar aún un poco más, tengo que seguir escribiendo, ahora que cada amanecer es un milagro de luz que me regala la vida.

8

El sanatorio

Cuando acabó la guerra civil, llegó la verdadera miseria, con el estallido de la Segunda Guerra Mundial, provocada por Alemania, y que duraría seis larguísimos años. La carestía de alimentos y combustible convertía cada día en un combate muy difícil por la supervivencia, y para entonces mis fuerzas estaban prácticamente extinguidas. Estaba sumido en un pozo negro, apenas salía de casa. Ya he dicho que nunca fui un héroe, más bien al contrario: siempre fui un hombre débil, sin carácter. Por entonces ya no era más que un muerto en vida, enterrado en el sillón, leyendo interminablemente para evitar pensar, aplastado por la vergüenza, la humillación, y esa melancolía que se me pegaba a la piel y me ahogaba, sin dejarme apenas respirar. Sólo los hijos me daban vida, su abrazo, sus ires y venires, los juegos y canturreos de los pequeños. Llegaba Luis y decía: «papá, Lolita no quiere guerriar conmigo, ha puesto a todos los soldaditos en la cama a dormir». Yo me reía, y por un instante fugaz, mínimo, me parecía que era feliz, al menos por un momento.

Combatir la gran hambruna que asolaba a nuestro país en aquel tiempo era una tarea demasiado difícil para los que no teníamos nada. Mi madre nos hacía un envío de comida cada principio de mes con Vergara, el tartanero, pero aquello era del todo insuficiente para once bocas. Además, las cartillas de racionamiento lo hacían todo más complejo: sólo un kilo de azúcar, de café o de lentejas, al mes, ¿cómo hacer para tanta gente? Marzo acabó de malvender lo que le restaba de sus bienes, pero aún así, no alcanzaba. Nuestros hijos estaban en los huesos, daba pena verlos, sobre todo Sixto, que había crecido desmesuradamente, ya era mucho más alto que yo, y su delgadez quebradiza era tan extremada que daba lástima.

Llegamos al extremo de no tener nada, absolutamente nada, que llevarnos a la boca. Tan sólo infusiones de hierbaluisa con gofio, que nos mantenían en pie. O una taza de chocolate. Marzo sin embargo se empeñaba en mantener el ritual de las comidas, y preparaba la mesa cuidadosamente, nos sentábamos todos juntos a compartir ese momento a la hora de siempre, aunque sobre la mesa sólo hubiera eso, una taza para cada uno, y nada más. Muchos fueron los días en que tuvimos que romper y quemar muebles para hacer fuego y poder calentar el agua, porque no había combustible. Días hubo, también, en que Marzo se acercó a la cama de cada uno de los pequeños, y les dijo: hoy no te levantas, que estás enfermo. Ellos lloraban, decían que no, que no estaban enfermos, que querían jugar, pero acababan tranquilos, allí, leyendo algún cuento, y así no consumían la poca energía que tenían. Los mayores sí hacían vida exterior, a pesar de todo. Sixto, que fue siempre inteligentísimo –en los tiempos de colegio era el que traía sobresaliente en todo– acostumbraba a ir al parque de Santa Catalina a participar en las partidas de ajedrez. Fue campeón más de una vez. A mí me partía el alma verlo irse, pálido, fatigado, tan alto y tan frágil que parecía que iba a romperse. Acabó enfermando de pleuresía, y esto habría de ser fatal para él.

Los demás solían quedarse por allí a jugar con los amigos de la playa. En el piso alto de la casa de al lado, de dos pisos, vivían los Miranda, cuyo hijo Pepito estaba perdidamente enamorado de Carmen; mis hijos lo llamaban *el canguro*, no sé si porque era vegetariano o por sus zapatones, que contrastaban con su cuerpo delgadísimo. Ella era muy niña pero yo permitía que se hablaran, ya he dicho que nunca comprendí las injerencias paternas en estos asuntos. En el piso bajo vivían los Monzón; su hijo Felo, discípulo del tío Juan Carló y pintor formidable, regresó a vivir con ellos en 1940, cuando salió en libertad condicional después de pasar varios años prisionero en los campos de Fyffes y Gando. Solía permanecer encerrado en su cuarto, dibujando o pintando, y se hizo buen amigo de mis hijos, incluso de los pequeños, que iban a su cuarto a contemplar su tarea embelesados. También les gustaba a todos ir a casa de los Chirino, porque su hijo Martín tenía un tren de pilas cuyos raíles ocupaban una habitación completa. O a la casa de nuestro siniestro vecino alemán, donde había una inmensa casa de muñecas. Lo llamo siniestro porque estaba protegido por el régimen, con todo tipo de privilegios, aunque no se sabía nada de sus actividades. Él y su familia vivían en una rara opulencia, y en alguna ocasión Marzo consiguió a través de su mujer algo de comida, a cambio de alguna de las pocas prendas de valor que le quedaban.

Mientras, los muebles de la casa se iban borrando poco a poco de nuestra vista. La preciosa sala de caoba, de pronto, ya no estaba. El escritorio y la librería del abuelo, un día, esfumados. Los enseres de plata, por supuesto, habían desaparecido los primeros. Finalmente, también perdimos las camas, y había que dormir con los colchones en el suelo.

Los pequeños se turnaban para ir a comer a la casa de la abuela, dispuesta a acoger cada día dos bocas más en su mesa. Agus, Juan Luis y José María conseguirían con el tiempo un empleo en las oficinas de la compañía naviera Aucona, gracias a los avales de Siatilla, que también trabajaba allí. Sixto, para ayudar y evitarnos una boca más, se alistó voluntario en el ejército, a pesar de nuestras protestas. Manolo, por su parte, tenía muy claro que su oficio sería la pintura, y nosotros siempre lo aprobamos. Desde luego, yo no iba a seguir el ejemplo de mi madre, que me prohibió los pinceles. En todo caso hubo un tiempo en que quiso dedicarse a la música; no me olvidaré del día que se trajo el violín de una de sus novias, la hija del escultor Manolo Ramos, y nos improvisó de oído la *Melodía Hebrea* de Achron. Pero sobre todo Manolo dibujaba y pintaba con increíble talento. Ya con quince años se ganó el segundo premio de una convocatoria de carteles, ¡nada menos que 300 pesetas de entonces! Con ese dinero se compró sus primeros pantalones largos.

Era un concurso de Auxilio Social, y él hizo algo muy curioso, con los elementos obligatorios de la convocatoria –publicidad sobre el número de asistidos, y de las raciones distribuidas diariamente, para propaganda del régimen–, y con una estética del constructivismo ruso que él coló: la verdad es que era muy bueno. En otra ocasión, más adelante, realizaría un encargo también bien remunerado que le consiguió el suegro de Carmen: los estandartes de la iglesia de Santo Domingo, una Virgen del Rosario y un Cristo, en la época en que volvimos a vivir en el Toril. Desde entonces, yo no me perdía ninguna procesión.

En esos primeros años cuarenta me reencontré en el paseo de la playa con un viejo amigo, al que antes ya he nombrado, el capitán Miguel Rodríguez. Como decía, tuve ocasión de conocerlo durante la travesía que nos llevaba por última vez desde el Puerto de Arrecife al de La Luz, en aquel viaje que no había de tener regreso. Era muy de mañana, y yo me hallaba en cubierta, sentado, o más bien recostado, en una banca de popa, con un libro en la mano, pensando en mis cosas. Había subido a descansar del bullicio que en los camarotes armaba mi pequeña tropa; los mayores se ocupaban de los pequeños, y Marzo dormía al fin un poco, así que decidí tomar el aire fresco de la mañana y recorrer algunas páginas de *La familia de León Roch*, que entonces me ocupaba. De pronto sentí que alguien me observaba desde lejos y me sonreía. Le correspondí la sonrisa, y entonces se acercó y se sentó plácidamente a mi lado. Llevaba gorra y gafas oscuras, y tenía la piel muy curtida por el sol; pronto sabría que estaba frente a un viejo lobo de mar. Ambos nos quedamos contemplando la estela furiosa que la espuma iba dejando sobre el mar, y cómo luego se serenaba en lontananza, acogida por la inmensidad del océano. En esos momentos uno comprende cómo los marinos pueden vivir imantados por ese espacio peligroso y al tiempo magnético que los hechiza. Allí, en el centro de esa inmensidad, cuando miras a todas partes y no hallas nada más que el cielo sobre ti, te sientes libre, como si pudieras volar, es una sensación única, y en especial en esa época infausta, esa sensación se hacía mucho más intensa. Sobre esto hablaba con Miguel, que había roto el silencio para decir que a él también le gustaba leer a Galdós, y esas palabras establecieron una complicidad inmediata entre nosotros.

En breve intimamos. Miguel era un hombre culto, un capitán de barco que también había sido despojado de sus funciones por el sistema de las inquisitoriales depuraciones, que veían en él a un masón peligroso. Ahora se hacía pasar por sobrecargo, y a su piloto lo hacía pasar por patrón, de manera que lo dejaran en paz. Así daba cuenta de su aparente sumisión, sin abandonar ese mundo que era toda su vida: el mar y su barco, el Guanchinerfe. Con el tiempo, sabría más cosas de este nuevo amigo. Me solía contar con orgullo que había pertenecido a la logia Añaza, con el sobrenombre Gay-Lussac, y que había recorrido medio mundo con su barco: Inglaterra, La Habana, Nueva Orleans...

Nuestro primer encuentro ocurrió en 1938, y ahora, cuatro años después, el azar había vuelto a cruzar nuestros caminos. Cada semana atracaba en el Puerto de la Luz. A menudo nos veíamos en la playa, donde yo vivía entonces, y solía distraer las horas leyendo en una butaca de mimbre a la puerta de casa. Él venía a media tarde, y cuando yo lo avistaba, me incorporaba a sus largos paseos por la orilla. El saludo era siempre el mismo:

–¡Capitán, atraque!

–¡Profesor, a sus órdenes!

Más que un saludo, era una reivindicación de lo que habíamos sido, de lo que nos sentíamos ser, a pesar de todo... A mí me gustaba que me contara historias de los roncotes y peripecias de alta mar, yo siempre tan proclive a las aventuras más novelescas. Me traía también muchas noticias de su isla. Por aquel entonces nada tenía que ver con el lugar de silencio y soledad que tanto había alabado don Miguel de Unamuno cuando estuvo allí exiliado. Las costas eran un semillero de militares, y un ir y venir de vehículos que provocaban una tremenda tensión en el aire, siempre cálido y ventoso por aquellos lares. En el mar, el movimiento no por oculto pasaba inadvertido: los submarinos alemanes se adivinaban, se vislumbraban, en un trajín constante, y también los aviones, con enseña nacional, pero con pilotos alemanes que confirmaban la farsa de nuestra aparente neutralidad. Me contaba el capitán Rodríguez historias curiosas que entretenían aquellos paseos, y entre ellas me impresionó vivamente la que involucraba a un pastor de la isla con un terrateniente alemán, dueño de inmensos territorios en la isla –uno de tantos amparados por el régimen, y dueño, de hecho, de la península de Jandía–. Este personaje había comprado extensos territorios, que había aislado minuciosamente con una valla de alambradas. Los pastores de cabras que vivían y trabajaban en esas tierras se habían convertido de pronto en siervos de la gleba: no tenían permitido comerciar con el exterior, y sólo él podía comprar, a precios miserables, la leche y los quesos que producían. Uno de ellos, harto ya de su prepotencia, osó salir del territorio para intentar vender fuera su cargamento de quesos, pero el terrateniente lo supo y lo denunció como ladrón. De inmediato la guardia civil lo hizo preso y lo embarcó para que fuera juzgado en la capital... en el barco Guanchinerfe. En el Puerto de La Luz lo esperaba otra pareja de guardias civiles para llevarlo a comisaría. Cuando el barco atracó, muy ceremoniosamente recibió el Capitán a los representantes del orden y les hizo subir la escalerilla del barco en pos de su presa. Pero el pastor había desaparecido. El Capitán interpretó a la perfección la comedia de la búsqueda desconsolada del prófugo: ¿Se habría arrojado al mar en plena travesía? Lo cierto es que lo había dejado desembarcar mientras atracaba, haciéndose pasar por uno de sus marinos y debidamente caracterizado y enseñado para cumplir aquellas tareas que requieren manos expertas. Tiempo después, lo había devuelto a su isla en el mismo barco, y no supo más del pastor, que había decidido dedicarse a su oficio por el norte, lejos de su perseguidor.

Una tarde de viernes, el Capitán apareció más agitado que de costumbre, los ojos le chispeaban con un brillo especial, y me hizo señas de que lo siguiera, debía contarme algo. Siempre que nos juntábamos nos echábamos a andar para conversar a gusto, lejos de la zona y lejos de nuestro vecino alemán, un personaje realmente inquietante.

Al cabo de un rato, me dijo:

–Hoy vas a conocer a alguien que te va a interesar, el teniente Cotterill, de la Royal Air Force. Está en el Hospital Inglés.

En realidad, íbamos en dirección contraria. El Hospital estaba en el otro lado de la playa, pero yo había comprendido perfectamente al Capitán: llegaríamos al final de la avenida y regresaríamos paseando hasta llegar a nuestra meta, como siempre, así no parecería tan directa y premeditada la visita. Mientras, me contaba con detalle quién era el que iba a convertirse en nuestro nuevo amigo y tertuliano. George Cotterill había nacido en la ciudad inglesa de Hastings, y tenía unos veinticinco años. Había tenido una breve experiencia como piloto comercial antes de 1940, año en que tuvo que alistarse. Su talento y sagacidad le habían hecho merecedor de la difícil misión en la que acababa de sucumbir junto con su ayudante, ahora en paradero desconocido, el oficial Charles Eyre. Ambos pilotaban un avión Mosquito de la RAF, con una misión secreta encomendada por los servicios de inteligencia británicos, en el marco de la operación Pilgrim: debían fotografiar toda la costa de las islas y particularmente los castillos y búnkeres, así como las dificultades del terreno, con vistas a una posible invasión inglesa del archipiélago.

Habían despegado del Peñón y habían cumplido ya buena parte de su tarea, pero dos cazas Messerschmitt, procedentes de las bases alemanas en África, y presumiblemente alertados por el terrateniente, los habían derribado, a la altura del muelle de Gran Tarajal. Los pescadores habían logrado rescatar a Cotterill, que tenía los tobillos fracturados, y lo habían entregado a los militares. Del oficial Eyre no quedaba ningún rastro, probablemente moriría ahogado. Cotterill fue trasladado al hospital de campaña en Antigua, pero nadie allí hablaba inglés, así que llamaron al capitán Rodríguez, que vivía muy cerca. Se hicieron amigos, y el piloto pudo pasarle secretamente las fotos para el cónsul británico, de modo que la misión, que parecía frustrada por el ataque, quedó felizmente cumplida por su mediación.

Después, Cotterill fue trasladado por barco al Hospital Inglés de nuestra isla, junto a la playa, para que allí curara sus heridas. El Capitán y yo visitamos al teniente durante las semanas que allí permaneció. Era tímido, cortés y risueño, y agradecía enormemente aquellas tertulias, que eran su único entretenimiento, porque no hablaba nada de español. Yo le prometí que, cuando sanara, lo llevaría a visitar el cementerio inglés, a las afueras de la ciudad. Lo construyó la colonia británica a fines del siglo XIX, ante las dificultades para enterrar a sus muertos en el cementerio católico, del que estaba relativamente cerca. A mí me gustaba ir a visitar ambos camposantos, eran como jardines junto al mar. Sin embargo, no llegué a tener la oportunidad de cumplir mi promesa: un día Cotterill desapareció para siempre sin dejar rastro, nunca supimos qué fue de él.

Las maniobras y operaciones de vigilancia en nuestras islas por parte de ingleses y alemanes durante la Segunda Guerra Mundial eran un secreto a voces: su posición estratégica frente a las bases africanas las convertían en una presa codiciada. Las Hespérides seguían siendo esa fruta apetecida por todos desde la antigüedad. La operación Pilgrim realizaba esos estudios topográficos de las islas para la eventualidad, nada remota, de que Franco o Hitler intentaran tomar Gibraltar: la ocupación del archipiélago habría de ser la respuesta a esa pérdida estratégica. Churchill, al tiempo que aparentaba cierta colaboración con el régimen, a través de créditos que ayudaban en un tiempo de honda pobreza y desabastecimiento, planeaba minuciosamente la invasión, e incluso, según se supo después, había habido conversaciones con don Juan de Borbón para el mando de esa nueva colonia inglesa. Sonaba todo irreal, surreal más bien, pero así era. Habríamos sido británicos, y eso nos habría librado de muchos años de infamia, pero no de estar en el centro de la batalla, de los bombardeos, de la sangre otra vez derramada.

Por lo demás, la vida en la playa había de ser alterada por nuevos infortunios, y el año 42 habría de traernos el episodio más amargo de nuestra vida. Sixto, que como he dicho, arrastraba una pleuresía mal curada y se había alistado como voluntario en el Cuerpo de Ingenieros, cayó enfermo con fiebre muy alta. No pudo presentarse en el cuartel, y de allí enviaron para recogerlo una ambulancia que lo llevó al Hospital Militar, ubicado en el que antes fuera mi centro de trabajo, el instituto de segunda enseñanza, en El Toril, ahora requisado por el Ejército. Allí recibía un trato despiadado: lo obligaban a cuadrarse cuando llegaba el médico militar –a pesar de que no se tenía en pie–, le dejaban el tubo de medicinas abandonado sobre la mesa y también el jarro de leche, y allí quedaba él, olvidado a través de las horas y los días, excepto los ratos en que se nos permitían las visitas. Poco a poco fue perdiendo la razón. Tenía la mirada extraviada, deliraba articulando frases apenas inteligibles, y el brillo febril de sus ojos sólo hablaba del inmenso desamparo de una criatura que caía irremisiblemente en un abismo sin asideros. Había llegado incluso a intentar clavarse un tenedor en la sien, y lloraba silenciosamente todo el tiempo, con un llanto quedo: su rostro apenas acusaba un gesto, no tenía fuerzas ni para moverse, y las lágrimas que iban brotando resbalaban lentamente por su rostro hasta perderse en la almohada. Tiritaba, estaba más delgado que nunca, más frágil que nunca, y su cuerpo, ya todo huesos, se señalaba anguloso bajo los pliegues de las sábanas. Era como un pájaro abandonado en medio de la lluvia, en medio de la noche. Con un hilo de voz musitaba, pedía, suplicaba que lo sacaran de allí, que no quería estar solo, que quería volver a casa, pero no podíamos hacer nada, aquellos bárbaros no nos iban a dejar llevarlo con nosotros bajo ningún concepto.

Hablamos con muchos conocidos rogando ayuda para él, pero todo fue en vano. No obstante, tras muchos intentos logramos al menos que lo trasladaran al sanatorio antituberculoso de El Sabinal, lejos de aquel entorno cuartelero, pero ya su suerte estaba echada. Cada día caminábamos muchos kilómetros para visitarlo, y en cuanto nos veía, volvían a brotar aquellas lágrimas silenciosas, y sus palabras entrecortadas: quería volver a casa, quería que lo besara en los labios, como hice siempre cuando era niño, y yo lo hacía, ante la mirada aterrada de Marzo, que había perdido ya a dos hermanas a causa de la tuberculosis.

Finalmente lo perdimos. Su descenso hacia la muerte fue vertiginoso, y no podré olvidar mientras viva cada minuto de su agonía: cada día lo recuerdo todo de nuevo, lo vuelvo a vivir una vez más, la alegría de tenerlo, el desgarrón terrible de perderlo. El ataúd, inmenso, con mi hijo yerto. Yo lo miraba y lo recordaba en su cuna. Lo volvía a ver en aquella cuna de nuevo, y maldecía al cielo, a la vida, a la muerte, por llevárselo así, por robárnoslo tan pronto, por no llevarme a mí en su lugar. La fecha del 7 de septiembre de 1942 quedó grabada a fuego en nuestra carne para siempre. Porque el dolor que produjo era también así, físico, somático. Yo había llorado tanto esos meses que ya no me quedaba ninguna lágrima que me pudiera aliviar. Sólo aquel vacío, un vacío tan doloroso como si me hubieran sacado las entrañas lentamente, arañándome por dentro con una cuchara quemante... El corazón, los pulmones, el estómago, todo era un gran vacío en llamas. Apenas podía hablar, comer, respirar... Ya ni siquiera era capaz de percibir el hambre que sufríamos, había algo mucho más hondo por encima de ese dolor seco que produce el hambre en todo el cuerpo, y era esa sensación física de que un pedazo de mí era arrancado brutalmente, estaba siendo arrancado, el dolor no daba tregua, no acababa nunca ese desgarrón, porque ese tajo no habría de cicatrizar jamás, dejaba una herida abierta para siempre. Y maldigo cada segundo y cada minuto de mi vida a ese monstruo que nos condenó al hambre y la miseria, y que ha convertido todas nuestras vidas en un infierno insoportable, esta casa, esta isla, esta patria nuestra, en un pozo de dolor sin salida, y me pregunto una y otra vez cuántas pruebas nos quedan por sufrir, cuánto puede resistir un hombre honrado, cuántas vueltas de tuerca puede sobrellevar la dignidad de un ser humano.

Empecé a caer en un abismo sin fondo. Sólo quería beber y olvidar. Bebía con ansia, buscando ese hormigueo en el cerebro, ese punto de desmemoria que por momentos se consigue, y entonces, de pronto, nada parece importar, y nada parece doler, y por unos instantes que parecen eternos, sentía esa fuga necesaria, ese consuelo breve que me daba fuerza para volver a recibir al nuevo día, con sus agujas invisibles. No me interesaba ya la vida, sólo deseaba morir, y ni el amor de Marzo ni el de mis hijos me bastaba, porque no podía con ese puñal clavado en el costado, y no soy un héroe, y ése era el último escalón hacia el vacío. Necesitaba apagar ese dolor, arrancármelo, pero ¿cómo convocar al olvido? No podía, nunca he podido, y ni siquiera cuando el alcohol iba quemando mi garganta hasta alcanzar ese momento en que los sentidos parecen nublarse, ni siquiera entonces, dejaba de verlo, dejo de verlo, de oír su llanto, su voz que me llama otra vez, me pide un beso, papá no te vayas... mi querido Sixto, ya presentías la despedida final, y querías beberte la vida, el amor, en un instante, en aquel beso, en medio de aquellas paredes frías... Y cada día vuelvo a ver su ataúd, su cuerpo inerte cubierto con un ramo de flores, de margaritas, fue todo lo que pudimos conseguir, y el viento las iba deshojando mientras te llevábamos en hombros desde el sanatorio al coche, mi querido niño, como cuando eras pequeño y te llevaba dormido a la cama... Y después al Hospital Militar, y otra vez a hombros en el cementerio hasta ese pequeño espacio que iba a guarecerte, hijo mío, ya no ibas a pasar más hambre, no ibas a sufrir más, yo iría a verte siempre, no te dejaría solo, allí todo era calma, junto al mar, que te rezaría su responso eterno. Y a mí cada día de la vida, cada minuto, me parece aún que vas a volver a entrar por el zaguán, de vuelta de tus partidas de ajedrez, con tus bolsillos llenos de versos, y que vuelves a abrazarme como solías, desde detrás del sillón donde leo, con tu cabeza junto a la mía y tus brazos cruzados sobre mi pecho. Y ahora tengo más miedo que nunca, al dolor, a este dolor implacable, y confieso que soy cobarde, y que he deseado morir una y mil veces. ¿No era a mí a quien debía haberse llevado la Parca, la intrusa? Y confieso también que lo he planeado, he planeado mi muerte muchas veces, la he vivido una y otra vez, y no he tenido el coraje de irme para siempre, porque soy tan solo eso, un cobarde, y ni siquiera cuando puedo emborracharme logro olvidar, ni un instante, y sólo escribir me calma, es mi desahogo, mi medicina y mi bálsamo. Y también retomar mi vieja costumbre de visitar el cementerio, ahora para sentarme en aquellas piedras frente a mi hijo, para volver a conversar contigo, querido Sixto, y que me respondas con el viento de aquellas soledades, como en los viejos tiempos, cuando te escribo versos...

... tú, que fuiste esperanza
y espléndida promesa;
tú que hubieras llegado
a alcanzar las estrellas,
hoy tan sólo eres polvo
al que el aire no aventa,
porque el mármol te guarda
y mi amor te sustenta...

Con el tiempo logré ordenar sus poemas y publicarlos en una pequeña *plaquette*. Ahí estaba él, en esas páginas, de nuevo, junto a nosotros. A partir de ese momento decidimos cambiar de casa, era una necesidad absoluta, los recuerdos nos perseguían, el dolor nos acosaba con su mordida constante. Alquilamos una casa en la cuesta de El Reventón, que tenía un pequeño jardincillo a la entrada, donde inmediatamente se entregó Marzo a plantar un jazminero, y también una parra de uva moscatel. La casa no tenía luz ni agua corriente, usábamos velas y lámparas de carburo y petróleo, y cada mes venían los del ayuntamiento y nos llenaban el bidón con su cuba.

Intentamos así empezar una vida sin él, que lo ocupaba todo, cada resquicio del silencio, de la luz y la oscuridad, de la memoria y del sueño. El tiempo pasaba muy despacio, y cuando me miraba al espejo cada mañana, al afeitarme, ya no reconocía mi rostro, de pronto lo descubría cruzado por innumerables surcos. Además las circunstancias de nuestra alimentación penosa se habían cebado con mi dentadura, de la que apenas quedaban vestigios, y mis ojos miopes se iban hundiendo cada vez más detrás de los gruesos lentes de mis gafas. A Marzo, en cambio, me parecía verla como siempre: la misma piel de seda, la misma dulzura que lo llenaba todo de luz. Sin embargo, desde la pérdida de Sixto padecía de una enfermedad crónica que la obligaba a menudo a guardar cama. Eran fuertes taquicardias, ella contaba que era como una bola que le nacía en el estómago y empujaba hacia arriba, como queriendo salir del pecho, ahogándola.

Dos años después moría mi madre, y con un carro alquilado acudí a la vieja casona familiar para recoger los despojos que mis hermanas me habían dejado allí. Ya he comentado que ni siquiera me hablaban, yo era la oveja negra, el apestado. Pude quedarme con la biblioteca de mi padre, y también con todos los papeles, y algún mueble. Además dejaron para mí, de sus bienes inmobiliarios, una casa con un inquilino que pedía 4.500

pesetas por irse de allí; me sentí estafado por mi propia familia. Hube de pedir prestado para pagarle, y luego venderla. Entonces compramos la casa de El Reventón, pero la deuda adquirida se incrementó hasta desorbitarse completamente, no tenía manera de pagarla, y hubimos de vender la casa un tiempo después. Ya he dicho que nunca las finanzas fueron mi fuerte.

Al año siguiente, el fin de la Segunda Guerra Mundial, con la victoria de los aliados, se vería empañado por ese acto criminal que fueron las bombas de Hiroshima y Nagasaki. La secreta esperanza de que el fin de la guerra supusiera el fin del régimen que sufríamos se vio pronto frustrada: el apoyo de Perón a nuestro sátrapa contrarrestó el boicot diplomático de la ONU. Ese pacto al menos logró que la hambruna se calmara, con la llegada de carne argentina, y las célebres latas de mantequilla La Modelo. Los jóvenes desfilaban ahora por las calles al grito de «Franco Perón, Franco Perón, si ellos tienen uno, nosotros tenemos dos», en un torpe juego de palabras referido a la ONU. Fue también por entonces, por cierto, cuando empezamos a ver en las calles los autobuses de dos pisos que, retirados del servicio en Inglaterra por ser viejos, eran comprados a bajo precio en las islas. No importaba que tuvieran el volante al otro lado, en aquella pequeña cabina que las gentes inmediatamente bautizaron como retrete; nuestro universo era suficientemente surreal como para que aquella presencia encajara en la cotidianidad por muchos años, sin ningún problema, convirtiéndose en un rasgo más de nuestro paisaje urbano. Después, Estados Unidos tomó el relevo a Argentina, apoyando al régimen para oponerse a la URSS, y la guerra fría hizo el resto. La guinda la puso el papa Pío XII, que en 1953 firmó con el generalito el concordato que legitimaba su reinado de tinieblas. Ni pío dijo el tal Pío sobre las víctimas. Ya estaba entrenado en eso de guardar silencio, cuando hizo la vista gorda al genocidio de seis millones de judíos por el nazismo.

Volví a dedicarme regularmente a escribir versos, y con Agus y José María hacíamos colaboraciones poéticas aquí y allá, donde podíamos. Por lo demás, los hijos empezaban a casarse. El primero fue Juan Luis, y le siguió Carmen, tan niña, con sólo dieciséis años; esa boda nos garantizaba que ya no pasaría hambre. Marzo le regaló nuestra alcoba de cedro y caoba, lo único que ya podíamos darle. Eduardo se ganaba la vida con sus dibujos y caricaturas en la prensa, y Manolo con sus exposiciones. Y la vida iba pasando.

Quedaban con nosotros los dos pequeños. La verdad es que sus estudios fueron desordenados: cuando empezaron a tener uso de razón, el caos ya se había impuesto en nuestras vidas. Esa sensación de estar a la deriva, sin rumbo cierto, que me embargaba, sin darme cuenta se había ido extendiendo a toda la familia, y la propia Marzo se dejaba llevar, rendida ante esa realidad implacable. Ya no la regían los horarios de mi trabajo o los del colegio de los muchachos, sólo la luz del día y la oscuridad de la noche imponían un cierto ritmo en nuestras actividades. A quien más afectó esta situación fue, naturalmente, a los dos pequeños. Como he dicho, asistieron al colegio durante algún tiempo, pero todo era demasiado complejo. Finalmente abandonaron, y sólo se dedicaron a la música. Los hermanos mayores les pagaron las clases de piano mientras pudieron, con don Castor Gómez. Y cuando no pudieron continuar, la solución llegó de un modo providencial. Ocurría que la Orquesta Filarmónica y el Coro ensayaban en los bajos de la casa de al lado; nosotros vivíamos de nuevo en la azotea de Siatilla y Antonia. Las clases eran gratuitas, así que allí se inscribieron los dos. Luis empezó a estudiar la viola, con la que fuera de mi padre, y Lolita empezó con el violín. El río de la vida imponía su propio cauce.

El pequeño, que siempre fue tan soñador como travieso, me produjo más de un sobresalto por esos tiempos. Ese mundo de miseria y dificultades que vivíamos era el único que había conocido, y él siempre lo asumió con toda naturalidad, y también con osadía. Tenía una rara habilidad para trapichear y conseguir dinero, se sentía un pequeño Oliver Twist –su héroe favorito–, trabajando y pasando penurias, con la diferencia de que en nuestra vida real no había visos de final feliz por ninguna parte. Pero él vivía en su fantasía. Un día me di cuenta de que las montañas de papeles inservibles que me había traído de la notaría de mi padre iban menguando hasta su casi desaparición, y entonces descubrí que era él quien se los llevaba en sacos, para venderlos en los almacenes de detrás del teatro, junto al muelle. Me gustaba que fuera tan despierto, al menos eso me garantizaba que no se dejaría atropellar fácilmente. En otra ocasión, nos percatamos de que había desaparecido la viola. Él dijo que la había empeñado y había perdido la papeleta. Pero un día me tropecé por la calle a don Bernardo, el secretario de la Filarmónica, y me contó que Luis se la había vendido por 300 pesetas. Me dolió, porque era mucho más que un recuerdo de mi padre; cuando la veía, me parecía verlo a él tocándola, en los tiempos de mi infancia. Pero ya no tenía remedio, y al fin y al cabo, qué más daba. Callé lo que sabía, y Luis pasó a compartir el violín de Lolita. En otra ocasión nos dijo que iba a pasar la noche en casa de un primo, y le dimos permiso. Al día siguiente, nos llamaron de la isla de Tenerife: estaba allí, había embarcado solo en *el correíllo*, como polizón, para ver mundo. Creo que fue la única vez que tuve que pegarle unos buenos azotes.

Otras veces me sorprendía en un sentido positivo, como cuando, con siete años, se puso a improvisar a Mendelsohn con el violín. Tenía un raro talento para la música. Un día se anunció en el teatro un concierto del pianista Julius Katchen, y le pidieron a Luis que le pasara las hojas. Creo que fue una de las vivencias más felices de su infancia, tendría él unos trece años. Después hubo una fiesta, y llegó el jarro de agua fría. La anfitriona dio instrucciones expresas de que no lo dejaran entrar: su chaquetita vieja y tan sobada, heredada de sus hermanos, y aquel jersey gris que se había comprado con los ahorrillos que conseguía, y del que estaba tan orgulloso, no le parecían lo bastante dignos para su casa. Ocurrió algo curioso: Juan Hidalgo lo contó a Katchen, y éste dijo que él, entonces, tampoco entraba. Yo supe todo por terceras personas, él no me contó nada. Sólo recuerdo que cuando volvió por la noche, mohíno, dijo que abandonaba para siempre las clases de violín. Yo siempre había creído que por ser tan niño él había vivido todo de un modo menos dramático que los mayores, pero ahí supe que me equivocaba.

A partir de 1950, ocurrió algo importante para mí. Aunque de modo clandestino, conseguí un empleo dando unas clases en el colegio Labor, de Telde. Es verdad que estaba muy lejos, y me llevaba horas el ir y venir, y también que pagaban muy poco, pero yo estaba exultante. Ya no era un estorbo, un lastre. Tenía un trabajo, una ocupación, un sueldo: podía andar con la frente alta, podía contar lo que hacía, después de tantos años sumido en una especie de vacío. Me entusiasmaba aquel trabajo, y creo que contagiaba a los alumnos con esa energía. Con ellos puse en escena algunas piezas de teatro clásico, y todo era para mí un gran acontecimiento. Le doné a ese colegio lo que me quedaba de la biblioteca de mi padre, al fin y al cabo yo ya había leído y releído todo, y para ellos sería una gran ayuda.

Por esos tiempos mis hijos se ocupaban con la preparación de una nueva revista, *Planas de Poesía*, con la que también colaboré, junto con Plácido Fleitas, Juan Ismael, Felo Monzón y muchos otros. Parecía que de pronto todo empezaba a sonreír, era como si la normalidad regresara poco a poco, aún no sabía que por muy breve tiempo. La confección mensual de *Planas* era fuente de ilusión para todos, como lo fuera una década antes aquella revista artesanal, *Viento y Marea*, de la que ya he hablado. José María había tomado la iniciativa, y con Manolo se aventuró a sacar el primer número, financiándolo con su paga extra de julio del año 49. El problema fundamental para publicarla en lo sucesivo no sería la censura, pues era fácil burlarla: bastaba que los cuadernillos tuvieran una extensión menor de treinta y dos páginas, y entonces sólo habían de pasar los controles locales, mucho menos estrictos. Pero sí era un problema, y grande, costear los gastos de imprenta, a pesar de que íbamos ganando suscriptores: a partir del número 9, la contribución económica de Rafael Roca sería providencial, y la revista seguiría publicándose ya fluidamente cada mes, para alborozo de todos. Ese número 9, además, incluía algo muy especial: un poema inédito de Lorca, titulado «Crucifixión». Con su habitual prodigalidad y descuido, Lorca se lo había dado para su lectura a su amigo Miguel Benítez, musicólogo isleño y también amigo nuestro. Cuando, en vísperas de la guerra, se lo pidió para incluirlo en *Poeta en Nueva York*, Miguel no pudo buscarlo de inmediato por tenerlo en su casa de Barcelona. Luego llegó el golpe militar, y el asesinato del poeta, y ahí quedó muchos años el manuscrito, que le quemaba en las manos a Miguel, ansioso de que saliera a la luz de una vez. Ya antes habíamos publicado un inédito de Alonso Quesada, *Smoking-room*, y tuvimos proyectado un número dedicado a Espinosa, pero la colección quedó truncada por una nueva intervención policial, como en breve contaré.

También por ese tiempo, mi absoluta inutilidad para asuntos económicos me llevó a un nuevo descalabro, del que ya comenté algo. No podía pagar la deuda que gravaba la casa de El Reventón, que se había incrementado por los gastos médicos de mis hijos en aquellos años, así que tuve que venderla para pagar al usurero que me había hecho el préstamo. Con la diferencia nos construimos una casita en Hoya de la Capa, en la trasera de Monte Coello. El terreno era muy barato, aunque la construcción de la casa sobrepasaría con mucho el presupuesto inicial. Pronto hubimos también de venderla, y quedamos ya para siempre a la deriva, sin techo, acogidos en casas ajenas. Pero antes, esa casa hubo de ser testigo de otro episodio de nuestro vía crucis.

Ocurrió muy de noche, una madrugada del mes de octubre de 1951. Nos despertamos con gran sobresalto al oír golpes y gritos muy fuertes en la puerta de la calle. Nos precipitamos a vestirnos cuando sonó una patada brusca en la puerta de nuestra alcoba y ya irrumpían en tromba tres policías armados. Yo me apresuré a cubrir con la manta a Marzo, a medio vestir aún, mientras veía cómo otros policías entraban en los cuartos donde dormían nuestros hijos. Estábamos todos sobrecogidos, y observábamos con un angustiado silencio, mientras ellos volcaban las mesas y las estanterías y revolvían entre los libros dando voces. Preguntaban una y otra vez por la linotipia con la que supuestamente hacíamos lo que ellos llamaban «propaganda subversiva», y claro, no encontraron nada semejante. Tenían orden de arresto contra José María, y se lo llevaron esposado y a empujones; al salir, vimos que la casa estaba rodeada de agentes armados, y que con ellos estaba Agus, también esposado. Lo habían detenido antes en su casa, en el Puerto de La Luz.

Esa noche, por supuesto, ya no pudimos volver a dormirnos. La rabia, el miedo y la incertidumbre volvían a envolvernos, a paralizarnos con sus zarpas invisibles. Sólo Marzo reaccionó en esa niebla de estupor y de angustia:

–En marcha todos, que hay mucho que hacer. Los muebles a su sitio, y todos los libros y papeles que nos puedan traer problemas hay que echarlos aquí dentro, que los voy a hacer desaparecer cuanto antes –mientras hablaba, ya iba guardando en un saco, rápidamente, todas las revistas que encontraba, y también los papeles que estaban sembrados por todas partes, y los libros de difícil hallazgo que habíamos atesorado con ilusión durante esos años. La verdad es que se nos hacían ya muy lejanos los tiempos de los primeros registros policiales, y nos había parecido imposible que volviera a ocurrir algo parecido a eso que acabábamos de vivir. Al fin y al cabo, nuestra única actividad pública era aquella revista, y tenía los permisos requeridos por la oficialidad. No entendíamos aquella actuación tan desmesurada. Con los años sí que nos enteraríamos de lo que había ocurrido, pero decidimos no contarlo. Ya teníamos bastante.

Marzo continuaba deambulando por la casa, buscando más papeles comprometidos, hasta que dio con la maleta de Papá Tin, que estaba sobre el armario de nuestra alcoba.

–Por encima de mi cadáver –le dije muy severo–. Eso no va al saco de ninguna de las maneras.

Ella sonrió, y continuó su tarea, a la que ayudábamos de mala gana. Al fondo del saco fueron a parar libros de Machado, de Lorca, de Miguel Hernández... Todo era como una pesadilla recurrente, porque eso ya lo habíamos vivido, en aquel julio del 36, cuando ya habíamos sufrido los grotescos registros de aquellos analfabetos que miraban los libros al revés porque ni siquiera sabían leer... Por entonces habíamos destruido todos los libros que sabíamos que nos podían comprometer... Bueno, casi todos. Decidimos conservar un ejemplar que teníamos de la revista *La Pluma*, de Azaña, donde se publicaba una pieza teatral de mi padre y Papá Luis, y también la colección, encuadernada en piel en un gran volumen, de la revista *Fray Lazo*, correspondiente al año 1931. Su subtítulo, «semanario anticlerical cortésmente desvergonzado», daba cuenta de sus contenidos. Estaba plagado de caricaturas simpatiquísimas que a todos nos gustaban, y no estábamos dispuestos a perderlo. Los habíamos envuelto cuidadosamente, y los habíamos escondido bajo una de las tablas de la escalera que iba a la azotea. Esa noche de 1951, en cambio, Marzo no admitió ninguna excepción: *Fray Lazo* se fue también al saco, a pesar de todas nuestras protestas. Antes de que saliera el sol, la ayudamos a cavar un gran hoyo en la parte trasera de la casa, junto al cobertizo donde Luis tenía sus palomas mensajeras, y allí quedó todo enterrado.

Fueron muchos los días de angustia hasta que José María y Agus salieron del primer encierro en comisaría y fueron trasladados a la prisión de Barranco Seco. Los acusaban de atentar contra la seguridad nacional, ¡nada menos!, y les aplicaron la Ley de Enjuiciamiento Criminal, con el consiguiente proceso militar, algo totalmente desproporcionado. Después, el caso pasó a la jurisdicción civil. Lo cierto es que finalmente no pudieron encontrar pruebas para retenerlos, y acabaron decretando para ellos libertad provisional –y vigilada– bajo fianza de diez mil pesetas por cada uno, una verdadera fortuna que costó lo indecible conseguir. Además, estaban condenados a personarse en comisaría cada quince días, y por supuesto, a no volver a publicar nada.

Cuando José María regresó a casa, estaba totalmente alterado, padecía un insomnio feroz y no paraba de fumar de día y de noche. Creo que de entonces le viene ese estado depresivo que nunca ha podido superar. Hablaba obsesivamente de aquellos días que había permanecido encerrado en una mazmorra maloliente bajo el mar, sin ventanas ni ventilación, con la luz eléctrica siempre encendida. Lo despertaban cada vez que caía dormido, y lo sometían a constantes interrogatorios y palizas y acercándole a los ojos cigarrillos encendidos para intimarle a que hablara, o metiéndole la cabeza en un cubo de zinc hasta que la sensación de asfixia llegaba al límite:

–¿Dónde está la linotipia, maldito hijo de puta? ¡Escupe! ¿Quiénes son tus amigos de Moscú? ¡Venga, habla! ¿Quiénes son tus contactos en el extranjero? ¿Dónde está la dichosa máquina? ¡Danos nombres! ¡Habla, cabrón, o de aquí no sales vivo!

Los gritos y los golpes arreciaban, pero no tenían nada que hacer, la única realidad es que estaban ante un puñado de jóvenes bastante quijotescos que habían editado por su cuenta una revista de poesía. Simplemente eso. Y acabaron soltándolos a todos. Mientras, en esos meses, se había extendido el pánico, la gente quemaba los ejemplares de *Planas de Poesía*. Todo era miedo, miedo, miedo. Y volvía aquel silencio como una cadena alrededor de nosotros, atenazando, amordazando. Los policías de paisano que nos vigilaban se convirtieron pronto en parte de nuestro paisaje familiar, siempre apostados muy cerca, siguiéndonos a todas partes. Pero nada de eso impidió que una de aquellas noches de insomnio, después de su regreso, José María –que no dejó de escribir, aunque ahora firmaba con seudónimo: Juan Martín *el Empecinado*– reptara por el jardín y rescatara secretamente –sólo yo lo sabría–, con rabia y con orgullo, como un trofeo de guerra, como un consuelo necesario, aquel volumen de *Fray Lazo* que tanto tiempo nos había acompañado.

9

En el café de Ruiz

Estamos ya a fines de enero, y se acerca la cita mensual de la tertulia que, ahora mismo, me está resultando de tanta ayuda para el
avance de los dos proyectos que tengo entre manos. Es como si, al
poner todas esas historias y personajes sobre la mesa, se ilumina-
ran, se hicieran más nítidos, y también como si al compartirlos me
descargaran de la tensión que estaba acumulando. Cuando me los
propuse, no pensé que me fueran a resultar tan dolorosos, y no
tanto por su complejidad intrínseca, sino por el modo en que yo,
sin poderlo remediar, me estaba implicando. Porque ya cada minuto del día, y también de mi sueños, o de mis pesadillas, estaba
tejido con esas historias que parecían llamarme a cada paso, incluso parecían sus protagonistas dialogar entre ellos, con total au-
tonomía, ajenos a mí, a la necesidad de dejar la mente en blanco,
de descansar, mientras ellos me arrastraban a escucharlos. Me asal-

taban cuando tomaba el metro, cuando conversaba por teléfono, cuando escuchaba las noticias, y ellos, los personajes, me llamaban, me hacían preguntas, me llevaban a preguntarme yo misma muchas cosas, y me hube de acostumbrar a llevar siempre papel y lápiz muy a mano para anotar cada pregunta, cada interrogante, cada posibilidad, cada clave. Mis amigos, en cambio, lo tomaban todo como un tema más que amenizaba la sobremesa de nuestros encuentros, y su mirada, desde fuera, me ayudaba a tomar un poco de distancia también a mí, de manera que me daba energía para volver sobre mis páginas y seguir avanzando.

Ese viernes, como cada día, al salir de trabajar había tomado el metro en Alameda de Osuna, y había ocupado un asiento individual, de esos que van en solitario y en paralelo a las paredes del vagón, y que te aíslan de algún modo del resto de los pasajeros, de ese ruido visual que distrae el pensamiento en marcha. Esa es la única ventaja de trabajar tan lejos, allí donde termina la ciudad y acaba la red de metro: siempre tienes asiento en el vagón, porque estás en la última estación, y en la primera. Desde ahí comienza mi regreso cotidiano por las tripas de la ciudad, mientras desfilan ante mis ojos los nombres de cada parada: El Capricho –ese parque dieciochesco donde a veces me gusta perderme–, Ciudad Lineal, Pueblo Nuevo… tantos lugares otrora lejanos que la gran ciudad se ha ido tragando, derramándose sobre ellos como una gran mancha de aceite, lenta pero insaciable. Me había bajado en Callao –una parada antes que la de mi casa, en Ópera–, para luego seguir caminando hasta la taberna de siempre: primero por la calle del Carmen, y luego por la Carrera de San Jerónimo a la calle del Príncipe, hasta donde viene a desembocar el callejón donde se encuentra nuestra taberna. A la altura de la Puerta del Sol, me detuve ante un extenso grafiti escrito con pintura blanca que cruzaba el asfalto, de acera a acera, como un paso de cebra singular o un puente imaginario. Decía, con una cuidada caligrafía: «El olvido es una forma de libertad». Me dejó muy pensativa, y se me quedó la frase rondando por la cabeza. Nos obsesionamos con el derecho a la memoria, pero ¿y el derecho al olvido? El peso de los recuerdos puede hacerse insoportable, angustioso, y el olvido, como acto libre, puede a veces ser una necesidad visceral.

Cuando estuvimos ya todos, y los aperitivos se iban terminando, los camareros de siempre, con su sonrisa cómplice, sin preguntas tediosas sobre el menú, trajeron los platos de siempre, y después los cafés y copas de siempre. Dulce rutina aquélla, mientras en los alrededores crecía la algarabía de cada viernes, el ir y venir cada vez más tumultuoso que anunciaba el descanso semanal. Las horas transcurrían casi sin darnos cuenta, también como siempre, y cuando salimos a pasear ya lucía en el cielo una luna inmensa, casi llena, en ese cielo sin estrellas que brinda la noche madrileña. Me empeñé en que nos acercáramos hasta Sol para ver el grafiti, y allí seguía, con esa grafía cuidada que no parecía propia de una pintada callejera sino de un cuaderno escolar: «El olvido es una forma de libertad». Habíamos discutido bastante sobre esto en la sobremesa de ese viernes y estábamos divididos, dos contra dos, en la defensa o cuestionamiento de esa idea que había llegado así, de pronto, y que se podía entender de tantas maneras distintas.

–Huir del pasado, eso es el olvido del que habla vuestro grafiti, y esa actitud sólo es propia de los delincuentes que tienen algo que ocultar –Lluís era el más enfático en torno al tema.

–No, un momento. ¿Qué ocurre si no puedes soportar el peso de ese pasado y si eres víctima y no culpable de lo ocurrido? –yo seguía dominada por los sentimientos encontrados que me despertaban los personajes que ahora protagonizaban mi vida.

–Eso es verdad, Lluís, no seas estricto. En la vida tiene que haber de todo –añadía Menchu.

–Sí, de todo, pero depende del modo de verlo. La idea es muy peligrosa. Defender el olvido, justificarlo, legitimaría muchos desmanes del pasado, o los cubriría con una cortina de humo –Javier era el más contrario a la idea–. No me gusta nada esa frasecita, cambiemos ya de tema. Y ya que nos hemos alejado de nuestro café, propongo que tomemos la copa hoy en otro sitio, hace mucho que no vamos al café de Ruiz, y ya me apetece.

Todos aprobamos la idea, la noche estaba bonita y había que guarecerla: así decían antes los viejos, y me gustaba esa idea, la de arropar a la noche recién nacida. Echamos a andar, y mientras hablábamos, el humo de nuestros cigarrillos se confundía con el vaho que despedíamos por el frío. El café no estaba demasiado lejos, y a esas horas de la madrugada la zona estaba atestada de gente que avanzaba como una riada, marcando el ritmo del paseo. Desde Callao, subimos la Corredera de San Pablo hasta Espíritu Santo, y desde allí callejeamos hasta nuestro destino, ese café de los de antes, es decir, no de estilo *vintage* o *retro*, sino de verdad viejo, con la atmósfera romántica de ese Madrid que aún subsiste, pese a todo, en algunos rincones escogidos. Las rutas entre los cafés antiguos de la ciudad son una de las especialidades de Lluís, que suele frecuentarlos en sus recitales, y es un experto en la materia. Siempre nos descubría rincones singulares, simpáticos o extravagantes, cuando acudíamos a escuchar sus lecturas poéticas.

Como cada noche, el café de Ruiz estaba iluminado por la luz de las velas, y la música de *jazz* nos recibía cálidamente con su susurro, casi como en un abrazo. Todo allí ofrecía una sutileza que serenaba los ánimos, y resultaba casi irreal abandonar en una fracción de segundo el tumulto de la gran ciudad, y dar un salto en el tiempo hacia atrás, hacia un mundo sin máquinas, ni plásticos, ni velocidades. Allí todo era madera, forja, mármol y cristal, y hasta la máquina registradora era de manivela, una preciosa joya de otra época. Los espejos, inmensos, parecían habitados por figuras fantasmagóricas que no eran más que los retratos antiguos colgados de las paredes, mezclados con los propios clientes del café, que parecían flotar en aquella bruma dorada, alimentada no sólo por la luz de las velas sino también por el color amarillo indio de las paredes. Esa noche, como de costumbre, había mucha gente, y sólo quedaba libre una mesita al fondo, en la curva de esa especie de U con dos entradas que es el establecimiento, junto a una vieja cocina de hierro. Nos instalamos, y mientras pedíamos una botella de vino tinto y cuatro copas, se libró una de las mesas grandes con cómodos bancos de respaldos mullidos, así que allí nos mudamos inmediatamente.

–Ya tenemos todo lo necesario para pasar la mejor velada posible –dijo Javier con una sonrisa feliz.

–Y un clima funerario perfecto para seguir hablando de los huesitos de nuestra ilustre colega –atajó Menchu divertida, mirándome.

–Mis huesos andan descoyuntados, por el exceso de horas frente al ordenador, muchas gracias por preocuparte.

–Me refiero a tus *huesos ilustres*.

–Ya lo sé, ya me había dado cuenta –repuse un tanto desganada–. Pero no tengo mucho que contar hoy. Cada día me cuesta más avanzar con las biografías, estoy atascada. Son historias que duelen.

–La de Sulis me impresionó mucho –contestó Menchu para darme pie y tirarme de la lengua–. ¿De verdad que existió ese hombre? ¿No será una fantasía, una leyenda? Su historia se parece a veces a la de *El conde de Montecristo*: encarcelado sin piedad por una falsa acusación de traición al rey, y tantos años de prisión inhumana, la fuga rocambolesca, la obsesión por la venganza… Me encantó la novela, y también la película. Y cuando el guardia le dice que de esa torre sólo se sale muerto, la situación es la misma que en la novela de Dumas, cuando a Dantès le dicen algo así, y esa frase le da la idea de ponerse en el lugar del cadáver amortajado de otro prisionero, el abate Faria; entonces esconde al muerto y se cuela en el saco que van a llevar al cementerio. Es una escena inolvidable, cuando lo arrojan desde lo alto del acantilado y él lanza un aullido al sentirse caer y sumergirse en las aguas gélidas del mar. Y qué me decís de su hábito de disfrazarse…

–Un momento, Sulis murió mucho antes de que se publicara la novela de Dumas, así que es absolutamente imposible que recibiera ningún tipo de influencia suya al escribir sus memorias –repuse.

–A lo mejor ocurrió lo contrario –terció Lluís–. O sea, que la historia de Sulis influyera en la novela. Acuérdate de que los personajes de Dumas pululan entre mercaderes y contrabandistas por las islas del Mediterráneo, y tienen contactos con corsos y con sardos. Seguro que la historia de Sulis estaba en el aire, tenía que ser una verdadera leyenda en su tiempo. Aunque no estuviera escrita en ningún libro. Un hombre tan carismático, que sobrevive más de veinte años encerrado en una torre, y que logra escapar varias veces, ante el estupor y la maravilla de toda esa gente que lo venera, y que ya lo considera un ser casi sobrenatural y casi inmortal…

–La historia de Sulis tenía que ser leyenda viva, y también muchas otras – Javier jugaba con la copa observando los destellos del vino frente a la llama de la vela–. Sin duda hubo un montón de historias parecidas en esa época de tanto vaivén y de tanta incertidumbre. De hecho parece que *El conde de Montecristo* sí está basado en un personaje real.

–Bueno, pero ya sabéis que esa novela de Dumas existe gracias a un historiador y *negro*, como yo. Es decir, un ayudante, en la sombra, que le hacía el trabajo duro de la investigación y que le escribía las historias. Claro que luego Dumas les daba el toque maestro, él era el gran mago de las palabras, con ese estilo apasionado y adictivo que no te deja respiro. Era una verdadera simbiosis –la voz de Lluís tenía una sonoridad especial, era grave y templada, y al tiempo natural, como la de un actor profesional, imagino que el entrenamiento en las lecturas poéticas contribuía a ese efecto.

–Nunca entenderé por qué te prestas a semejante abuso en la editorial – siempre le había insistido sobre lo mismo.

–No es abuso. Trabajar de *negro* es divertido, y es legal. Además no es lo que parece. Me pagan bien por investigar y recrear atmósferas, por hacer trabajo de hemeroteca. Por ejemplo, un autor me indica una época y una ciudad, y yo debo buscar todo lo que pueda hacer trasladar al lector a ese momento y lugar con veracidad. También colaboro con guionistas de cine para lo mismo. Y disfruto mucho con esas tareas detectivescas. Bueno, a veces también tengo que hacer informes y otras cosillas aburridas, pero gano bastante para vivir y eso me da libertad para luego hacer lo que me gusta: escribir mis poemas.

–¿A qué otras cosillas te refieres? –pregunté intrigada.

–Oh, el mundo subterráneo de una editorial es algo inimaginable para la mayoría de la gente. Los libros de calidad no son muy rentables, lo que realmente da ganancias que permiten seguir adelante son los superventas de los quioscos, que nadie nombra ni publicita. Las novelas rosa, las novelas eróticas, las novelas policíacas…

–¿Escribes esas novelas? –exclamé muy sorprendida.

–No, qué va. Pero me toca corregir el estilo. Suelen ser traducciones de obras extranjeras, o piezas escritas en Latinoamérica, plagadas de localismos, y tengo que adaptarlas al lector de aquí. Son novelas con mucha intriga y mucho sexo normalmente, eso se vende muy bien. Qué se le va a hacer, así son las cosas.

–Bueno, no nos desviemos –apuntó Menchu–. Volviendo a nuestro personaje, en todo caso hay algo que no me cuadra, y es que con esa historia formidable, la vida de Sulis esté sumida en el más absoluto olvido. No tiene ningún sentido ese olvido, si es que era un héroe. Y si era un traidor, igualmente, no sé por qué hoy es un desconocido.

–Como tantos, Menchu. Estaba estigmatizado como traidor, además era masón, ya lo has visto –aclaró Javier con condescendencia–. Y como tal, marginado, lo cual se une a la propia tendencia de esa organización al ocultamiento, al secreto. Mira, sobre este tema puedes escribir tu próximo libro, Julia. Tienes un montón de personajes interesantes ahí, desde Mozart hasta Louis Armstrong.

–No, gracias. Ya tengo bastante con lo mío. Aún no he terminado el capítulo dedicado al poeta Nerval, y ando atrapada con la semblanza de Paul Klee, son borradores que no acabo de perfilar. Todo ello sin considerar lo que me queda por resolver de la biografía de Juan.

–Ésa es la que más me gusta a mí –apostilló Menchu–, me recuerda a las historias de mis padres y de mis abuelos, la siento muy cercana. Creo que toda nuestra generación guarda historias como ésa en su memoria.

–Pues a mí me llamó la atención todo lo que rodea a la operación Pilgrim, porque en Baleares también ocurrieron cosas curiosas

–la atajó Lluís–. Poca gente sabe que, durante la guerra civil, Mallorca fue italiana durante unos meses: Mussolini envió multitud de soldados, supuestamente en apoyo del caudillo, pero en realidad buscaba apropiarse de las islas e incluso de Cataluña, es un secreto a voces allí. Todos lo saben, pero no es una verdad oficial. Ocurrió muy al principio de la guerra.

–Baleares y Cataluña, casi nada. Mira qué listo el tipo –contestó Menchu irónica–. O sea, que unas islas habrían sido inglesas y otras italianas... Por cierto, tengo preguntas en torno a esas páginas de Juan. Al menos dos. Una: no entiendo qué son esos *piratas* que llevan gente. Y otra: qué secreto guardaban Juan y Marzo sobre la actuación policial contra la revista de poesía. ¿Qué podían saber? ¿Lo has descubierto? Estoy intrigada.

–Bien, contesto a las dos preguntas si a cambio me ayudáis con los borradores de Nerval y Klee.

–Hecho… Adelante… ¡Venga! –los tres asintieron a una.

–Los *piratas* modernos, en la isla, no tienen nada que ver con los que cruzaban los mares en busca de un botín. Se llamaba así a los coches privados de algunos pícaros que iban recogiendo a los viajeros en las paradas de los coches de hora. Hacían el viaje por un módico precio y les birlaban el pasaje a las líneas regulares. Así que eran como contrabandistas. Luego, no sé si se hizo oficial esa piratería terrestre, o si la línea oficial le robó el nombre en justa correspondencia, pero los microbuses que hacían esos recorridos se llamaron *piratas*. Aunque ya no existe ninguno, los han sustituido por autobuses enormes.

–¿Y lo segundo? –ya he comentado que nuestra Menchu es terca y no se rinde nunca.

–Esa historia no necesito investigarla, es algo que conozco. Pero no sabría cómo contarla, es tan enrevesada y tan inverosímil que nadie la creería. Es más bien un secreto de familia.

–No des más rodeos, has asegurado que lo contarías. Ya veremos nosotros si es inverosímil –insistió.

–Bien, tú lo has querido. El asunto es el siguiente. Poco antes de morir Marzo, a principios de los ochenta, un día recibió la visita de José María. Ella estaba ya muy enferma, la habían operado del corazón y apenas se podía levantar de la cama, estaba delgadita como un pajarillo, aunque siempre con la cabeza lúcida. Sabía que le quedaba poco tiempo, y decidió contar, así, con la distancia de tres décadas, lo que sabía de aquel episodio tan oscuro, tan enigmático. Porque es cierto que aquel grupo de románticos sabía que jugaba con fuego al publicar a poetas y pintores prohibidos en su revista, pero eran cuadernillos muy breves y de escasa difusión, y que no trataban de política ni conocía casi nadie. No se entendía por qué habían provocado la visita específica de la Brigada Político-Social, ¡nada menos!, y se les había sometido a un proceso tan extremado. Y sobre todo, cómo es que se había encerrado sólo a José María en aquel calabozo inmundo bajo el mar, cómo se le había torturado y castigado a él más que a ninguno. Marzo y Juan sí lo supieron, a través de informaciones que venían de Sevilla, un tiempo después, pero acordaron no decir nada.

–¿Y? –Menchu se impacientaba.

–Bueno, pues esas informaciones secretas alumbraban todo lo que había ocurrido entre bastidores, y el puzle encaja después a la perfección. La joven millonaria, de educación exquisita, y huérfana de padre y madre –a los que nunca conoció–, que por aquel tiempo andaba *moceando* con José María, y que se casaría con él, hubo de descubrir en su pasado una tortuosa historia. Su padre adoptivo regentaba su herencia, que incluía joyas valiosísimas, y bienes inmobiliarios en Sevilla, Madrid y Londres. Y no quería por nada del mundo que todo eso cayera en manos de aquellos jóvenes revoltosos y enemigos del régimen. Así que cuando ella le contó ilusionada que se había enamorado de un poeta pobre y sin recursos con el que se quería casar, y que andaban con el proyecto de la revista, los denunció a todos, en especial al que había de arrebatarle la herencia. Y de inmediato se puso en marcha la maquinaria represiva.

–Sí que es turbio. Pero me parece extremado ese secretismo... –ahora era Javier quien intervenía.

–Es una historia de mucho interés, yo creo que sí deberías incluirla en la biografía –le interrumpió Lluís.

–Bueno, aún no lo he contado todo. En realidad, la razón de ese secretismo está en la identidad de esos padres biológicos desaparecidos.

–¿Pero lo vas a contar de una vez? –Menchu empezaba a enfadarse.

–Que sí, ya va. La madre parece que era una dama andaluza. Y el padre, pues... ese libertino que en 1931 tuvo que abandonar el trono de España, y que dejó detrás unos cuantos hijos bastardos.

Eso sí: es fama que se ocupaba de dejar a cada uno su buena dote.

–¿Quieres decir…?

–Sí, claro. El mismo rey. La niña nació en 1928, pero su partida de bautismo no existe, ni el registro de su nacimiento. Las huellas fueron borradas minuciosamente, no hay manera de saber nada de nada.

–Un momento, pero la amante oficial de Alfonso XIII en ese tiempo era la actriz Carmen Moragas, eso es algo muy sabido, y tuvieron dos hijos además –añadió Menchu.

–¿Y?

–Ya… ¿Y qué dijo José María cuando Marzo le hizo la revelación? – preguntó con los ojos muy abiertos.

–¿Qué iba a decir? ¡Que era lo único que le faltaba! –todos reímos con ganas, y añadí: –Cuando me lo contó, con todos los pormenores, me quedé bastante desconcertada, y le pregunté si quería que lo escribiera en la biografía. Me miró un momento, como si estuviera aún procesando la información que me acababa de revelar, y respondió: «No, hombre, no. Ya tenemos bastante. Imagínate lo que significa para mí saber que mis hijos tienen sangre de ese tipejo en las venas». También me dijo que lo que más le fastidiaba era el modo como su mujer había sido despojada de casi todos sus bienes, porque ellos pasaron mucha miseria después, y tenían un montón de hijos.

–Bueno, qué historia, es verdad que ahora las piezas del puzle encajan a la perfección. Muy bien, ha llegado el momento de que cambiemos de tema y pasemos a tus personajes –concluyó Javier.

–Un momento, un momento –lo interrumpió Lluís–. Antes quiero terminar de comentar la historia de Juan.

Nos servimos la segunda ronda, que dejó las copas a medias, y pedimos otra botella. Lluís continuó:

–Al leer el nombre de ese fugitivo que recuerda Juan, *Corredera*, caí en la cuenta de quién era. El abogado que lo defendió fue el mismo que se ocupó de otro caso que conozco. Es una historia curiosa que me contó el poeta Rodríguez Fer. Tiene que ver con José Ángel Valente, que publicó un cuento sobre un anarquista condenado a muerte por haberse mofado del uniforme de un general. El cuento dio lugar a orden de busca y captura para Valente, que estaba en Ginebra y tuvo que quedarse allí unos años sin poder volver. También hubo un Consejo de Guerra para los responsables de la colección, acusados de injurias a una «clase determinada del Ejército». Es decir, a los generales. Es decir, al caudillo, que jamás perdonaba. Lo recuerdo muy bien, porque ese abogado comentó que nada se podía esperar de un Consejo de Guerra, que ya lo había experimentado en el caso de *Corredera*. Ese nombre se me quedó grabado, porque su historia me recuerda a la del anarquista catalán Salvador Puig Antich, aunque ocurrió unos veinte años antes.

–La historia se repite. No se había avanzado nada –respondí.

–Dicho lo cual, llega la pregunta: ¿Cuándo podremos seguir leyendo la historia de Juan? Nos tienes en ascuas.

–Este fin de semana os mando la última parte de las memorias. Prometido. Pero antes tengo que acabar de teclearla. Y ahora vamos con mis *huesos ilustres*. El caso es que ahora estoy en la tercera parte del libro, donde el vínculo entre arte y violencia está enfocado a través de la melancolía, la locura, la tentación por lo abisal, por el trasmundo, y en muchas ocasiones, el suicidio.

–¡El suicidio lo legalizó Leopardi! –saltó Lluís–. Decía que si es lícito vivir contra natura en este mundo infame, también es lícito morir contra natura.

–¿Y además de Nerval y Klee, a quién has elegido? –Javier me miraba atento tras los cristales de sus gruesas gafas, con la gravedad que imponía ahora el tema.

–Aún no sé. En total el libro debe incluir doce biografías, así que en realidad aún no he llegado a la mitad.

–A mí no me queda claro a dónde quieres llegar con esos relatos, de verdad –Menchu era escéptica, no sin razón.

–Pues no pretendo nada –respondí–. O tal vez sí: explicarme cosas a mí misma. Sólo es una invitación a la reflexión, a detenerse sobre ciertas realidades, a preguntarse los porqués. Eso es al fin y al cabo la Historia: la vieja maestra Clío.

–A mí sí que me están haciendo pensar estos personajes, mucho –comentó Javier–. Por supuesto, el arte va unido a la inteligencia y a la libertad, y siempre se ha visto como un peligro para el statu quo. Pero me llama la atención cómo esa violencia es mayor desde los tiempos del romanticismo, como si la crisis religiosa, es decir la pérdida del consuelo religioso… quiero decir la muerte de la idea de Dios en Occidente… hubiera desatado una extrema turbulencia en esas personalidades ya en sí frágiles, inestables, abismadas, hiperestésicas.

–Todo eso unido a la conmoción de las guerras. Fijaos cuántos casos de suicidio. Como el de la poeta Marina Tsvietáieva, que se ahorcó después de una vida tan desgarrada por la miseria y la muerte. O Paul Celan, que mucho después de sobrevivir a un campo nazi, se arrojó al Sena desde el puente de Mirabeau –yo iba adelantando nombres de personajes que había ido seleccionando.

–Recuerdo de memoria los versos que Celan dejó subrayados al morir. Son de un poeta demente que supongo que tienes en tu *casting* –llegado a este punto me miró de reojo, y yo le puse cara de malas pulgas–. ¡Bueno, no te pongas así, caramba, que es broma! Quiero decir que son de Hölderlin: otra vez la locura y la muerte. Dicen: «A veces el genio se oscurece y se hunde en lo más amargo de su corazón». Es tremendo. «Se oscurece y se hunde en lo más amargo de su corazón»– repitió abstraído Lluís con la mirada perdida–. Es como un viaje hacia el interior, hacia el alma y hacia la tierra, hacia el futuro y hacia el origen al mismo tiempo, un viaje vertical, espiritual, hacia arriba, y también infernal, hacia abajo.

–Bueno, eso de la muerte de Dios es un topicazo que ya está viejo, pero ¿qué me decís de la muerte del arte? Es decir, ¿va a durar, está moribundo? ¿Y podremos vivir sin arte?... –cortó Menchu.

–Lo que a mí me llama la atención es esa permanente convivencia del artista con la muerte, con el vacío, con el abismo. Esa exploración en lo invisible, en lo desconocido –insistí.

–Bueno, la muerte es el silencio, lo contrario a la palabra, que es la vida. Y no hay palabra sin silencio, como no hay música sin silencio, o no hay volumen sin el vacío, es como el otro lado, lo oscuro, una presencia constante –seguía Javier absorto, como hablando consigo mismo.

–A mí siempre me ha llamado la atención que Durero dibujara a Melancolía como un ángel, como una mujer con alas –respondió Lluís–. Piensa en esa idea, tal vez te sea útil, no sé cómo. Pero esa melancolía, es decir ese dolor íntimo e intenso, es la antesala del abismo. Y las alas, ¿por qué?

–Pues a mí me siguen viniendo a la mente artistas para tu libro –Javier seguía meditabundo–. Como el poeta Trakl, que se hundió en un pozo de drogas y alcohol. No pudo superar la participación en la guerra, y una sobredosis de cocaína lo liberó de ese sufrimiento insoportable. Y también el pintor ruso Rothko, que se abrió las venas en su taller de Nueva York. O Antonin Artaud, que escapó de la enfermedad y de los encierros en el manicomio con una sobredosis de barbitúricos.

–¡Estamos descubriendo que el arte es una profesión peligrosísima! –exclamó Menchu.

–Sí, sobre todo la escritura y la pintura, eso también da que pensar –insistió Lluís–. En todo caso, eso de que la cocaína lo liberó es importante.

Quiero decir, la idea de libertad. De liberación. El suicidio como acto supremo de rebeldía prometeica. Un creador es un dios, y además de crear puede destruir, son dos caras de la misma moneda…

–Sí, y además… no sé cómo decirlo… pero está por encima del bien o el mal, de la vida y la muerte. La creación ocurre a tumba abierta –apostillé–. A mí me conmueve eso que dice Van Gogh sobre Rembrandt: que parecía, según él, que pintaba como si hubiera muerto varias veces, o algo así. ¿No es extraordinario? La historia de Nerval entra tal vez en esa vertiente. Aunque sólo tengo un primer borrador.

–¿Por qué no nos lo lees? –nuestro viejo profesor, en un gesto mecánico habitual, se acomodaba las gafas como si fuera a escuchar con ellas…

–Que la lea Lluís, y así me resulta más fácil fijarme en las imperfecciones, desde fuera, escuchando –propuse.

–Claro que sí –respondió él, asumiendo de inmediato su papel de actor.

Saqué el grueso cuaderno de tapas negras donde iba escribiendo mis historias y mis notas.

–¿Todavía en papel…? –sonrió Menchu.

–Todavía… sí, qué le vamos a hacer –respondí resignada–. Si lo escribo con el ordenador me da la sensación de que se puede perder con un apagón de luz, o con cualquier torpeza mía, ya ves.

–Venga, mujer. Trae, no seas tímida. Allá va la lectura –concluyó Lluís terminante, arrancándome el cuaderno y concentrándose un momento antes de comenzar…

10

El ángel de la melancolía

... 25 de enero de 1855. Está muy avanzada la noche, esta noche glacial de París. El frío húmedo te muerde los huesos y te acorrala el alma, pero ya casi no lo sientes, tienes sensaciones simultáneas de calor y de frío producidas por la fiebre, y también por el alcohol que siempre te refugia a estas horas de la madrugada. La nieve lo cubre todo y tú avanzas despacio, pisándola muy lentamente, porque amas ese crujido que se repite, como un susurro, esa fragilidad rota a cada paso, y que suena como el mordisco en las manzanas, o en los bizcochos de tu infancia. Esa infancia sin madre y sin canciones de cuna, en la que jugabas incesantemente a inventarla, a ella, a tu madre: a encontrarla en todas partes, a dibujarla para que te acompañara. Ella estaba en cada mujer, en cada canción, en cada amanecer. Pero de noche volvía a desvanecerse, como ahora, y te sentías solo, abandonado, y todo era frío y oscuridad, y pesadillas insoportables, porque faltaba ella. No te había dado el beso de buenas noches ni te había arropado, y todos los trasgos y brujas se confabulaban contra ti una vez más, estabas desarmado y tan terriblemente solo… Siempre creíste que tus delirios febriles los habías heredado de ella, y desordenaste y reinventaste su apellido, Laurent, para recordarla: Nerval… Nerval… así decidiste llamarte, y así cuando te nombraban la nombraban a ella… Ella era tu secreta Aurélia, a la que llamabas cada día para que se llevara los malos sueños que se derramaban en la vida cotidiana… Pero ella no estaba, había muerto cuando apenas tenías dos años, devastada por una vida errante que la obligaba a seguir a tu padre durante la guerra, y estragada por esa fiebre, contraída al atravesar un puente cubierto de cadáveres… ¿Cómo sobrevivir a esa travesía infernal?… Por eso siempre quisiste ser otro Fausto y poder conocer el infierno, por ver si allí podías encontrarla, porque ella te faltaba como el oxígeno, como la sangre en las venas, como la luz que no acababa nunca de llegar en las noches de pesadillas… pero ella no estaba cuando la llamabas, sólo había amigos y médicos que tiraban de ti, que querían retenerte, que te llamaban loco… Cuando aún eras niño, ya casi adolescente, tu padre al fin pudo regresar a buscarte, tras escapar de la retirada de Rusia y arrastrando todas sus heridas, pero ya para ti era un fantasma, todos eran fantasmas… Y sólo querías visitar el abismo, porque allí estaría ella, que te llamaba, que te necesitaba, y era tan niña, apenas tenía veinticinco años cuando partió… Nadie comprendía tu quebranto, y tú elegiste tu propia máscara para que dejaran en paz tus escondrijos interiores. Decidiste ser el dandy Gérard de Nerval, y con tus guantes blancos y tus zapatos de charol te ocupaste de dar que hablar a la sociedad burguesa que despreciabas, te paseaste por las galerías del Palais Royal con una langosta atada a una larga cinta de seda azul, y te hundiste en los cabarets de la noche para huir de la melancolía, que escondías tras tus escenas teatrales. Como la del Petit Moulin Rouge, cuando te presentaste en una cena con un cráneo humano a modo de copa… Lograste subsistir en medio de esa farsa, te detuvieron muchas veces, y cuando te soltaban volvías a tus cabarets y al alcohol que te calmaba, y un otoño te encerraron por escándalo nocturno entre las murallas de la temible prisión de Sainte-Pélagie, con sus cuatro plantas atestadas de minúsculas celdas en torno a un pequeño patio inmundo, en la calle Puits-de-l'Ermite. A ti, que ya eras prisionero de ti mismo, y de la noche. Te desesperaste en ese nuevo encierro, pero al salir volviste a ponerte tu máscara de cinismo y sonreíste, y contaste a todos que allí habías visto al espectro de Sade, que todavía visitaba a veces la prisión donde lo habían tenido encerrado y de donde lo sacaron para llevarlo al manicomio de Charenton… Después tu vida empezó a cambiar, desde que heredaste de tu abuelo treinta mil francos en oro: ahora eras rico y todos te respetaban, y podías vagabundear sin que nadie te molestase, incluso hiciste un largo viaje: Florencia, Roma, Nápoles… pero en Nápoles te empezó a torturar poderosamente el deseo de morir, de rendirte, de dejar esta piel que habitas, de claudicar y renunciar a esa vida de peregrinaje y dolor…

Algo empezó a cambiar cuando conociste a la actriz Jenny Colon y te prendaste de ella, ¿acaso lo supo, o te correspondió?

Quién sabe, y qué importaba. Porque al fin la habías hallado, era igual a la Aurélia de tus sueños, la amabas con toda el alma, era tu reina. Le compraste el lecho más bello de todo París, pagaste la increíble cifra de ocho mil francos por él, había sido de Margarita de Valois y para ti tenía el perfume de las rosas de Ofelia, ¿acaso no era razón suficiente? Ella se convirtió en tu obsesión, porque ahora, por fin, la habías encontrado. Sin embargo volvió a perderse, la buscaste en todas las mujeres, en todas tus amantes, damas y plebeyas, pero ya no la encontrabas, y volviste a tus paseos nocturnos, a tu insomnio feroz. Una noche, mientras vagabundeabas como un sonámbulo, sonaron las doce en un campanario cercano, el sonido te llevó a salir de tu abstracción y detenerte en la inmediatez, y miraste esa casa que estaba frente a ti: sobre su puerta se perfilaba un número, alumbrado directamente por el farol nocturno, y ese número era tu edad, y entonces miraste aterrado el farol y viste ahí a la muerte, el fantasma de la muerte, el rostro de la muerte que te miraba a los ojos. Y ya no podías seguir tu juego, tu teatro, sólo querías huir de ese insomnio, dormir y olvidar, o destruir todo lo que tenías alrededor, aullar y blasfemar, porque te dolía muy hondo en el pecho, como una grieta, el dolor, la soledumbre, la oscuridad sin fondo, el frío por dentro. Y sentías que ahora ese fantasma te arrastraba para llevarte con él, pero vino la policía, y te encerró en una celda, y de ahí te llevaron a la clínica del doctor Blanche en Montmartre. Nadie te entendía, creían que estabas loco pero tú lograste engañarlos y te dejaron libre, y le escribiste a Madame Ida Dumas, el 21 de febrero de 1841, aquellas líneas airadas: «He recobrado lo que se conviene en llamar razón, pero no lo creáis… aquí hay médicos y comisarios, cuidando de que no se extienda el campo de la poesía a expensas de la vía pública, no me han dejado salir hasta que muy formalmente convine en que he estado enfermo, lo cual costó mucho a mi amor propio y hasta a mi veracidad. ¡Confiesa! ¡Confiesa!, me gritaban, como antaño a brujos y a herejes, y, para terminar con ello, acepté; dejando que me clasificaran dentro de una enfermedad definida por los doctores y llamada unas veces Teomanía y otras Demonomanía en el *Diccionario Médico*. Con ayuda de definiciones incluidas bajo esas dos palabras, la ciencia tiene derecho a escamotear o a reducir al silencio a todos los profetas y videntes predichos por el *Apocalipsis*, entre los cuales yo me alababa de figurar…».

Pero las crisis no cejaban, volvían una y otra vez, tú tenías miedo de que te encerraran de nuevo en la clínica del doctor Blanche, y de que no te dejaran seguir escribiendo tus versos, que era lo único que te salvaba, que te calmaba, el único sitio donde podías blasfemar, bramar como el señor de Lusignan cuando perdió a su amante Melusina, libremente soñar, libremente, sólo la tinta y el papel eran testigos, nadie podía amenazar otra vez con encerrarte en la clínica, eso sí que era el infierno… Finges paz y calma y te dejan salir, pero entonces llega la revelación más terrible, Jenny ha muerto, Aurélia ha vuelto a abandonarte, no puedes soportarlo, buscas su tumba en el cementerio para abrazarla desesperado… y escapas de viaje a Oriente: Egipto, Siria, Chipre, y también Rodas, y Constantinopla…

Cuando regresas, una epidemia de cólera se ha adueñado de la ciudad, te enerva tanta desolación, y te vas dejando llevar por un torrente invisible hacia la nada, también hacia la ruina, ya eres tan sólo un despojo, tu vida se está desmoronando, y nada te importa, regalas a los mendigos los billetes que te quedan, vives en el abandono, con un colchón y unos sacos de libros por todo mobiliario. Sales a pasear pero las voces te persiguen y no sabes qué dicen, es una algarabía desesperante... Te refugias en la iglesia de Notre-Dame-de-Lorette para arrojarte a los pies de la Virgen y pedirle perdón por tus errores, pero las voces te repiten incesantemente: «la Virgen ha muerto... la Virgen ha muerto... la Virgen ha muerto...». Sales gritando como un poseso, quieres arrojarte al Sena pero te detienen, miras al cielo y está poblado de los mismos cirios que había en la iglesia, y ya sólo ves un globo rojo de sangre en cada farola, y un sol negro en el cielo blanco sobre las Tullerías. Miras hacia atrás y ves a tu Eurídice, pero vuelves a perderla, las sombras huyen como pájaros aterrados, tu alma se desdobla y te ves muerto, hay mil figuras fugitivas que merodean en torno a ti, y ahora te sientes bien porque puedes volver a ver a los que se fueron para siempre, de pronto ves a Aurélia en el fondo de un espejo... Sólo te calma el alcohol, bebes interminablemente, de taberna en taberna, miras al cielo, todo anuncia la noche eterna, regresas por Saint-Honoré y ves pasar lunas veloces entre las nubes, y la tierra avanza como un barco sin arboladura hacia la noche...

Ya estás casi arruinado y no te importa, regalas tu capa y el dinero que te queda en los bolsillos al primer mendigo que encuentras al salir, entras en otra iglesia y te arrojas en el altar ahogado por un llanto compulsivo. Los rostros de los muertos te observan, lo sabes, los presientes, están por todas partes. Eres arrastrado por manos desconocidas al Hospital de la Caridad y te ponen una vez más la diabólica camisa de fuerza que tanto detestas, no puedes soportarlo, tú sólo ves ese abismo, y ella te llama… Te llevan a la clínica de Blanche, y allí regresa Aurélia, asomada a las paredes, su rostro traslúcido flota sobre la piedra, te sonríe y tú te calmas, te desplomas en ese abismo celeste. Pasan los días, los meses, y te visita en sueños, cada vez con más frecuencia, una mujer vestida de negro y con los ojos vacíos, y en el fondo de las dos cuencas de esos ojos hay lágrimas que brillan en medio de la oscuridad. Y sabes que es ella, tu madre, que está sola y te llama. Entonces empiezas a escribir febrilmente tu *Aurélia*, eso te alivia, y también dibujarla con trozos de carbón en las paredes del patio donde pasas las horas encerrado, con todos aquellos hombres de mirada perdida que gritan y deambulan. Ellos sí que están locos, y te envidian porque la tienes a ella, y se empeñan en borrártela, y tú vuelves a dibujarla otra vez, pero ellos te persiguen y borran esas estrellitas que tú has dibujado sobre su pelo para coronarla… Vuelves a engañar a los celadores, sonríes, estás mejor, te dejan libre, y regresas a las tabernas, a las riñas, a los calabozos. En el cabaret de los Mercados eres detenido por enésima vez, acabas interrogado por la policía, pero te dejan libre. Es el 25 de enero de 1855, deambulas, ya no puedes más… Se ha publicado hace pocos días la primera mitad de tu libro, *Aurélia*, en la *Revue de Paris*. Lo escribiste en la clínica de Blanche, tu miseria física y moral es extrema, sabes que será la última noche, que no habrá más lluvia sobre tus recuerdos, sobre tus pesadillas… esa lluvia de París que te arrastra con su correntada vertical, hacia abajo, hacia la tierra que te llama, y que hoy se ha vestido de blanco para recibirte al fin con su sábana de nieve fría, esa mortaja que al fin ha de envolver tu descanso… Te asomas al Sena desde el Pont Notre-Dame… y luego deambulas por el Quai de Gesvres hasta la Place du Châtelet, y te adentras en la Place aux Veaux hasta desembocar en ese callejón mínimo iluminado por un viejo farol que le da nombre: Vieille Lanterne. Entonces vuelven tus alucinaciones y te torturan con más furia que nunca, porque ese barrio huele a muerte y a sangre, es el barrio de los carniceros. Te desesperas, sientes que la noche te traga en ese callejón, y te aferras a una puerta, una casa de huéspedes sórdida, y en el cristal puedes leer un cartelito que dice: «*café à l'eau*». Eso quisieras, tan sólo un café, un lecho, un poco de calor que te salve de ese frío que te devora, que te quema por dentro. Son las tres de la mañana, y llamas suavemente a la puerta. Nadie responde. Entonces sigues golpeando, cada vez más fuerte, con los puños, con patadas, con tu costado, con todo el cuerpo. Pero la puerta no va a abrirse. Te sientes como un animal acorralado, encerrado en la noche, la noche es tu jaula, quieres huir, y te acurrucas como un niño en el cobertizo que encuentras al fondo del callejón, sigues tiritando, has empeñado tu gabán en el Monte de Piedad y apenas llevas ropa, pasan las horas, no puedes más, miras el farolito, es un ojo inmenso que ahora te vigila, un sol negro en medio de la noche blanca, y la nieve te deslumbra, ya no puedes ver nada, ya vas a descansar…

A las seis de la mañana un borracho y una lechera encuentran tu cuerpo colgado de la farola con aquella cuerdecita que siempre llevabas en los bolsillos. El alboroto crece a tu alrededor pero tú ya no estás, ya te has ido, ya duermes, al fin. En tu bolsillo encuentran un pasaporte para Oriente y las últimas páginas de *Aurélia*. Tus amigos visitan al obispo de París para que te admita en el camposanto, le aseguran que te mataste en un ataque de locura, que no sabías lo que hacías... pero sí que lo sabías, claro que lo sabías, ¿cómo no ibas a saberlo?, ellos nunca entendieron nada, no han entendido que simplemente has partido, al fin, al encuentro de Aurèlia.

Cuando la lectura concluyó, nos quedamos unos segundos en silencio. Lo rompió Javier:

–La carta del poeta a esa dama, ¿la has escrito también tú?

–No, eso no. Me pareció de justicia dar también la voz a Nerval. Porque lo que plantea me parece importante: ¿quién decide que está loco? Se queja de que lo tratan como trataba la Inquisición a los herejes, es decir, a los que pensaban o sentían de una manera distinta.

–A mí me llama la atención el modo como lo cuentas, es como si te fueras apropiando del personaje, casi enamorándote de él –anotaba Menchu ahora.

–Pues a mí me ha interesado la cuestión de la locura de Nerval, del artista –remató Lluís–. ¿Quién dice que Van Gogh estaba loco, que Antonin Artaud estaba loco?

–O Camille Claudel –repuse.

–Sí, una historia increíble, yo vi la película, era francesa. Estaba interpretada por Isabelle Adjiani, y era muy buena, la vi dos veces –recordaba Menchu–. Camille era una niña bien de la burguesía, la hermana del poeta católico Paul Claudel, y tenía un gran talento para la escultura. Fue alumna de Rodin, y después su amante, durante muchos años... El sentimiento la torturaba y la consumió, porque él estaba con otra mujer, y ella acabó loca, destruyendo su obra entre gritos y rodeada de gatos.

—Sí que es curioso, yo no sabía nada de esa historia —Javier la miraba con atención.

—Lo más chocante es, por encima de todo, que su familia la internó de por vida en un manicomio después de morir su padre, que debía de ser el único que la protegía —continuó Menchu—. ¿No os parece feroz ese comportamiento? Le prohibieron cualquier contacto con el mundo exterior, como si fuera una leprosa, decían que tenía delirios de grandeza, cuánta ceguera... ¿Y por qué? Es demasiado inhumano, supongo que era por la vergüenza pacata de una familia puritana. ¡Hasta la enterraron en una tumba sin nombre!

—Hace poco hubo en Madrid una exposición de su obra, en la sala antigua de Mapfre —terció Lluís—. Bueno, de lo que queda de su obra. Había cartas de amor de Rodin en alguna vitrina. Y sobre todo, era impresionante una de sus esculturas, muy desgarrada: una joven desnuda y arrodillada levantaba los brazos como implorando, intentando retener a una figura masculina, supuestamente Rodin. Él la apartaba con la mano, como desdeñándola, mientras se alejaba acompañado, o arrebatado, por una mujer siniestra, con ropajes que parecían alas, como si fuera una hechicera que fuera a llevárselo en un vuelo infernal o algo así.

–Los dos sabéis mucho de Camille, por lo que se ve –añadió Javier–. De pronto me doy cuenta de que Julia aún no se ha ocupado de mujeres.

Me quedé pensando.

–Es verdad. Es que empieza a saberse algo sobre ellas, sobre nosotras. Bien, tal vez escriba sobre Camille –respondí.

–Y también sobre otro suicida vapuleado por el mal de amor, por favor: no te olvides de Maiakovski, es uno de mis poetas preferidos –protestaba Lluís–. Se descerrajó un tiro en el corazón para que no doliera más, y dejó esos versos últimos... «La barca del amor se estrelló contra la vida cotidiana»...

–Qué memorioso, pareces un libro de citas –se burló Menchu maliciosa.

–Tú siempre tan cáustica... –Lluís esta vez parecía un poco ofendido.

–Tomo nota –concluí–. En fin, os agradezco todas las ideas y comentarios, me ayudan mucho. Y es tarde para seguir, así que permitidme que la historia de Klee os la envíe por correo electrónico, junto con la de Juan. Ahora estoy bastante cansada para seguir con el tema.

–Sí, es muy tarde. Pero, ¿por qué Klee? ¿No estás con el capítulo de la locura y el suicidio? Él no entra en ninguno de los dos tipos... –Javier me miraba con una mezcla de extrañeza y curiosidad.

–No, claro que no. Pero conocía al ángel de la melancolía –le sonreí–. Ése es el punto, tal vez, que me interesa, pero no sé cómo contarlo, todavía. Venga, vámonos.

Habían pasado varias horas desde que habíamos entrado, pero fuera todo seguía igual, la noche de luna, el ir y venir de gente joven. Yo en realidad no estaba tan cansada, simplemente quería volver a mis papeles, quería acabar ahora, al calor de esos estímulos, la semblanza de Klee. Subimos por Malasaña hasta la Glorieta de Bilbao y allí nos despedimos. Ellos me cedieron el primer taxi que pasó, apenas había tráfico a esas horas, así que llegué a casa muy pronto, entré silenciosa –todos dormían– y me fui derecha al escritorio. Encendí el flexo y puse sobre la mesa un catálogo de Klee, mis notas, y el cuaderno de tapas negras donde iba redactando las páginas de mis *Huesos ilustres*. Después, mientras rumiaba las ideas, puse algunos troncos, astillas y periódicos en la chimenea, y dejé que el fuego comenzara a chisporrotear hasta que la llama rápida que se comía el papel empezó a abrazar la madera. Me serví otro vaso de vino y me detuve un rato a contemplar cómo las llamas se miraban en ese rojo líquido y le arrancaban jirones de luz carmesí... Después me senté a mirar las imágenes de los cuadros, en especial de los ángeles que obsesivamente recorrían sus últimos lienzos: el juguetón ángel del cascabel, el distraído ángel olvidadizo, y también el ángel luciferino... ángeles que son como compañeros con los que el pintor conversa, como espejos, tal vez, y comencé ya a escribir...

...18 de diciembre de 1940. Es el día de tu sesenta cumpleaños, y has terminado de pintar el cuadro que has elegido ya como testamento. Es una naturaleza muerta, sin firma, inquietante y enigmática, que unos meses después instalas cuidadosamente en el caballete principal de tu estudio, antes de partir al sanatorio de Locarno, tu último destino. Tú sabes que no has de volver, que te vas para siempre, a un lugar impreciso que anhelas hace tiempo, y que vislumbras a la sombra de esas criaturas multiformes que pueblan tus cuadros. Por eso dejas ahí ese mensaje cifrado en tu idioma de color, en esos trazos que acaso alguien se detenga a leer del modo especial en que tú lo has concebido. Y mientras te alejas en tren hacia el sanatorio, y las ruedas te van arrullando con su runrún melodioso, tan musical y sereno, con las horas y las imágenes de los paisajes se va deslizando, sobre los cristales polvorientos de las ventanillas, toda tu vida ante tus ojos. Una vida partida en dos, mitad paraíso y mitad infierno, dos mitades unidas por la delgada línea que supone el año 1933. Número curioso, el 33, siempre lo recordamos como la edad de Cristo, ¿acaso no traía ahora a su revés, algo así como el anticristo? Sí, ese canciller de bigotito que quería construir un imperio alemán sobre el cementerio europeo... Antes de esa fecha infausta, todo era música en tu vida, músicos eran tus padres, y tú te convertirías igualmente en un violinista consumado. Pero también te gustaba escribir poemas y novelas que luego destruías insatisfecho, aunque el lenguaje que más te pertenecía, el que se sometía dócil bajo el latido de tus manos, era el de la pintura, eso lo supiste muy pronto, aquel día que, con sólo cinco años, pintaste a Jesucristo como un niño con alas amarillas. Sí, un niño con alas amarillas, un ángel, y no sabías desde dónde te había llegado esa imagen, pero ahí estaba, aún conservas ese dibujo entre tus papeles. Tú querías estudiar pintura pero te rechazaron en la Academia, y no te rendiste, intentaste otras rutas, y al fin lograste incorporarte a las clases de

Von Stuck... ahí empezó ese viaje deslumbrante por el color y por la luz. También temprana era tu pasión por los gatos, que siempre te rodearon. Te identificabas con ellos, con su lenta elegancia y su mirar pausado como el de Bimbo, que ahora te acompaña, en tu último viaje, mientras las ruedas del tren continúan susurrando su canción, como una nana que está durmiendo a un niño, a ese niño que eres tú otra vez, regresando al origen...

La música había seguido envolviendo tu vida después de conocer a tu mujer, Lily, la dulce y paciente Lily, que mantuvo con sus clases de piano tu hogar mientras tú leías, cocinabas y pintabas, y te sentías libre, agradecido al cielo por esa vida modesta pero libre por encima de todo, que te proporcionaba el tiempo para explorar, para descubrir, mientras tus días se iban iluminando con los colores de tus maestros: de Van Gogh, cuyo cerebro veías arder como un astro en llamas, y de Goya, con sus luces y sombras tumultuosas. Luego llegó la primera guerra, y con ella se anunciaba la invasión de la oscuridad. Ahí morían Macke y Franz Marc, y tantos otros...

Cuando te llamaron a filas tras la muerte de Marc, te adjudicaron un puesto en la retaguardia, como fotógrafo y como escriba, decían que no querían que murieran más artistas: qué ironía... Te ocupabas de fotografiar los accidentes de aviación, pero todo era para ti un apocalipsis, la sangre lo salpicaba absolutamente todo, y pintabas esos aviones como pájaros o ángeles heridos que se desplomaban desnudos, tan frágiles y mínimos, hasta el vientre de la tierra.

Después seguiste pintando, y también trabajando como violinista para ganar unas monedas más, en esos días en que dejabas tus caballetes como quien cambia de amante, y allí quedaban esperándote, cada uno una ventana al infinito, y por el suelo las acuarelas, los pinceles, los tubos, y montañas de papeles que se iban acumulando mientras tú soñabas, mientras fumabas tu pipa reposadamente... En los felices veinte llegaría la experiencia de la Bauhaus, y con ella la celebración de la amistad y del arte y de la vida, mientras el color se iba posesionando de ti, sobre todo desde que estuviste en Túnez y la luz mediterránea te conquistó para siempre. Trabajar en la Bauhaus te cambió la vida, saliste de ti mismo, tomaste contacto con el mundo, tú, que eras tan solitario y taciturno, y aprendiste a disfrutar de aquella aventura colectiva, de aquella utopía, hasta que todo empezó a derrumbarse una vez más, en aquel año 33 que presagiaba peligros sin límite, porque la violencia empezó a ser el centro de la vida, y sabías que nada volvería a ser igual, cuando la policía registró con saña tu casa, y la revista nazi *Die Rote Erde* te llamó judío galiciano. No, no eras judío, pero callaste por respeto a los judíos: no ibas a participar en esa farsa de los que se arrodillan y reniegan para que la gran pupila sonría y dé su bendición. Cuando vuestra escuela empezó a ser perseguida, vosotros intentasteis esquivar a esos mastines oscuros, os habíais desplazado de ciudad en ciudad... Weimar, Dessau, Berlín... pero llegó la encerrona final, no había salida, la gran pupila todo lo vigilaba, todo lo observaba, y ya estaba decidido que la escuela debía ser cerrada, por subversiva, decían, por ser foco de infección rebelde, por querer ser distinta, porque sólo debía haber un color, un camino, un dogma, y entonces tú perdiste tu cátedra, te prohibieron enseñar, eras un elemento peligroso, decían, y te retrajiste en silencio, felinamente, y pintaste ese cuadro que titulaste *Borrado de la lista*, que no era más que tu espejo, tu autorretrato, la silueta casi evanescente, mutilada en la voz, en el deseo, en las alas, de quien ya empezaba a irse, porque tú habías jurado que nunca, jamás, volverías a sufrir una guerra... Después vendría la guerra de España como un áspero augurio, la vergüenza y la impotencia frente a ese país en llamas, ese mismo país que tú amaste a través de Goya, y también de Pau Casals, el inolvidable Casals: su violonchelo hablaba con una voz más humana que ninguna, y cuando lo oíste tocar por primera vez sonó como si las puertas del cielo se abrieran de pronto... Esa guerra era una confirmación de tus peores presagios, el monstruo crecía, se alimentaba de sangre como un dios maligno y antiguo...

El tren sigue su marcha constante, y atrás quedan el dolor, los insultos y las persecuciones que querías conjurar en esos últimos meses, dibujando tus ángeles y tus demonios para alejar a los sacrílegos, aquellos que sacrificaban a los justos en el altar de la guerra. Esos mismos que quemaban cuadros en piras ominosas, y que confiscaron más de cien cuadros tuyos de las colecciones públicas. Esos que en la exposición de 1937, en la Haus der Kunst de Munich, mostraron más de seiscientas piezas de vuestras pinturas y esculturas, y escribieron en las paredes mofándose de ellas. Y que llevaron el escarnio por distintas ciudades, para recordaros que había que ser obedientes. Era un castigo ejemplar, un auto de fe. Quemaron incluso muchos de vuestros lienzos, porque era arte degenerado. Eso decía Goebbels: había que hablar de la patria, del ejército, de la raza superior. Y tus cuadros los compararon con artesanía elaborada por enfermos mentales. Había en la exposición diecisiete tuyos, y también otros de Chagall, y Kandinsky, y Munch, y prohibieron mostrarlos o venderlos, o pintarlos incluso. Prohibirte pintar, esa podía ser la peor tortura, ya te habían prohibido enseñar, te habían amarrado las alas. Pero querían prohibirte respirar, y otra vez te retrajiste, y en la soledad de tu taller pintaste un cuadro secreto que jamás sacaste a la luz, era tu desahogo, esa *Revolución del viaducto* en la que trabajaste sin descanso, en muchas versiones, un viaducto donde los arcos de piedra del puente se desplazaban caóticamente hacia el espectador sobre sus columnas liberadas, rompiendo filas, llamándonos, afirmándose como distintos de los otros, con derecho a ser diferentes, a no marchar en esa columna de figuras idénticas, adocenadas, prostituidas...

Pronto aparece tu enfermedad, la llaman esclerodermia pero tú casi dirías que es una invención tuya, que tu pesadumbre se ha ido somatizando, envolviéndote, paralizando tu cuerpo. Los músculos y la piel se endurecen, te van encerrando en ti mismo, en una especie de escudo o armadura que es tu propia piel, y ahora los dedos te duelen al manejar los pinceles. Bimbo te mira con sus ojos casi transparentes, no te deja nunca solo, y conversar con él te alivia, te acompaña. En realidad tu cuerpo sólo va traduciendo tu deseo, has jurado una y mil veces que no vivirías otra guerra, ya fue bastante sufrir la primera, no podrías soportar el dolor de seguir vivo, y la enfermedad avanza, te va abrazando para llevarte a otro lugar donde reina la paz, y tú necesitas esa paz. En septiembre de 1939 el gran monstruo de la guerra ha regresado, y tú ya estás preparado para partir. Te sientes cada vez más cerca de esa brasa encendida que late hondo, allí en el país de los muertos. Ese viaje al corazón de la creación que fue toda tu vida está próximo a su fin, sabes que después del sanatorio sólo hay otra estación, la última estación. Ya queda poco tiempo para llegar a Locarno, en un viaje de pocas horas se ha desplegado toda tu vida, y piensas ahora en esa *Naturaleza muerta* que has dejado atrás, como el óbolo ofrecido a Caronte, ese barquero que te llevará en su nave lejos de la barbarie… En esa naturaleza muerta has pintado un fondo nocturno, insondable, presidido por una luna rojiza, y a los dos lados se acumulan objetos inertes, como las dos torres frente a la luna que componen la carta trece del tarot, la de la muerte… los objetos que hay a la derecha son aparentemente intrascendentes, casi simpáticos, hay una tetera y una figurita tal vez de porcelana, pero ambas tienen algo siniestro en común, alzan su brazo con el saludo romano, y están en una charca rojiza sembrada de fragmentos, ¿de qué?, seres mutilados, rosas mutiladas, pájaros mutilados, muerte y sólo muerte a su alrededor. Pero las figuras saludan indiferentes, incluso sonriendo, frente al grupo de la izquierda, aún más enigmático… una composición de formas sin vida, la muerte siempre, ahora presidida por un sol de sangre, y por alimañas repulsivas como cucarachas que reptan cerca de algo extraño, tal vez una víscera humana, que también interpreta un grotesco saludo romano, y algo más, hay un arma, un hacha, cuyo filo está teñido de un rojo intenso, todo el conjunto habla otra vez de esa muerte que es saludada desde el otro lado, y si te alejas, esas formas parecen componer un rostro, coronado por ese sol de sangre, por esos insectos, y el filo del hacha es una boca, una sonrisa siniestra, o un bigote siniestro. Y hay más aún, en ese panorama de muerte, de colores estridentes, intensos, hay una ventana de luz, o una nave, un espacio distinto que se escapa en medio de esos escollos, de esos arrecifes, en colores muy pálidos, donde se debaten dos personajes, ¿dos ángeles?, es la lucha de Jacob y el ángel, es lucha y es abrazo, el hombre frente a un dios que acepta su grandeza, el hombre que quiere y puede ser dios, y que se rinde en sus brazos para el último viaje, para avanzar al trasmundo, y elegir la muerte, y desvanecerse en esa explosión de luz blanquecina, las velas desplegadas, todo luz, todo vuelo, hacia el infinito.

Aún me quedé pensando mucho rato, mirando el fuego, que me calmaba, casi tanto como el rumor del mar, su susurro y su movimiento, tan hipnótico… Acomodé los almohadones sobre el sofá y decidí quedarme ahí a dormir, mientras se apagaba la llama, ahora que al fin empezaba a relajarme, cuando el vino comenzaba a tejer su nebulosa entre las calles del pensamiento. Pero aún me quedaba esa noche una discusión pendiente. Con Julia, precisamente. Ella fue la que empezó:

–¿Me dejarás volver al cobertizo de tía Lola?

–¿De qué cobertizo me hablas?

–El del jardín, ¿cuál va a ser? Donde ella estaba trabajando cuando la fui a visitar con mi hermano.

–Ah, ya. Pues no tengo ninguna intención –le repuse–. La novela ya tiene dimensiones razonables, no se trata de abusar de la paciencia del lector.

–Pero ya sabes que allí había muchos papeles, seguro que hay cosas que me interesan, que nos interesan, quiero saber qué cuentan todos esos cuadernos, me intriga lo que ella escribe.

–Escucha: eso no está en el plan que hemos pactado. Ya tengo bastante trabajo.

–Pero no es justo. Tienes que ayudarme. ¿Qué puedo hacer para convencerte?

–Dejarme en paz, de momento. Tal vez en otra ocasión. Así pude al fin conciliar el sueño, casi rayando el alba.

11

Juan el Nuestro

Al amanecer cada mañana, la arena húmeda de la orilla y el destello del mar le dan a la playa un no sé qué de recién nacida, de promesa jubilosa, mientras sus oros se van haciendo más y más intensos con ese fuego que resplandece cada vez más alto, y ella es como una niña tendida que se deja acariciar mimosa y en calma, o una inmensa gata rubia. Y es que la playa, la tierra, la patria, son siempre femeninas, porque son también vientre, útero y regazo. Como esta isla mía, este jardín rodeado de horizonte.

A esas horas tempranas, después de vestirme y de desayunar mi escudilla de café negro, me gusta dar un breve paseo por esta playa que parece eterna, porque es la misma que ahí estaba en mi infancia, la misma que vieron mis mayores: a esas horas, cuando aún no hay nadie, contemplo el mar y en él me parece adivinar a mis antepasados, que también en él se miraron y con él soñaron, como yo ahora. Y es como si todos ellos estuvieran ahí, al otro lado de esa superficie rumorosa, bajo ese oleaje suave que baña la orilla, esperándome. Voy pisando descalzo la arena mullida y seca, y siento ese rumor sibilante –sssh, sssh–, ese crujido a cada paso, y ese olor a salitre que me embriaga, con la caricia del sol sobre los párpados... Después vuelvo sobre mis papeles, para ordenar todos esos versos que guardo en mi vieja maleta, y avanzar con este cuaderno de memorias que debo concluir pronto, porque no me queda mucho tiempo. En estos días de enero, convidado de piedra en este año nuevo, y puesto ya el pie en el estribo, pienso más que nunca en mi destino, y en este mundo que ya no es mi mundo, y sin embargo, sigo teniendo una fe ardiente en el ser humano. Y ahora que sé que es muy breve el camino que me resta por andar, sólo de una cosa estoy seguro: de que de nada me arrepiento, y más aún, de que sigue intacto mi sueño. Y sé que llegará ese día de la paz verdadera y de la concordia, porque sólo así habrá tenido sentido el padecimiento de tantos y tantos hombres y mujeres en estos largos años. Hablo de esa paz, y esa piedad y perdón, que reclamó inútilmente el viejo Azaña en aquellos momentos infaustos, y no de la falsa paz de estos 25 años, que se empeñan en celebrar los que la robaron. Tampoco hablo de la piedad y el perdón que predican esos templos que apuntalan al tirano. Pero sí, sé que existe ese lugar luminoso, se que aquel ideal de igualdad, y fraternidad, y libertad, algún día llegará. Y entonces todo esto habrá tenido sentido, este vacío, este ejército de sombras que deambula por un inmenso purgatorio, se iluminará de pronto en la memoria. Y sin duda tiene razón el bueno de Chaplin en *Candilejas*: el tiempo es el mejor autor, y le da el final debido a cada historia.

En esta pantalla de papel en que voy proyectando mi vida, como un testigo fantasmático, hay, como ya dije, un protagonista que deseo recordar especialmente, a modo de homenaje a un hombre del pueblo, íntegro y malaventurado. Durante aquellos años en que acudí a Telde cotidianamente para impartir mis clases en el colegio Labor, conocí allí, muy de cerca, su historia, la historia de Juan García, *Corredera*. Llevaba ese sobrenombre por el oficio de su abuelo, un artesano que hacía correas para animales de labranza: lo llamaban así, *Corredera*, y el nombre pasó a toda la familia. Pero además al destino errante de Juan le iba que ni pintado el apelativo, parecía un destino, anunciado desde la cuna. Su madre, una costurera viuda, sacó adelante a los hijos con ayuda de Juan, el mayor, que trabajaba como jornalero y participaba de la política local desde el sindicato, y también en la elaboración del periódico *Mundo Obrero*. Durante aquel siniestro 18 de julio, Telde fue uno de los focos más virulentos de la resistencia. En ese hervidero, un puñado de hombres –y con ellos *Corredera*– se habría desplazado a la salida del túnel de La Laja con un plan estricto. El caudillo, tras decretar el estado de sitio, tenía que trasladarse al aeropuerto, y el túnel era paso obligatorio. Ese puñado de hombres esperaba a la salida, emboscado, y ahí había instalado un fino cable de acero, atado a dos eucaliptos, que atravesaba la carretera. Pero la trampa fue delatada, como he comentado, y llegó a oídos del general, que hubo de desplazarse por mar al aeródromo para evitar esa emboscada. Desde entonces, Juan se convirtió en un prófugo, en un forajido, y también en una obsesión oscura del tirano, que nunca perdonaba. Escondido de casa en casa, de pueblo en pueblo, de barranco en barranco, la orografía abrupta de la isla lo cobijaba en sus cuevas y desfiladeros, y también los pastores, y los campesinos... Disfrazado de mujer, con las ropas de su madre, había abandonado inicialmente su primer escondite, la casa de su amigo Galindo, dueño de un bar de Telde, y después lo habían trasladado al Puerto, en una furgoneta, metido dentro de un bidón vacío. Vivió en el barrio de Guanarteme hasta que acabó la guerra, y ya entonces decidió pedir trabajo en la fábrica de pescados Lloret y Llinares. La oferta de indulto para los que no tuvieran las manos manchadas de sangre podía haber sido una oportunidad de reintegrarse a la vida cotidiana, pero no se fiaba, y hacía bien, como se verá.

Mientras, una consigna recorría la isla: *Corredera* no está, nunca lo vimos, no sabemos nada, seguramente se ha embarcado, tal vez esté ya en Cuba o Venezuela. No, ese gran monstruo de mil ojos y mil bocas, ávido de carnaza, no iba a saborear también su sangre. La isla entera lo refugió, y se plegó en torno suyo como un puño cerrado e infranqueable. Todos sabíamos de Juan el Nuestro, un hombre bueno, hijo del pueblo y de la tierra, generoso y también valiente, al que sólo se podía culpar de la abnegación en el trabajo, la veneración a la familia y a los amigos, la afirmación de su libertad por encima de todo. Y en ese sentido, todos éramos *Corredera*, tódos éramos Juan el Nuestro. Su existencia nos redimía, fuera o no fuera cierto lo que decía la leyenda que corría por las calles de boca en boca. Seguramente sí habría verdad en ella, como en toda leyenda.

Su calvario había de ser muy largo, y el dolor y la rabia cuando le traían noticias de su familia, que vivía en una casa humilde de Los Cascajos. Había orden de busca y captura contra él. Una escuadrilla de falangistas, liderada por Vicente, el dueño de la carnicería, visitaba a los suyos con frecuencia, siempre de madrugada, enmascarados por la sombra, en escenas que se repetían, se sabía, por toda la geografía de la isla, de las islas, de nuestro país cautivo.

Los registros del carnicero se sucedían, tal vez con la esperanza de encontrar allí al fin al fugitivo, en visita fugaz a los suyos, o tal vez por el placer tan perverso de humillar, golpear, someter, sentirse poderoso, él, que apenas había sido un aprendiz pobre y desharrapado, y que ahora, ¡no se lo creía casi!, pero sí, ahora era dueño de su propia lonja, y sus bienes crecían, y sus pesetas en la cuenta bancaria. Porque él sí era fiel lacayo del monstruo, él sí sabía obedecer las consignas, y cumplir las leyes nuevas, y por eso tenía derecho a acudir de madrugada o cuando le diera la gana a esa casa y tumbar la puerta de una patada, y ver a aquellas mujeres aparecer temblorosas, tan frágiles bajo sus golpes, esas mujeres que como la gran mayoría apenas tenían alimento que llevarse a la boca… Sus cuerpos se perfilaban frágiles a través del camisón en esas madrugadas que a él tanto le gustaban, podía golpear todo sin pudor, fuera de la vista de la gente, y volcar las mesas y las camas, porque sabía que ellas no se iban a rebelar, no podían, y le gustaba tanto ese olor a miedo y a sábana limpia y tibia, ese olor a hembra asustada, y podía dar patadas a las sillas y sobre todo entrar en la cocina y vaciar los estantes a culatazos, y gritar: «¡Tenemos hambre, dadnos de cenar!», mientras la mirada fría de sus amigos, escolta fiel –siempre los mismos, Pérez, Santana y Moreno–, asentía desde fuera… «¡Tenemos hambre, venga, la cena!», repetían, y la madre, Encarnación, sacaba el caldero con el sustento humilde para el siguiente día, si lo había, o una fuente con sus provisiones, y entonces él reía y lo derribaba todo sin piedad con la culata del mosquetón, porque era tan placentero ver entonces –siempre se repetía la escena– el desconsuelo desesperado y silencioso de aquellas mujeres ante el espectáculo del despojo, sentir su deseo de arrastrarse y rescatar algo de ese suelo que se tragaba su miseria, pisoteada por aquellas botas. La noche cerrada escondía los rostros pero no los gritos, ni el llanto transido de desamparo de esas mujeres que negaban todo, sin embargo: Juan no está, no sabemos nada, seguramente está embarcado, nadie lo ha visto, nunca escribe. Todos los vecinos sabían lo que pasaba, y oían el llanto, pero no veían cómo, al despedirse, el carnicero les daba culatazos en los pies: «¡Para que no se me escapen también, perras!», y daba tiros al aire porque sabía que todo era suyo y nadie lo detendría, él sería el héroe que capturara a *Corredera*, y la gloria y los honores serían solamente suyos, saldría en los periódicos, sería condecorado y famoso. En las altas esferas había mucho interés en apresar a *Corredera*, era un símbolo de la resistencia, y había que acabar con él. Y mientras, tenía derecho a divertirse, por algo era el jefe de la escuadra, y sabía que sus hombres, que siempre esperaban fuera, garantizaban su poder infinito. Sólo Santana llegó a un punto en que no podía soportar más la saña, y cambió de escuadra, alegando confusos subterfugios, pero Moreno y Pérez siguieron a su lado, como dogos fieles.

Juan sabía lo que ocurría, y había jurado venganza una y mil veces. Sabía que las vejaciones y la violencia eran el reclamo para que regresara, y sabía que ese regreso ocurriría, pero los suyos se empeñaban en no contarle nada, en protegerlo, y él seguía escondido en los rincones de la isla. En su ir y venir llevó y trajo noticias, fue mensajero de las terribles nuevas, y fue testigo mudo, protegido por la noche, de la vergüenza y la infamia, y de aquellas expediciones que arrojaban a altas horas los cadáveres allí cerca, a la sima volcánica de Jinámar, entre gritos y disparos. En una cueva de El Rincón encontró refugio temporal, justo antes de comenzar sus tareas en la fábrica y vivir con María Fuentes en la calle Secretario Padilla, a unos pocos pasos de la comisaría de policía...

La situación en la casa de Los Cascajos se agravaba, el carnicero –apodado *El Niño Cera* por su aspecto enjuto, pálido y siniestro– insistía en su asedio. Una noche tórrida de agosto de 1945 acudió con su escuadra, más borracho que nunca, a la casa de Juan, y la estrategia esta vez fue distinta. Llegaron disparando al aire, mientras en el interior regresaba el miedo, el terror que paralizaba los cuerpos, que los encogía sobre el alma helada mientras la imaginación se incendiaba con preguntas: ¿Cuántos serían? ¿Cuál sería la próxima humillación? Y sobre todo, qué terrible no poder emitir una queja, no poder llamar a la policía, que los protegía a *ellos*. ¿Cuál sería la nueva ofensa para esos cuerpos ya tan maltratados? Sin embargo, cada visita del Niño Cera era también índice de una buena nueva: Juan el Nuestro estaba libre, aún en paradero desconocido, y eso era todo lo que importaba. Pero aquí y ahora, la inmediatez la inundaban los ruidos, los golpes, los gritos, los disparos, ¿y cómo saber hasta dónde llegarían estos bandidos que podían actuar impunemente?

Vicente empujó la puerta cerrada con patadas insistentes hasta que la cerradura crujió y él se vio dentro, en ese espacio ya tan familiar. «¿Dónde están mis putas favoritas?», rugía, mientras las hacía salir a la calle. Su rostro aniñado adquiría entonces una expresión viscosa, repugnante. Doña Encarnación abrió los brazos y cubrió a su espalda a las hijas con su cuerpo. Vicente venía ese día con una idea fija y se abalanzó sobre la menor, apartando firme y furibundo el brazo de la madre, retorciéndolo muy lentamente, con los labios apretados, hasta que ella dio un alarido. Entonces tiró de la camisola de la joven, desgarrándola y dejando a la vista su cuerpo desnudo, pero ella se arrojó contra él con una energía inesperada, buscando sus ojos con los dedos crispados. Vicente no se esperaba esa reacción, intentó contenerla con el antebrazo, y con la culata del mosquetón le asestó un golpe tan brutal en el cráneo que ella se desvaneció inerte en medio de un charco de sangre.

Se hizo un repentino silencio y el grupo se disolvió de inmediato. La muchacha murió a los pocos meses, en la primavera del 46, y aunque estaba afectada hacía tiempo de tuberculosis, nadie dudó en culpar al monstruo de esa muerte, y Juan supo que había llegado la hora del regreso.

Unos días después, en la fábrica, avisaron a Juan de que alguien había preguntado por *Corredera*, sin hallar respuesta. Nadie allí lo conocía por ese apelativo. Pero él ya sabía quién lo buscaba, los lebreles del régimen husmeaban y se acercaban cada vez más. Se fue al Muelle Grande con su machete y lo cambió a un moro por una pistola Astra. La suerte estaba echada. Ya no quería seguir huyendo, había tomado una decisión irrevocable. Se despidió de los compañeros con los que había permanecido trabajando siete años, ordenó sus cosas y se dirigió a la parada del *pirata* que lo llevaría a Telde. No podía seguir lejos por más tiempo, mientras la saña crecía contra los suyos. Quería estar más cerca, estaba inquieto, y le embargaban las dudas, las preguntas. Finalmente se dirigió a La Montañeta y allí estuvo trabajando con un viejecito al que ayudaba a extraer la broza. De vez en cuando, por las noches, se desplazaba a Telde para ver a su madre: allí nadie acusaba su presencia, tan familiar como esa ausencia suya que llenaba los días del pueblo, atento a sus movimientos. Todos lo conocían desde siempre, conocían al que fuera un niño jornalero que con doce años se dedicaba a las faenas del campo, y conocían aquella sonrisa suya franca y limpia, siempre a flor de labios, aquel talante campechano y extravertido, de un hombre que se hacía querer. Aprendieron a vivir su ausencia como algo casi tangible, su figura estaba siempre en el aire, en la conversación: nadie lo había visto, nadie sabía aún dónde estaba, que era como decir que Juan estaba vivo, que no había sido engullido por aquel monstruo de mil ojos que desde hacía una década vigilaba la isla. Lo miraban ahora y le sonreían como si hubiera pasado un fantasma, un sueño, una nube. Cómo no quererlo, sabiendo lo que sufría, lo que trabajaba, ya no era sólo el hijo de Encarnación, era el hijo de todos, el hermano de todos, un poco de la familia de todos. La compasión era un sentimiento fuerte, por lo ocurrido, y por lo que iba a suceder, lo que fuera: el desenlace de su peregrinar se avecinaba, todos los indicios lo proclamaban a los cuatro vientos.

Una noche, Juan quedó para tomar unas copas con Casimiro, al que conocía desde los tiempos de las movilizaciones sindicales, y que estaba en la misma situación que él. Como no se habían presentado cuando se promulgó el indulto para los que no tuvieran las manos manchadas de sangre, habían sido declarados en rebeldía. Estuvieron primero en el bar del *Moño*, y luego en el de Ascanio. Se les sumó el *Faro de Maspalomas*, campeón de lucha tan famoso entonces, corpulento y bonachón. Juan, ya muy borracho, les pidió que lo acompañaran a ver a Vicente a la carnicería. Se quedó asombrado al comprobar cómo había medrado, al llegar a su establecimiento de la calle Rivera Bethencourt, frente a la plaza de San Gregorio. Vicente aún estaba dentro, haciendo caja, limpiando, organizando, y con el negocio abierto. Era su costumbre: se quedaba durante horas, y un cliente podía entrar en cualquier momento, siempre era bienvenido. Juan entró despacio, con la mirada clavada en él. La sangre le hervía en las venas, en el corazón, en los oídos, acelerada, desbocada. Vicente estaba distraído recogiendo, y apenas se percató. De pronto Juan le habló con una templanza inesperada en alguien que había bebido tanto, su voz emergía lenta, ronca y sombría desde el fondo de su garganta.

–Vicente, ¿me conoces?

El carnicero lo vio de súbito, y dando un brinco agarró un enorme cuchillo y se abalanzó contra él, ante la mirada aterrada de Casimiro y el *Faro*, mientras Juan, impertérrito, sacaba la pistola y con la mirada fría aún clavada en él lo cosía a balazos. Luego salió huyendo y en un instante desapareció en la oscuridad. Desde ese minuto, fue el hombre más buscado de la isla, y hasta las rocas repetirían, una y otra vez: *Corredera* no está, no se sabe nada, dicen que se embarcó, nadie lo ha visto...

Ésa era la historia de Juan, que a todos conmovía, y que todos comentaban, en las calles, en los bares, en las plazas del viejo pueblo de Telde, donde yo continuaba con mis clases diarias, y la vida seguía su rumbo pausado, sin grandes novedades. Luis, aún adolescente, ya trabajaba como profesor de guitarra y de timple, Manolo y José María se habían desplazado a Madrid para buscar nuevos horizontes, y Lolita acababa con sobresaliente sus estudios de violín y conseguía una plaza en la Orquesta Filarmónica. Todo parecía ir fluyendo con cierta calma. De la azotea de los suegros de Carmen habíamos pasado a vivir a una vivienda de protección social, en un bloque de pisos, el número 20, primero derecha, de la calle Doña Perfecta, de lo que yo llamaba *barrio galdosiano*. Allí, en la sala de la entrada, yo había instalado, junto con un antiguo alumno, Alfonso Armas, una escuela de primera y segunda enseñanza. Estaba contento, y entretenido, no tenía mucho tiempo para pensar en mis preocupaciones.

Fue por esos días cuando, al fin, tuvieron efecto las mil y una instancias que durante dieciocho largos años yo había dirigido a muy diversos responsables y organismos pidiendo la reposición en mi plaza. Aunque con ésta llegaban también unas condiciones humillantes: el descenso en la escala –y por tanto la reducción del sueldo–, la prohibición de ocupar cargos de responsabilidad, y lo que era peor, el destierro a la isla de La Palma durante cinco años. Es decir, hasta mi jubilación, porque ya tenía sesenta años. Esta condición la había exigido el cura Manuel, que desde hacía muchos años dirigía el Instituto de Segunda Enseñanza y tenía un poder omnímodo.

Aun así no lo tomé mal: tendría un trabajo digno, y público, es decir, no clandestino, como hasta entonces. Y aunque el sueldo fuera bajo, podríamos comenzar Marzo y yo una nueva etapa de independencia, sin sentirnos como una carga para los hijos. Así que nos embarcamos en septiembre de 1956 hacia esa isla, donde nos alojamos en el modesto hotel Ideal inicialmente. Después alquilamos una habitación aún más modesta en una casa particular. El sueldo no daba para más, y nosotros, ya sexagenarios, llevábamos cada día peor la lejanía de nuestros hijos, y también el frío húmedo del otoño en aquella isla. Nos sentíamos solos, muy solos, y Marzo comenzó a sufrir con más intensidad aquellas taquicardias que la obligaban a guardar reposo absoluto. Yo tenía a mi cargo los cursos de 4º y 5º de Literatura, y 2º de Geografía. Pero al empezar las clases se me intensificó una dolorosa ronquera que había comenzado a aquejarme durante el verano. No le di demasiada importancia al principio, y la atribuí al exceso de tabaco. Pronto llegó una persistente afonía, apenas podía hablar, y se me hacía muy penoso el ejercicio de mis clases. Acudí al médico, me hicieron las pruebas pertinentes y me enviaron a mi isla con carácter urgente. A mí no me dijeron la verdad, pero sí a Marzo: yo padecía cáncer de laringe, y si no me operaba de inmediato, sólo me pronosticaban dos meses de vida. Todo fue muy rápido. Me hicieron una laringotomía, y perdí para siempre la facultad de hablar. Así me convertí en esta fantasmagoría que ahora soy: ni siquiera me queda la voz, aunque sí la palabra. La operación resultó bien y quedé libre de la enfermedad durante algún tiempo, pero luego volvió, ya para no dejarme...

Cuando me dieron el alta en la clínica, nos instalamos en casa de Agus, que por entonces me dedicó un hermoso poema, «Elegía a la voz de mi padre». Nuestros hijos se volcaron conmigo, con nosotros, y Manolo empezó a preparar su serie de grabados *Mutilados de paz*, y también las caricaturas de curas que habían de ilustrar mi libro *Los siete pecados capitales*, que yo le había enviado desde La Palma. Todos querían animarme, y como sabían que lo que más me ilusionaba era publicar en vida una selección de mis versos de todos esos años, se empeñaron en esa tarea, pero parecía un objetivo imposible: una invisible mano negra seguía tendida sobre mí, sin remedio y para siempre, a pesar de que incluso contaba con la aprobación de la censura. Y el libro no se publicaba, nadie sabía por qué.

Los primeros meses tras la operación me volqué en la escritura de teatro cómico que iba regalando a mis hijos, y también cuentos y versos, como hice en aquellos lejanos tiempos en Arrecife, para quitar hierro a esa realidad que se imponía severa. Esa distracción, ese bálsamo, me aliviaba de todo el dolor, no sólo del físico, sino también de otro, más hondo, que se manifestaba como agujas que se me clavaban en el pecho, y que no era más que la sensación de una angustia nueva. Porque sabía que mi vida se iba terminando, y ahora sólo me quedaba escribir y escribir los días que el destino quisiera regalarme.

12

Un mar de oro

Pero me propuse acabar de contar la historia de *Corredera*, que aún reservaba muchos aconteceres... El lunes 12 de mayo de 1958, aún durante mi convalecencia, una noticia nos conmocionó a todos: Juan el Nuestro había sido apresado la tarde anterior y estaba gravemente herido en el Hospital de San Martín... Conocí la noticia en casa de Agus, y el resto de la historia la hube de conocer de primera mano, como espectador privilegiado, ahora ya sin voz, porque en esa casa se formó de inmediato una especie de cuartel general, donde se discutió y siguió todo el proceso de *Corredera* muy de cerca. Entraban y salían Lezcano y Padorno, Luis Jorge y Benítez Inglott, Sagaseta y también Germán Pírez, que un par de años antes había sido indultado de su condena en el Penal del Dueso, y había podido al fin regresar a la isla. Comenzaba una larga y tensa batalla. Finalmente se apoyó que su abogado defensor fuera Calzada, que no tenía ningún vínculo con la resistencia política al régimen, y de hecho, estaba emparentado con destacados militares, de modo que fuera bien recibido como interlocutor por parte de la oficialidad. Ésta se empeñaba en presentar a *Corredera* como un fuera de la ley, un hombre muy peligroso. Sin embargo, Juan contaba con apoyos fuertes en todas las instancias: desde las populares a las religiosas y militares. La represión brutal que había dominado los primeros años del régimen estaba relativamente lejos, y la saña con que se actuaba contra él era del todo desmedida. No había ninguna prueba de que hubiera participado en aquella emboscada tendida por elementos del Frente Popular en Telde para impedir al tirano llegar al aeropuerto, y la muerte del carnicero se vinculaba a razones personales, no políticas, y no justificaba en sí un Consejo de Guerra. Se planteó la estrategia a seguir: no se impulsarían movilizaciones desde la resistencia en la clandestinidad, podrían ir en su contra. Esto provocó discusiones enfebrecidas, porque muchos en el grupo creían que la difusión nacional e internacional del caso lograría apoyos inmediatos y pondría al régimen una vez más contra las cuerdas. Sin embargo, se optó finalmente por la cautela, al tiempo que se seguía el proceso muy de cerca. José María, en Madrid, también trabajaba en la formación de un comité de apoyo, y había, además, un controvertido aliado para la causa: el obispo Pildáin.

Ya en el 36, Pildáin había mediado por un amplio grupo de trabajadores condenados a muerte, acusados de la explosión de los puentes de Moya, San Andrés y Tenoya, y había logrado su indulto. Siempre polémico y visceral, había sido también el gran censor de Galdós y Unamuno, a los que acusó de herejes y dedicó sus más airadas diatribas, con anatema expreso hacia ellos y hacia sus lectores. Sin embargo, el obispo también había protagonizado un acontecimiento sorprendente que se había percibido como una auténtica humillación hacia el caudillo. Ocurrió en el año 50, cuando éste visitó la isla. Pildáin se inventó las excusas más peregrinas para que no hubiera actos en la catedral, y a continuación se ausentó de la ciudad, supuestamente con motivo de unos ejercicios espirituales. Cuando Franco avanzó en su descapotable oficial por la calle de Triana en medio de la multitud, ocurrió un incidente luctuoso: un balcón atestado de gente se desplomó y murió uno de los ocupantes, un hecho que debió impresionar especialmente el carácter supersticioso del caudillo. Al llegar a la plaza de Santa Ana, se encontró la catedral cerrada a cal y canto: no lo recibió ningún obispo, ni pudo entrar bajo palio al altar mayor, como acostumbraba. Fue la única vez en que no pudo hacerlo.

En definitiva, las vías de trabajo con los poderes fácticos, es decir, los militares y el clero, estaban garantizadas. Y comenzó la tarea, si bien es cierto que los sucesos acontecidos tras la muerte del carnicero la complicaban bastante. En su huida desesperada, junto con Casimiro, *Corredera* se había visto envuelto en un tiroteo con tres agentes de paisano, en el que había muerto uno de ellos, el policía municipal Ángel Fleitas. Una muerte extraña de la que se culpó a *Corredera*, aunque él sólo disparó un tiro, y Fleitas recibió cuatro. Después se separaron, y Juan se escondió durante muchos años en los barrancos de La Mina y de Silva, comía lo que encontraba, a veces conseguía cazar algún conejo, y muchos lo llamaban *El Loco*: con el tiempo se había hecho irreconocible.

Después de aquella noche, ya no frecuentaba los espacios urbanos: se refugiaba de cueva en cueva, de barranco en barranco, y contaba con el silencio cómplice de todos, incluso de los falangistas. Su carácter sencillo, afable, era bien conocido, y nadie lo condenaba por su reacción contra los atropellos del carnicero: muy al contrario, la defensa de la dignidad de su familia ennoblecía su figura, a su modo redimía a todos los que habían sufrido los ultrajes, la humillación de aquellos intocables que, desde hacía ya demasiados años, ostentaban el poder. Juan era un hombre querido, su vida era mucho más que una vida: era el sustento de la esperanza, la prueba de que el maligno no era todopoderoso, de que era posible huir de él, burlarlo, desvanecerse de su alcance.

Corredera vagaba de aquí para allá, recogía los materiales con los que elaboraba unos sombreros de paja que su hermano luego vendía a ocho pesetas, traía y llevaba noticias, desaparecía por los montes, y siempre había alguien que le diera alimento, que le lavara la ropa, que le indicara un rincón seguro. No era una leyenda: era real, él era la esperanza, y estaba vivo. La esperanza vivía con él, contra viento y marea, a pesar de todo. Había querido huir a Venezuela, incluso había llegado a estar citado en la playa de Tufia para escapar con los pescadores del barco de la langosta, pero a última hora había decidido no acudir, no se fiaba, pensaba que podía ser una emboscada. Sin embargo, los suyos corrieron la voz de que sí se había ido, y se dio por hecho durante años, de ahí que la búsqueda policial se hubiera abandonado.

El proceso de la defensa de *Corredera* fue, a pesar de las consignas de prudencia, un fervor colectivo. En enero de 1959, cuando tenía lugar el juicio en la Audiencia, multitud de camiones y piratas llegaron desde los pueblos del sur cargados de gente humilde que se apiñaba en las calles aledañas a la iglesia de San Agustín de un modo nunca visto. La gente lo vitoreaba: «Viva Juan! ¡Viva Juan el Nuestro! ¡Viva *Corredera*! ¡Viva nuestro héroe!...». «¡Nuestro Martín Corona!», gritaban algunos, mentando a un personaje de cine que en esos días tenía mucho éxito, una especie de Robin Hood. Después de tantos años de silencio, de miedo, de saña oficial, aquel clamor era algo totalmente inesperado para las autoridades, y aquellas gargantas, que se desgañitaban gritando «viva», reivindicaban, con fuerza, precisamente eso, la vida, la vida contra tanta muerte, la vida de las gentes de esta tierra, contra la sangre derramada, contra el odio y el miedo: la vida. Precisamente por esas fechas Cuba se acababa de librar de su tirano, Batista, y había una secreta euforia, la esperanza de libertad se había fortalecido.

El coche que trasladaba al prisionero hasta la sala del juzgado no podía avanzar, la policía estaba desbordada, y cuando bajaron a Juan del furgón los gritos arreciaron, era la primera vez que algo así ocurría después de más de dos décadas. Él sonreía tranquilo, su expresión tenía algo de dulzura y también de ausencia, mientras avanzaba despacio, el brazo en cabestrillo, el cigarrillo apagado colgado de sus labios. La policía intervino una y otra vez, pero la muchedumbre era incontenible, gritaba y aplaudía, y permanecía en el exterior esperando para volver a ver el rostro de su esperanza, no había manera de moverla, y finalmente tuvieron que sacar al reo por una ventana trasera del edificio para evitar que aquel incendio humano se extendiera. Se supo después porque lo vieron los estudiantes que salían a esa hora del colegio de San Ignacio.

La acusación contra *Corredera* era estricta e implacable: se solicitaba para él pena de muerte y consejo de guerra. La defensa objetaba que el delito de rebelión había prescrito, y que el de homicidio había sido en situación de defensa propia. El abogado lo veía con frecuencia, le llevaba las nuevas de todos los que lo querían y lo apoyaban, y también nos traía noticias sobre su evolución. El despliegue de fuerzas para lograr el indulto fue intenso. Pildáin puso a disposición de la causa el dinero que custodiaba para la terminación del Seminario: cincuenta mil pesetas. También sus contactos. Serían necesarios muchos viajes, mucha actividad. Había que lograr el indulto. Se tocaron todas las teclas. El ministro de Justicia, Antonio de Iturmendi. El capitán general de las islas, Alfredo Erquicia. El magistral de la Diócesis, Juan Alonso Vega, muy amigo de monseñor Boulart, confesor del caudillo. El presidente de Juventudes de Acción Católica, Sánchez Terán. El director nacional de Cáritas, Jesús García Valcárcel. El ministro del Ejército, teniente general Rodrigo, que estaba convencido de que el caso se resolvería, porque las cosas habían cambiado, ya no había fusilamientos. Sin embargo, pesaba mucho la leyenda de aquella emboscada en el túnel de La Laja, que pudo haber cambiado el rumbo de la Historia de nuestro país. El abogado también habló con el almirante Meléndez Bojart, que como el resto, creía que la sentencia no se ejecutaría. Acudió a Madrid igualmente Isidro Santana, el marido de la farmacéutica de Telde. Había sido represaliado, e incluso había estado encerrado en un campo de concentración, pero era amigo personal del ministro de Industria, Planell, por una curiosa razón: le había conseguido penicilina para un pariente enfermo, en tiempos en que era prácticamente imposible encontrarla. Sin embargo, el Consejo de Guerra de julio condenó a muerte a Juan. Todos los movimientos se iban revelando estériles: había una mano negra detrás, que movía los hilos, que decidía, y nada servía contra ella.

Sólo quedaba una opción: el consejo de ministros de agosto, en el palacio de Ayete. Mientras, las calles hervían. No había consignas por parte de la resistencia al régimen en la clandestinidad. Pero las gentes se volcaban espontáneamente con esta causa, de un modo nuevo, como si el miedo se hubiera volatilizado de pronto. Todo el proceso se vio rodeado de un clamor popular, la isla entera estaba en ascuas. La acción social al fin se había activado, y era violentamente reprimida. Aún había esperanza: se acercaban fechas clave, que podían justificar una actuación benévola del sátrapa. El 8 de septiembre, festividad de la patrona de la isla, y el 1 de octubre, cuando se conmemoraba el día que el caudillo había asumido la jefatura del Estado. Pero pasaban los días, y sólo había silencio. Un silencio plúmbeo, cargado de pésimos augurios. Qué iba a saber el monstruo de piedad y de perdón... Él sólo sabía de odio y de muerte.

Nada se había conseguido a través de las instancias oficiales: toda la fe chocaba contra un muro impenetrable. Entonces se planteó una última posibilidad: las cartas directas al Jefe del Estado, al Pazo de Meirás. Una, con multitud de firmas de gentes de la isla, que pedían perdón para un hombre bueno, querido por todos. Otra, con firmas de numerosos intelectuales y artistas que rogaban piedad para ese hombre que tenía el apoyo unánime: el indulto sería motivo de alegría de todo un pueblo.

Entre las peticiones de gracia, hubo otras completamente inesperadas. El sargento de la guardia municipal que había resultado herido en el tiroteo con *Corredera* y Casimiro acudió al abogado de la defensa con dos telegramas, ambos para S. E. Jefe del Estado Español al Palacio de Ayete. El primero en su propio nombre: «Como excombatiente Cruzada Liberación Nacional cinco heridas graves y perjudicado en causa contra Juan García Suárez solicito humildemente perdón para el condenado. Respetuosamente reitera subordinación». El segundo telegrama era aún más conmovedor, lo firmaba la viuda del guardia Fleitas, muerto en el tiroteo: «Vda. Guardia Municipal perjudicada causa Juan García Suárez *Corredera* ruega conmutación pena muerte éste sentimientos cristianos. Respetuosamente». Mientras, el capitán general, a fin de ganar tiempo, había pedido que en lugar de un pelotón de fusilamiento, fuera un verdugo de la Audiencia de Sevilla el que se encargara de ejecutar la pena, porque tardaría varios días en llegar. También Acción Católica intercedió, pidiendo en nombre de la caridad de Cristo el indulto de Juan García Suárez. Las cosas no quedaron ahí. El general Rodrigo, durante las audiencias que el 1 de octubre se celebraban en el Pardo ante el caudillo, se dirigió personalmente a Franco para solicitar el perdón. Le pidió personalmente la conmutación de la pena, y el caudillo le contestó visiblemente indignado: «¿Pero es que no lo han ejecutado ya? ¡El caso es muy grave y no habrá indulto!».

La sentencia fue ratificada sin remedio en octubre. Juan sería ejecutado con garrote vil. Recibió sereno la noticia, con esa sonrisa suave que tenía: siempre estuvo seguro de que llegaría ese momento. Pidió hacer testamento. Para sus compañeros de celda, las zapatillas y el rosario. Para sus hermanos, la chaqueta oscura y la de lana, y el crucifijo, y también los zapatos que llevaba puestos. Para su sobrino, su pantalón y las camisas blancas, y también la maleta. Lo demás para su tía Lola, que cada día le llevaba una cesta de comida a la prisión.

Esa madrugada, el obispo llamó insistentemente a Madrid, pero nadie respondió. Ese día la línea con el Pardo estaba cortada. En la prisión, médicos, funcionarios, familiares y militares acompañaron a *Corredera* en sus últimas horas. Mientras el verdugo montaba el aparato infernal, eran muchos los que no podían contener el llanto, pero Juan se mantenía tranquilo: bebía café a pequeños sorbos y fumaba, intentaba consolar a sus familiares, y pedía que lo enterraran en el cementerio de San Gregorio, en su pueblo.

Una vez consumada la sentencia, llegó orden de enterrarlo lejos, en el cementerio de Tafira. La orden venía de muy alto, y apenas había tiempo de avisar a nadie. La ambulancia municipal salió de la Prisión y se dirigió por la carretera del Centro hacia Tafira, seguida de tres vehículos. Un poco más lejos, iba otro vehículo con Sagaseta, Agus, Padorno, Isidro Miranda, Isidro Santana y Juan Galindo. Y Pírez, en su vespa. A lo largo de todo el camino había guardias civiles a ambos lados de la carretera, apostados cada cien metros. Al llegar al cementerio, un brigada indicó que había que enterrarlo en la fosa común. El juez, indignado, exigió que se buscara un nicho para Juan. Los militares cedieron, querían que todo acabara cuanto antes, y el sepulturero dispuso el número 142. Sólo se permitió inscribir las iniciales: D.E.P. J.G.S. 19-X-1959. Pero la inscripción había desaparecido al día siguiente. La tumba era ahora anónima. Juan volvía a estar escondido en la isla, en paradero desconocido para siempre...

Ésa fue su historia, o al menos esos fueron los acontecimientos, tal y como los recuerda esta memoria mía que ya languidece. Pienso muchas veces en Juan, tendría unos cuarenta y seis años cuando murió. Y había pasado la mitad en situación de prófugo, como un fantasma: alguien que no existía. Así habíamos vivido muchos durante todos estos años: vidas robadas, inexistentes, presas de la usura del tiempo, que se cobraba despiadado unas vidas no vividas y que nadie iba a devolver. Y me pregunto si alguien nos recordará, a él, a mí, a tantos, el día de mañana. O si quedaremos para siempre sepultados en este silencio que es ya mi casa hace mucho tiempo. Me pregunto muchas veces qué pensaba él en su celda, cuando ya sabía, como yo ahora, que le quedaba poco tiempo. Porque entonces todo tiene una dimensión nueva, una intensidad muy poderosa que casi duele: el sabor intenso del café por la mañana, la dulzura dorada de una naranja madura, la luz de la mañana jugando con el rocío... Y me pregunto si él se decía, como yo, cada día: aún estás vivo, estás aquí, estoy aquí... Y si le zumbaba como a mí el silencio en los oídos, esta sensación de oquedad, este miedo a la oquedad que me lleva cada noche a abrazar fuerte por la cintura a Marzo, afirmando la vida al contacto de esa piel suya y mía. Me pregunto también si Juan tenía como yo esos sueños oscuros en que me veo obsesivamente en túneles y subterráneos, encerrado, enterrado, mientras la noche acecha...

Pero no quiero pensar en todo esto, sólo quiero seguir escribiendo, es lo que me calma, aún tengo que escribir poemas que no escribí nunca. Uno, por ejemplo, a las manos de Marzo, que son como esas gaviotas que van y vienen y llenan el día de luz. Otro, a esas barcas que parecen lechos flotantes, cunas al arrullo del mar. Alguna de ellas me llevará pronto por un mar de oro que me acogerá tibiamente, y entonces ya no sentiré más este dolor que me surca el cráneo como una corriente eléctrica, ya no puedo más con esta enfermedad, necesito descansar en ese mar de oro, donde todo duerme, narcotizado por esa luz que me llama para dormir con ella, como en mi infancia, bajo el sol... esa luz que todo lo desdibuja... el cielo es entonces un teatro de sombras chinescas, y las nubes semejan dragones y sierpes, y caballos encabritados y pájaros inverosímiles... y oigo la voz de mi padre todavía, y la de mi madre, están a mi lado ahora, y yo con los párpados cerrados, el mar arrullando a mi lado con su jardín de espuma y sus arpegios de luz...

Alghero, 2011 - París, 2012

Índice